KB025196

내 곁의 부처 2

내 곁의 부처 2

초판1쇄 인쇄 | 2023년 10월 4일
초판1쇄 발행 | 2023년 10월 7일

지은이 | 김정현
펴낸이 | 박연
펴낸곳 | 한결미디어

등록 | 2006년 7월 24일(제313-2006-000152호)
주소 | 서울시 마포구 모래내로 83 한올빌딩 6층
전화 | 02-704-3331
팩스 | 02-704-3360
이메일 | okpk@hanmail.net

ISBN 979-11-5916-214-5(04810) 979-11-5916-212-1 (세트)

내 곁의 부처

2

김정현 장편소설

차례

26. 귀환

후대에 이르러 역사는 남북조와 수에 뒤이어 당대를 불교의 극성시대로 기록한다. 외형은 그렇다. 특히 당 황실은 불교 사찰의 세금을 면제해 주는 특혜를 베풀어 오대산에만 360여 개의 절이 들어설 정도였다. 하지만 실제는 황실의 뜻이 크게 영향을 미쳤으니 불교에 심취했던 측천무후 시대나 현종 초기에는 불법의 기운이 왕성해 외형적 번성과 더불어 불도의 기운이 엄격하고 선사들의 법기는 추상같았다.

그사이 낙양에서 천도한 장안성 황궁 안에 도사를 모셔 가르침을 받는다는 구실로 태진궁을 짓고 양옥환을 불러들여 살게 했으니 그들의 밀회 장소였다. 게다가 현종의 나이 쉰 중반을 넘어 예순을 바라보니 이제 스물다섯 살 아리따운 양옥환을 보면 장수를 넘어 불로장생을 꿈꾸지 않을 수 없었다. 황제의 관심이 도가의 신선 사상과 방술에 기울자 구복은 방편일 뿐 자비와 구원을 내세우는 불교에 대한 무언의 압박이 가해졌다. 불법을 제대로 펼칠 수 없게 된 선사들은 더욱 깊은 곳을 찾아 은거하고 중생과 함께하는 사찰은 현상 유지에 급급하며 위축되었다. 그 틈을 비집고 도가는 더욱 세를 키우니 오대산 자락에도 도관의 수가 급격히 늘어갔다.

교각은 개의치 않았다. 세상이 혼란하고 사술이 기승을 부릴수록 더욱 의연하게 불법을 펼치며 중생을 구제하는 것이 불가의 도리일 것이었다. 오늘도 태화지 옆 석불 앞에 가부좌를 튼 교각은 문수보살의 십대원(十大願)을 화두로 삼았다.

'모든 중생이 부처님의 가르침을 성취하게 하고 갖가지 방편으로 불도에 들게 한다'

'문수를 비방하고 죽음을 주는 중생이라도 모두 보리심을 내게 한다'

'문수를 사랑하거나 미워하거나 깨끗한 행을 하거나 나쁜 짓을 하거나 모두 보리심을 내게 한다'

'문수를 속이거나 업신여기거나 삼보를 비방하며 교만한 자들이 모두 보리심을 내게 한다'

'문수를 천대하고 방해하며 구하지 않는 자까지 모두 보리심을 내게 한다'

'살생을 업으로 하는 자거나 재물에 욕심이 많은 자까지 모두 보리심을 내게 한다'

'모든 복덕을 부처님의 보리도에 회향(回向: 자신이 닦은 공덕을 중생에게 돌림)하고 중생이 모두 복을 받게 하며, 모든 중생에게 보리심을 내게 한다'

'육도(六途: 지옥 아귀 축생 수라 하늘 인간 세상)의 중생과 함께 나서 중생을 교화하며 그들이 보리심을 내게 한다'

'삼보를 비방하고 악업을 일삼는 중생들이 모두 보리심을 내어 위없는 도를 구하게 한다'

'자비 희사(慈悲 喜捨)와 허공같이 넓은 마음으로 중생을 끊임없이 제도하여 보리를 깨닫고 정각(正覺: 바른 깨우침)을 이루게 한다'

자신에게 해를 끼치는 자까지 모두 구원하라니, 어찌 이처럼 자비로운 마음이 있겠는가. 지옥에 빠진 중생부터 아귀(탐욕스러운 사람), 축생(온갖 짐승), 수라(修羅: 싸우기 좋아하는 귀신), 하늘은 물론 인간 세상의 중생까지 모두 구하고, 허공같이 넓은 마음의 나눔이라니! 문득,

"네가 부처다! 너희가 부처다! 모두가 부처다! 그것이 지혜니라!"

엄청난 소리가 귀청을 찢을 듯하더니 요란한 천둥소리가 하늘을 갈랐다.

번쩍 눈을 뜬 교각이 하늘을 바라보니 구름 한 점 없이 청명했다.

"하하하…!"

교각의 앙천대소가 그칠 줄 몰랐다.

진작 알았고, 날마다 눈으로 보았고, 입으로 소리 내 읽었다. 답은 눈앞에 있었다. 바로 곁에서 한시도 멀어지지 않았다. 다만 마음의 문을 열지 못했기에 진심으로 믿지 않은 것이었다. 마음을 열지 않았으니 굳은 결기를 세우지 못한 것이었다. 고행과 수행은 바로 그 문을 여는 것이었다.

허겁지겁 달려온 유탕은 교각의 앙천대소에 두 눈이 휘둥그레졌다.

"스승님, 무슨 일이십니까?"

"너도 들었느냐?"

"그럼요. 마른하늘에 벼락도 없이 천지를 가를 듯한 천둥소리니 얼마나 놀랐겠습니까. 절의 다른 스님네들도 모두 기함했습니다."

"그랬구나. 자, 그만 가자꾸나."

가부좌를 풀고 일어난 교각은 어린아이처럼 맑고 밝은 얼굴로 가볍게 엉덩이를 털고 앞장섰다.

"어디로 가십니까?"

"구화산으로 가야지. 성유는 잘하고 있는지 궁금하구나."

유탕은 펄쩍 뛸 듯이 기쁜 낯빛이 되었다.

"스승님, 문수보살님을 친견하신 겁니까?"

"너도 듣지 않았느냐."

"예?"

유탕은 알아듣지 못해 어리둥절했으나 이내 친견한 것으로 받아들였다.

"어디 들르실 데는 없으십니까?"

"가장 빠른 길로 구화산에 가야겠다."

오대산에서 내려오자 유탕은 연경(燕京: 지금의 베이징)으로 길을 잡았다. 그곳에서 제남(濟南: 지난)과 태산(泰山) 어름을 거쳐 서주(徐州: 쉬저우)와 회남(淮南: 화이난), 합비(合肥: 허페이)를 통하면 가장 빠르게 구화산에 갈 수 있었다. 그래도 몇 달은 걸어야 하겠지만 유탕은 스승의 첫 제자인 성유라는 이를 볼 생각에 마음이 설렜다. 아니, 사실은 과연 그가 여태 구화산에 있을지가 더 궁금했다.

연경은 춘추시대를 거쳐 전국시대에 천하 패권을 두고 다투던 전국 7웅 중 하나인 북방 연나라의 수도였다. 사마천(司馬遷)의 〈사기(史記)〉에 따르면 아득한 옛날 황제(黃帝)가 세상을 다스리던 시절 동이(東夷)의 수장이던 치우(蚩尤)와 연경 서북쪽 탁록(涿鹿) 들판에서 대회전을 벌였다고 하니 옛 고구려와도 아주 무관하지 않은 땅인 셈이었다.

"사기에 나오는 황제와 치우의 이야기는 얼마나 믿을 수 있을까요?"

"무릇 모든 신화란 만들어지는 시대의 필요에 의해 과장되고 그 정도에 따라 황당무계해지기도 하지만 아주 근거가 없지는 않을 듯싶구나. 문자가 나오기 전의 일이니 사람의 입으로 전해지며 기억의 착오도 있었을 테고, 무엇보다 오랜 뒤 문자로 기록하는 과정에서는 그 기록하는 이의 해석과 의도가 전체를 주도하게 되니 읽는 이들이 주관을 바르게 세워야 할 테지. 불경 또한 마찬가지 아니더냐. 부처님께서 열반에 드신 후 그 제자들이 말씀을 전하고, 후대에 이르러 기록하면서 여러 다른 해석이 분파를 낳은 것이 아니냐."

유탕은 기어이 참지 못하고 물었다.

"문수보살께서는 무어라 하셨습니까?"

교각은 또 한바탕 앙천대소를 터트렸다.

"내 마음의 문을 열어주셨다. 이미 다 알고 있는 것을 알지 못했을 뿐이었다."

"마음의 문은 어떻게 여는 것입니까?"

"스스로 여는 것이다. 결국 수행과 고행이 그걸 깨우치게 하는 것이더구나."

여전히 알아들을 수 없는 이야기에 유탕은 고개를 갸웃거렸지만 수행과 고행의 각오는 이미 충분했다.

제남 역시 전국 7웅의 하나로 동쪽의 강국이었던 옛 제(齊)나라의 땅이었고 이전에는 동이족의 주 활동 무대였다. 며칠을 더 걷자 동쪽 멀리 펼쳐진 평원 위에 홀로 우뚝 솟은 산이 모습을 보였다.

"오악 중에서도 으뜸으로 꼽는 동악인 태산입니다. 진나라 시황제 때부터 황제들이 하늘에 제사를 올리는 봉선(封禪) 의식을 행하는 산으로 불교 사찰보다 도가의 도관이 훨씬 더 많이 들어서 있습니다."

"봉선이라는 의식이 도가와 무관하지 않으니 당연히 그렇겠지. 또 그보다 전에는 동이족이 하늘에 비는 제를 올렸을 테고."

"그렇습니다. 생각해보면 참으로 인간이라는 존재는 나약하기 그지없습니다."

"나약하기에 더욱 알 수 없는 것을 두려워하며 의지하는 것이 아니겠느냐. 죽음 또한 마찬가지이다."

"그럼 윤회는 무엇입니까?"

"붓다께서 윤회를 직접 말씀하신 바는 없다. 붓다 말씀의 진핵은 연기이다. 붓다께서 보리수 아래에서 깨달음을 얻었다는 것은 바로 연기의 진리를 깨쳤다는 뜻이다. 후대에 이르러 윤회를 설하는 것을 방편이라고도 한다만 나로서는 민망하구나."

"전에 천삼백 년쯤 후에 신라에 가시겠다 하심은 무슨 뜻이었습니까?"

교각은 빙그레 웃었다.

"거짓인 듯싶으냐?"

"그럴 리가요. 제가 어찌 감히 스승님을 의심하겠습니까."

교각은 또 앙천대소를 터트렸다.

"거짓이다. 또한 거짓이 아니다. 만물의 생성은 우주 안의 모든 존재가 서로 얽혀 있고, 그때가 이르면 나타나는 것이기 때문이다."

유탕은 알 듯 모를 듯 고개를 갸웃거릴 뿐이었다.

붓다는 존재하지 않는 초월적인 존재나 불변하는 실체 같은 그릇된 믿음과 집착이 세계에 대한 바른 이해를 가로막고, 그로 인해 모든 괴로움이 생겨나는 것이라 하였다. 연기는 세상에 대한 바른 인식의 고리이며, 바른 인식이야말로 깨달음에 이르는 유일한 길인 것이다. 우주 안의 모든 존재는 마치 그물과 같이 얽혀 있어 존재를 위해서는 다른 요소가 필요한 것이니 '이것이 있어 저것이 있고, 이것이 생기므로 저것이 생긴다. 이것이 없으므로 저것이 없고, 이것이 멸하므로 저것이 멸한다' 하는 것이다. 안다는 것에도 거죽만 아는 것이 있고, 속내를 깊이 꿰뚫어보아 아는 것이 있으니 거죽만 아는 것은 참으로 아는 것이라 할 수 없다. 깨달음이란 바로 속내를 꿰뚫어보아 아는 것이었다.

서주(徐州: 쉬저우)에 이르렀다. 서주는 상고시대 하(夏)나라 우(禹)왕이 물길을 다스려 9주를 개척한 아홉 중에 하나로 춘추시대 오(吳)나라에 복속되며 중원 역사에 포함되었다. 특히 전국시대 초한쟁패기에 항우의 근거지로 팽성(彭城)이라 불리기도 했고, 한(漢)나라를 세운 유방(劉邦)의 출신지 패현(沛縣)도 서주에 있었다.

"영웅호걸이 나오자면 그만큼 환란과 인연이 있겠구나?"

"예. 한나라 시대에 이미 회하와 낙양을 연결하는 구변(舊汴)운하를 건설했는데 이곳 폐황하(廢黃河)가 사수(泗水)로 흘러가 그 운하와 연결되고, 또 남동쪽의 청강(清江)까지의 수로가 되어 더 멀리 장강으로도 이어집니다. 그러니 예로부터 수로 교통의 요충지가 되어 천하를 다투는 이들에게는 반드시 필요한 성이니 전란을 피할 수가 없었지요."

“과연 세상은 인연 아닌 것이 없구나. 아직도 길이 많이 남았더냐?”

오대산에서의 고행과 긴 여정으로 인해 교각은 진작부터 지쳐 보였다.

“태산에서 서주까지 거리만큼 더 가면 회남이 나오는데 도중에 잠깐 배를 이용할 수 있을 겁니다. 거기서 합비를 거쳐 구화산까지 가는 길 또한 그만큼의 거리는 됩니다.”

거기서도 또 남쪽으로 끝 모르게 길이 이어진다니 과연 천하라 할 만한 큰 대륙이었다.

나라를 세울 때는 반드시 백성을 보살피겠다는 포부가 있었을 것이다. 그러나 막상 높은 지위에 오르면 더 큰 욕망을 위해, 전쟁을 일으키는 명분을 정당화해 전쟁터로 내몰며 백성의 목숨을 초개처럼 여긴다. 또한 그 자리는 능력의 유무를 따지지 않고 오직 핏줄로 대를 잇게 하니 애초에 백성을 보살피겠다는 뜻을 의심하지 않을 수 없다. 그러니 영웅호걸이라는 상찬은 욕망의 다른 이름일 뿐 부처님의 세상에서는 아귀나 수라에 불과할 듯싶기도 했다.

상고시대 요임금은 순에게 선양하고, 순은 다시 우에게 선양하여 하나라를 세웠다 한다. 우는 죽음에 앞서 동이부락 익(益)에게 선양하였다. 그러나 우의 아들 계(啓)가 익을 죽이고 제후들의 추대 형식으로 임금의 자리를 찬탈한 뒤 세습이 이어졌으니 참으로 슬픈 일이었다.

요가 임금의 자리에 있으며 백성의 사정을 살피려고 평복으로 거리에 나갔을 때 배를 두드리고 발로 땅을 구르며(鼓腹擊壤: 고복격양) 흥겹게 노

래하는 노인이 있었다. 가만히 귀를 기울여보니,

"해가 뜨면 일하고 해가 지면 쉬네(日出而作 日入而息)

밭을 갈아먹고 우물을 파서 마시니(耕田而食 鑿井而飮)

임금의 덕이 내게 무슨 소용이 있으랴(帝力于俄何有哉)"

이를 사람들은 격양가(擊壤歌)라 했고 요는 크게 만족해했다.

무릇 정치란 정치의 고마움을 알게 하기보다 그것을 전혀 느끼지 못하게 하는 것이 진실로 위대한 정치이니, 이는 치자와 피치자가 다름없는 평등으로 부처님의 세상이 그러한 것이리라.

마침내 방부(蚌埠: 벙부)에서 배를 얻어 타고 회하(淮河)를 거스르다 남쪽 회남에서 내리니 〈회남자(淮南子)〉를 저술한 전한(前漢) 회남왕 유안(劉安)으로 이름 드높은 곳이다.

부지런히 보름쯤 걸으니 합비였다. 여기서부터 남쪽은 산이 많고, 오랑캐라 불리는 산월족(山越族)이 살며 그들만의 문화를 일궈 지금도 흔적이 남아 있는 땅이다. 또한 하나라를 멸하고 상(商)나라를 건국한 탕(湯)왕은 서북쪽 호주(毫州: 보저우) 근처 호(毫)를 수도로 삼아 동이족이 원주민이 된 곳이기도 하니 교각이 구화산에 든 것도 아주 인연이 없는 것은 아닌 셈이었다.

"한 보름쯤이면 구화산에 닿을 것 같습니다."

유탕의 말에 교각은 환하게 웃음을 지으며 더욱 힘을 내 발길을 내디뎠다.

고전촌 마을 앞 들녘에 나와 있던 촌장 오용지가 고개를 갸웃거렸다. 멀리서 점점 가까이 오고 있는 두 사람은 머리는 길었으나 옷차림으로 보아서는 중이 틀림없는데, 그중 한 사람은 기이한 생김새로 보아 분명 15년 전쯤 자신의 집에서 하룻밤 유숙하고 구화산으로 들어갔던 그 중이었다. 옆을 따르는 젊은 쪽은 그때 동행한 중이 아니니 소식을 들은 바 없는 그동안에 무슨 일이 있었던 것일 테고, 또다시 구화산으로 발길을 향하는 연유는 무엇인지 알 수가 없었다.

가까이 다가온 기이한 생김새의 중이 자신을 향해 고개를 숙이며 합장해 인사하고는 반가운 듯 미소를 지어 보이니 그도 지난 일을 기억하고 있음이었다. 그러나 말없이 바쁜 걸음으로 산을 향해 멀어지니 더욱 궁금했다.

그렇지 않아도 얼마 전 마을에서는 적지 않은 소란이 있었다. 장(張)씨 성에 단(檀)이라는 호인지 법명인지를 쓰는 중이 마을 어른인 호언(胡彦)의 청으로 들어와 사람들에게 불법을 폈다. 그런데 그가 인근 부호들의 이익을 침범했다며 분노를 사 분란이 일어나니 마을을 다스리는 장리(長吏)는 불문곡직 중의 거처를 불태우고 마을에서 쫓아냈다.

뒤늦게 진상을 알아보니 중은 제대로 불법을 펴려면 불사를 일으켜야 한다는 생각에서 과하게 시주를 요청한 것인데, 도가에 의지하는 이들로서는 가뜩이나 불법이 마땅치 않았던 터라 도관 도사의 부추김으로 일종의 무고를 한 것이었다. 그렇지만 워낙 도가를 의지하는 마음이 오래되었으니 굳이 따질 일이 없어 유야무야되고 말았다. 그런 터에 다시 중들이 산에 드니 또 무슨 분란이 일어나지는 않을까 오용지는 촌장으로서 은근히 걱정이 되었다.

먼저 반긴 건 선청이었다. 아직 등성이 하나를 더 올라가야 하는데 말발굽 같은 소리를 내며 달려 내려와 교각의 앞에서 제자리를 뱅글뱅글 돌며 어찌할 줄 몰랐다. 교각이 무릎을 굽혀 머리에 손을 얹자 그제야 맴돌던 걸음을 멈추고 두 앞발을 교각의 어깨에 얹고 긴 혓바닥으로 교각의 얼굴이며 손을 핥으며 반가움을 표시했다.

"산중에 웬 개입니까?"

"개 아니라 선청이고 성유의 도반이다."

"선청아!"

등성이 쪽에서 들려오는 쩌렁쩌렁한 소리에 고개를 들어보니 중이 아니라 머리를 산발한 산적 같은 모습의 성유였다.

"어… 스승님, 스승님! 교각 스님이 맞으시죠!"

대답도 하기 전에 구르듯 쿵쾅거리는 걸음으로 성유가 달려오니 교각은 일어서 두 팔을 활짝 벌렸다. 성유는 아이가 부모에게 안기듯 그 품에 몸을 던지며 굵은 눈물방울까지 뚝뚝 흘렸다.

"어허, 스님네가 어찌 눈물을 다 보이나!"

"스승님 눈에는 제가 중으로 보이십니까? 중이 제 머리 못 깎는다더니, 제 모양새가 꼭 산적 같은지 언젠가 산길을 지나던 사람이 기함하고 도망치듯 내려간 뒤로는 먼발치의 인기척도 없었습니다."

반가워 울먹이면서도 농을 하는 성유의 모습에 교각은 오랜만에 유쾌한 웃음을 터트렸고 유탕도 웃음을 감추지 못했다. 그제야 유탕을 의식한 성유는 교각을 향해 눈짓으로 누구인지 물었다.

"아, 참. 유탕이다. 내 두 번째 제자이니 너에게는 사제(師弟)이겠다."

유탕은 털썩 무릎을 꿇고 절을 했다.

"성유 스님, 소승 유탕이라 합니다. 사형(師兄)께 인사드립니다."

갑작스러웠지만 너무도 진실한 음성에 성유는 울음까지 뚝 그치고 어안이 벙벙한 가운데 얼른 맞절을 했다.

"자, 인사는 그쯤 하고 어서 가자."

선청이 앞장서고 교각의 뒤를 두 제자가 따라 등성이에 올라서자 아래에 계단식으로 일군 널찍한 논이 세 단이나 펼쳐져 있었다.

"네가 수고가 많았구나. 몇 가구는 거둘 수 있겠다."

"겨울을 열 번쯤 난 것 같은데 제가 게을렀던 게 아닌지 모르겠습니다. 그래도 볍씨는 제법 쌓아뒀습니다. 다행히 메뚜기는 없었습니다만 구화산 새 떼들이 저들 공양 밭으로 아는지 마구 설칩니다. 스님이 그냥 두라 하셨기에 지켜만 봤습니다."

"잘했다."

"그래도 올해 거둔 수확만도 상당합니다. 이제 백토는 드시지 않으셔도 됩니다."

"또 그런 욕심이냐. 나는 전처럼 할 테니 잘 두거라. 필요한 날이 올 것이다."

"그래도 오늘 저녁 공양만큼은 흰 쌀밥에 나물도 듬뿍 무치겠습니다."

"허허, 그러거라. 오늘은 네 덕에 한번 아귀가 되어보자."

유탕은 진실로 놀랐다. 기다렸다는 말도 없고, 안 오시나 걱정했다는 말도 없다. 10여 년 세월도 이들에게는 일각도 되지 않은 것 같으니 이와 같은 근기는 들어본 적조차 없었다.

기름진 흰 쌀밥은 고봉으로 담겨 김이 모락모락 오르고, 뜨끈한 나물국은 향기가 그윽했다. 봄에 꺾어 삶아 말렸다가 다시 물에 불려 무친 고사리며 무절임 같은 나물 반찬도 여럿이니 진수성찬이 따로 없었다. 교각이 숟가락을 들어 국물부터 한술 뜨자 두 제자도 수저를 들었다.

"솜씨가 제법이구나. 불경 공부는 안 하고 음식만 만든 것이더냐."

교각의 농에 성유는 기다렸다는 듯 말을 꺼냈다.

"불경이라야 몇 권이니 읽고 또 읽어 부서져 먼지가 될 지경입니다."

"그럴 테지. 남릉이라 했더냐?"

교각은 유탕을 돌아봤다.

"예. 여기서 제일 가깝기도 하지만 장강 이남에서 가장 큰 성 중의 하나이고 옛 동진(東晉)의 수도이기도 해서 불법의 기운이 제법 왕성합니다. 도가의 기세가 등등한 지금으로서는 장안보다 남릉에서 불경을 구하는 것이 더 수월하고 다양할 것입니다."

"그럼 남릉은 성유와 선청도 함께 가자꾸나."

"예? 저도 말입니까?"

성유는 입이 함빡 벌어졌다.

"그래. 불경뿐 아니라 경을 지어 쓸 지필묵도 제법 마련해야 한다. 돌아오는 길에는 논밭을 일굴 쟁기도 사야 할 테고."

"언제 갑니까?"

성유가 당장이라도 일어날 기색으로 엉덩이를 들썩이자 교각은 너털웃음을 지었다.

"먼 길을 걸어 오늘 도착한 나더러 또 당장 떠나자는 말이냐?"

그제야 성유는 아차 하며 멋쩍은 웃음을 지었다.

"그동안 수행한 것을 마음으로 정리도 해야겠으니 겨울은 나고 봄에 가자꾸나."

"예, 알겠습니다. 그보다 당장 머리부터 좀 밀어주십시오. 개울에 얼굴을 비춰보다 저도 깜짝 놀랍니다. 수염은 잘랐지만 머리는 어찌할 수가 있어야지요."

성유는 새삼스레 산발한 머리를 긁적였다.

"그래, 우리 머리도 만만치 않으니 내일은 머리부터 어찌해 보자꾸나. 그리고 유탕 너는 겨울을 나는 동안 가져온 경으로 성유의 공부도 돕고 틈틈이 내 말을 받아 적어 갈무리해 두거라."

"경을 지으실 생각이십니까?"

"아직 정해진 바는 없다만 그리 해야 될 것 같구나."

"받들겠습니다."

성유가 들뜬 표정으로 나섰다.

"참, 스승님. 그동안 차씨를 뿌린 것이 제법 자라서 몇 해 전부터 돋아나는 새순을 따서 덖어두었는데 향이 제법 좋습니다."

교각도 반색했다.

"어찌 덖었더냐?"

"처음에는 그저 덖고 비비기를 여러 번 반복했는데 스승님이 말씀하신 살청이 꼭 그렇게만 하라는 뜻은 아닌 듯싶어 덖고 나서 열기가 그대로 있을 때 바로 물을 뿌리고 뚜껑을 덮어 쪄서 비비기를 반복해봤더니 훨씬 향이 좋았습니다. 공양을 끝내시면 바로 올리겠습니다."

살청(殺青)이란 찻잎에 열을 가해 산화효소를 파괴하여 그 활성화를 막는 것을 말하는데 그로써 찻잎의 발효는 중단되어 고유의 맛과 향을 유지할 수 있게 된다. 또한 덖거나 찐 찻잎을 비비는 것은 그 조직에 상처를 내 차 고유의 성분이 잘 우러나게 하려는 것이었다.

성유가 차를 내오자 얼른 한 모금 마신 교각은 기쁜 빛을 감추지 못했다.

"좋구나, 정말 좋구나! 정신이 맑아지고 그간의 고단함이 단번에 가시는 듯하구나."

스승의 어린아이 같은 밝은 웃음과 음성에 유탕도 한 모금 마시더니 놀란 낯빛이었다.

"예, 참으로 놀라운 향과 맛입니다. 사형의 솜씨는 당에서도 손꼽힐 듯 합니다."

"정말 그런가?"

성유의 믿기지 않는다는 표정에 유탕은 연신 고개를 끄덕였다.

"당의 차와는 다른 맛이나 손꼽지 않을 수 없습니다, 진정입니다."

"당의 차는 어떻길래 다르다는 것인가?"

"주로 찻잎을 쪄서 쌀과 같이 절구에 빻아 병차(餠茶)로 만들어 말린 고형차(固形茶)입니다. 마실 때는 그 조각을 약재를 가는 약연(藥研)에 넣고 갈아 가루를 뜨거운 물에 타서 마시고요. 요즘에는 장안과 같은 번성한 곳에서는 그런 차가 제법 퍼져 있습니다만 이전에는 사형이 말씀하신 것과 같은 새순 찻잎으로 만든 차는 무게를 달아 옥과 맞바꿀 정도로 값이 비쌌습니다."

"그 맛은 어떤가?"

"대부분 반발효차이니 깊고 진한 나름의 맛이 있습니다. 그에 비하면 사형의 차는 향이 싱그럽고 맛이 청량해서 수행에는 더할 나위 없을 듯 합니다."

"값이 그리 귀하면 평민들은 차를 마시지 않는가?"

"아닙니다. 물이 탁하니 모두 차를 마시는데 평민들이야 다 자란 찻잎이나 먹어도 감지덕지지요."

"내가 차나무를 길러보니 그건 너무 뻣뻣해서 먹을 수 없을 것 같던데?"

"그래서 찻잎을 쪄서 완전히 발효시키고도 끓여서 마시는데 맛은 텁텁하지요."

차뿐 아니라 당의 문화를 당의 사람에게서 듣느라 성유의 질문은 끝없이 이어졌고 유탕의 답은 성의 있고 진지해 밤을 고스란히 샐 것 같았다.

날이 밝자 교각은 또 동굴로 향했다. 날마다 청소를 해두었던 듯 말끔하니 성유의 손길이 지극함을 느낄 수 있었다.

뒤따라온 성유는 손바닥만 한 향 받침에 향을 꽂아 불을 붙이고, 찻물을 끓일 수 있게 돌을 쌓아 세 발 받침을 만들어 그 위에 작은 토기를 올려놓고 바윗돌 샘에서 물을 길어다 채웠다. 그 반대편에는 세 발 받침이 달린 조금 큰 자기 솥을 놓아두었는데 백토와 쌀을 섞은 죽을 데울 수 있게 하려는 것이었다. 그 밖에는 이미 가부좌를 튼 교각 앞에 놓인 작은 찻잔 하나, 그게 전부였다. 워낙 좁은 공간이기도 했지만 너무도 단출해 유탕은 놀랐다. 하지만 그보다 더 놀란 것은 그새 삼매에 든 듯한 교각의 고요와 성유의 지극함이었다.

동굴을 나와 초막을 향하던 유탕이 물었다.

"스승님께서 저곳에서 백토 섞은 죽만 드시며 수년을 수행하셨다는 말씀입니까?"

"그나마도 나중에는 사흘에 한 끼만 드셨네. 무엇보다 난 스승님 엉덩이가 돌판이지 않은가 싶네."

"허허, 이렇게 스승님 흉도 보십니까?"

"그게 어찌 흉인가. 부러워서네. 난 반나절이면 엉덩이가 쑤셔서 저절로 들썩거리는데 스승님은 몇 날 며칠이고 미동도 없으시니, 수행은 참으로 아무나 하는 게 아닌가 보네. 그런데 스승님은 문수보살님을 친견하셨다던가?"

"아마 아미산에서도, 오대산에서도 하셨을 겁니다."

"자네도 봤나?"

"오대산에서 소리만 들었습니다."

"소리만 듣다니?"

성유의 찬탄하는 눈빛에 유탕은 돈황에서 구화산까지 고행길을 눈으로 보듯 설명했고, 성유는 신라에서부터 지금까지의 일을 전하니 서로가 놀라고 감탄했다.

27. 강연

멀리 반야봉을 마주 보는 곳에 자리 잡은 운상선원은 모두 5칸의 선방이 있고 그 오른쪽에 세로로 앉아 선원과 기역자를 이루는 선원장실 건물은 방 3칸 구조였다. 선방에서는 스님들이 불경을 읽고 참선으로 용맹정진하니 종일토록 고요해 인적조차 느낄 수 없었다. 효명은 그중 선원 맨 왼쪽 방에서 혼자 불경을 공부하며 참선에 들기도 하는데 가끔 도응이 찾으면 아래 법당이나 주지실로 내려가 선문답으로 배움을 더하기도 한다. 오늘은 영지였다.

"영지의 내력은 알고 있지?"

"예, 가야 일곱 왕자와 그 부모이신 수로대왕과 허황옥 왕후에 얽힌 이야기를 들었습니다."

"그 일곱 분께서는 성불하셨다만 너무 모질었다는 생각은 들지 않더냐?"

효명은 무슨 의도의 질문인가 잠시 생각했다.

"따로 생각해본 적은 없습니다만 그럴 수도, 아닐 수도 있겠습니다."

"어째서냐?"

"해탈을 방해하는 번뇌라면 모질다 할 수 없겠고, 자신만을 위함이 아닌 구원의 성불이라면 모질다 할 수도 있겠다 싶습니다."

"너는 어느 입장이냐?"

생각해보지 않은 문제이기도 했지만 생각한다 해도 쉽게 답을 찾지 못할 것 같았다.

"궁극의 문제일 듯하여 아직 답을 낼 수가 없겠습니다."

"자유를 노래하고 희망을 말하지 않았더냐?"

"예, 그랬습니다."

"너의 자유는 무엇이냐?"

"바람처럼 걸림이 없는 것이라 했습니다."

"걸림이 없으면 해탈이니 자유가 곧 해탈이겠구나?"

효명은 아득한 느낌에 정신을 가다듬으려 머리를 내저었다. 그 모습에 도응은 빙그레 웃었다.

"틀렸다는 말이 아니다. 네가 옳다. 그렇지만 네 마음이 걸림을 만든다면 네 말은 공허한 말뿐인 게 되지 않겠느냐?"

또 답을 낼 수가 없었다.

문득 다리 아래의 느낌에 내려다보니 털이 하얀 강아지 한 마리가 쪼

그려 앉아 고개를 들고 바라보고 있었다. 효명과 눈길이 마주치자 강아지는 일어나 꼬리를 흔들었다. 도응도 그 기척에 눈길을 내렸다가 흠칫했다. 누가 일부러 두지 않았다면 사람의 손길을 탄 짐승이 제 발로 찾아들 만한 곳이 아닌 깊은 산중이다. 그렇다고 요 며칠 사이에는 날이 궂어 칠불사 신도들만 출입했을 뿐 외지인은 드나들지 않았으니 누가 두고 간 것도 아닐 터였다. 도응은 황덕을 떠올리며 기이하다는 생각에 자못 놀랐다.

"널 찾아온 모양이다."

도응의 말에 효명은 단번에 고개를 저었다. 황덕이 떠올랐던 것이다.

"저는 싫습니다."

"황덕이를 생각한 것이냐?"

효명은 대답하지 않았다. 다시 겪고 싶지 않은 이별이었다. 도응은 고개를 끄덕이면서도 빙그레 웃음을 지었다.

"그럼 일곱 왕자분은 모진 것이 아니었다가 답이 되겠구나."

그런 것인가. 효명은 알았다고는 해도 아는 것이 아니니 깨달음의 깊이와 어려움을 새삼 절감했다.

"네가 거두어라. 아마 황덕이가 돌아온 것이지 싶다."

"윤회를 말씀하시는 겁니까?"

"윤회가 있다면 황덕이야 보살이 되었겠지. 연기라 하지 않았더냐. 모든 생성에는 그만한 까닭이 있고 소멸도 그러하니 만남도 헤어짐도 결림 없이 받아들이면 될 일이다. 큰스님 오시기 전에 이번에는 내가 이름을 지어야겠다."

도응은 한참을 생각해 말했다.

"황소라 하자꾸나. 황은 '밝을 황(愰)'이고 소는 '이을 소(紹)'다."

그제야 효명은 허리를 숙여 황소의 머리를 쓰다듬었다.

"선원의 다른 분들은 모두 민머리인데 저만 이 모양이라 영 어색합니다."

"그건 큰스님 뜻이다만 구족계도 받지 않았는데 머리만 밀어서 뭐 하겠냐."

도응은 뒷짐을 지고 법당을 향해 걸음을 옮겼다.

행자도 사미승도 머리를 미니 구족계를 받아야만 머리를 깎을 수 있는 건 아니었다. 상훈 스님을 들먹여 자리를 피하는 도응 스님의 뒷모습을 지켜보며 효명은 두 분의 뜻이 무엇인지 궁금했다.

벌써 1년이 흘렀다. 효명이 하동으로 내려간 뒤 출시된 뮤직비디오는 거의 100만 장 가까이 팔려나갔다. 뮤직비디오까지 냈으면 방송 출연이든 공연이든 직접 노래하는 모습을 보여야 할 것이 아니냐는 볼멘소리가 커지는 것은 당연한 노릇이고, 뮤직비디오 사인회라도 열어달라는 요청이 쇄도했다. 하지만 효명에게 말 못할 사정이 있었고 그 사이에서 속앓이하는 것은 온전히 형일의 몫이었다. 뒤늦게 동희가 만든 캐릭터를 몇 가지 상품으로 만들어 내놓았지만 효명이 모습을 드러내지 않자 시들했다. 그래도 음원 다운로드와 뮤직비디오 판매 등으로 들어온 수익이 예상을 뛰어넘었으니 이대로 사그라든다 해도 고정 지출이 별로 없는 구조라서 10년은 어려움이 없을 테고, 효명이 생각하는 일이 무엇이든 당장이라도 벌일 수 있었다.

효명을 기다리는 마음들이 크더니 반년이 지나자 억측이 일기 시작했다. '석효명, 신비주의인가?' '두 번째 곡 준비로 은둔, 혹은 난항?' '첫 노래 반향 너무 커 부담 클 듯' … 그러더니 '무책임한 소속사' '소속사 흥행 전략인가?' '석효명 내놓지 않는 소속사에 팬들 분통' … 화살이 노골적으로 형일에게 향했지만 효명에게 불똥이 튀지는 않으니 다행으로 여겼다.

마침내 '석효명 출가설'로 번지더니 불락사에 몰려간 기자들은 상훈의 모르쇠에 쌍계총림 모든 절과 암자를 뒤지듯 했다. 그러나 운상선원은 일반인의 출입이 금지된 데다 종일 선방에 틀어박혀 있고 공양도 스님들만 따로 하니 마주칠 일이 없었다. 게다가 효명이 칠불사에 든 사실은 하동 주민은 아무도 몰랐고, 스님들도 아는 이가 많지 않은 데다 설령 안다 한들 입을 열 스님들이 아니었다.

단독주택으로 이사한 형일네는 효명이 기거할 빈 별채를 날마다 쓸고 닦았다.

"애는 별채는 제가 원해놓고 코빼기도 안 보이면 어쩌자는 거야! 이렇게 무책임한 놈인데 진작 쫓아내야 했어."

책상과 가구 닦은 걸레를 방바닥에 내동댕이치고 열어두었던 커튼을 다시 치며 동희가 투덜거렸다.

"효명이가 무책임하지는 않지. 언젠가는 들어오겠지."

예원의 신뢰에 동희도 고개를 끄덕였다.

"그렇겠지?"

"왜? 많이 보고 싶어?"

"보고 싶기는. 빈 별채에 귀신 들까 봐 그렇지!"

"그럼 한번 찾아가 봐. 귀신이 노크하는데 어쩔 거냐고."

형일의 말에 동희는 반색했다.

"정말? 그래도 돼? 스님들 공부하는데 면회도 돼?"

"면회? 거기가 무슨 군대냐. 아니지, 군대는 이미 다녀왔고. 교도소냐? 그리고 아직 효명이 머리도 안 깎았다."

"당신은 무슨 말이 그렇게 끔찍해. 교도소가 뭐야."

"아, 그렇네."

예원의 핀잔에 형일은 멋쩍은 웃음을 지었다.

"머리 안 깎았어? 그럼 아빠, 나 내일이라도 가볼까?"

"상훈 스님에게 여쭤는 봐야지. 무턱대고 갔다가 안 된다시면 어쩌려고?"

"그보다 스님은 뭐라 하셔요?"

예원이 물었다.

"불락사에 없으니 없다고 했고, 칠불사에는 자주 찾아보지 않으니 몰라서 모른다고 하셨다던데."

"하긴, 상훈 스님을 기자들이 어떻게 당하겠어. 그럼 기자들은 이제 안 찾아온대요?"

"그래도 몇몇은 가끔 쌍계사 암자들을 기웃거리나 봐. 그래 봐야 헛발질이기는 하지만."

"당신이 고달프기는 하겠다."

"이제 기자들 사무실에는 발길도 안 해. 그래도 이러다가 다음 곡 발표할 때 외면당할까 걱정이기는 해."

"아빠는 빨리 스님에게 전화해봐."

안달이 난 동희의 재촉에 예원은 안쓰러운 표정이었다.

오랜만에 칠불사를 찾은 상훈과 찻잔을 놓고 도응이 마주했다.

"자네가 보기에 효명은 어떤가?"

"그만한 근기와 총명함이면 불단에 새바람을 불러일으킬 수도 있겠지요."

"그럼 출가시키자는 말이신가?"

"그거야 큰스님 결정에 달린 일이지 제 소관은 아닌 듯싶습니다."

"공부는 자네가 시키면서 왜 내게 결정하라는 건가?"

"허허, 마음에 없는 말씀 마십시오. 그보다 운상선원에 객이 하나 더 늘었습니다."

"객?"

도응은 황소의 일을 알렸다. 황소는 그날부터 황덕처럼 효명이 선방에 들면 그 방문 앞에 배를 깔고 앉아 꼼짝하지 않았고 효명이 나오면 그 뒤를 졸졸 따랐다.

"황소라… 아주 잘 지은 이름일세. 더구나 삽살개라니."

"너무 기이하지 않습니까? 저는 갑자기 나타난 녀석을 보고 없는 머리털이 쭈뼛 서는 것 같았습니다."

"효명인 뭐라던가?"

"황덕이 생각났던지 단호히 싫다는 걸 제가 거두라 했습니다."

상훈은 고개를 저었다. 황덕과 이별한 아픔이 여태 남아 있다면 제 어미와의 만남도 마음 한구석에 똬리를 틀고 있음이었다. 저조차 의식하지 못하지만 그 상처가 세상을 등지고 산중으로 이끄는 것이라면 결단코 아니 될 일이었다. 아무리 때가 묻은 불문이라 해도 도피처가 될 수는 없는 노릇. 더구나 효명은 세상을 구원할 만한 법기가 아닌가. 이미 스스로 그 길에 나서기도 하지 않았는가.

"효명을 좀 불러주시게."

"예."

도응이 휴대전화를 꺼내자 상훈도 휴대전화를 들고 밖으로 나갔다.

마당에서 들려오는 소리는 유스티노 신부와 통화를 하는 듯싶었고 꽤 길었다. 도웅은 상훈 스님이 뭔가를 꾸미는 듯하니 궁금했다.

첨월각 주지실 앞으로 온 효명은 상훈을 보자 반갑게 합장의 예를 했다. 상훈은 뒤를 따라온 삽살개에게 눈길을 향했다.

"저 녀석이 황소구나?"

"예, 도웅 스님께서 이름을 주셨습니다."

"제집에 들었으니 주인이 이름을 주는 게 당연하지. 들어 오거라."

효명이 들어와 자리에 앉자 상훈은 대수롭지 않은 일인 듯 말을 꺼냈다.

"다다음주 일요일에 부산에 좀 가야겠다."

"제가 부산은 왜요?"

"강연을 좀 해야겠다."

"예? 제가 무슨 강연을 합니까?"

느닷없는 이야기에 효명은 의아했다.

"부산 성당에서 미사가 끝나고 네 강연을 들었으면 한다는구나."

더구나 성당이라니! 효명은 두 눈이 휘둥그레져 두 스님을 번갈아 돌아봤다. 도웅은 빙그레 웃음을 머금었고 상훈은 기색에 아무런 변화도 없었다.

"도대체 무슨 말씀이신지 모르겠습니다."

"세상이 시끌시끌하다. 네가 그처럼 판을 벌여놓고 사라지니 대중이

가만히 있겠냐. 얼마 전에는 네 출가설이 떠돌아 기자들이 쌍계총림 모든 절과 암자를 기웃거리며 난리도 아니었다. 그래도 김 대표만 곤욕을 치를 뿐 너에 대해서는 아직 큰 비난은 없는 모양이더구나."

그동안 휴대전화를 꺼두어 누구와도 통화하지 않았고 도응의 연락도 다른 스님으로부터 전해 들을 만큼 바깥과는 담을 쌓았으니 효명이 모르는 건 당연한 노릇이었다. 서울을 떠날 때 어느 정도 예상은 한 일이지만 그처럼 불거져 아저씨가 곤욕을 치른다니 효명은 큰 죄를 지은 느낌이었다. 그렇더라도 성당이라니, 도무지 맥락이 맞지 않았다.

"그것과 성당은 관계가 없지 않습니까?"

"네 녀석 인기가 아직도 얼마나 뜨거운지 유스티노 신부와 네 인연을 안 부산의 후배 신부가 간곡히 청을 한 모양이다. 네가 내 말은 안 들을 수 있어도 유스티노 신부 청을 거절하는 건 도리가 아니지. 어쩔 거냐?"

유스티노 신부님이 어떤 인연인가. 효명은 난감해 말문이 막혔다.

"노래는 안 할 거라고 했더니 강연이라도 해달란다."

"아무리 그래도 제가 무슨 강연을…."

"있지 않냐. 자유, 바람, 뭐 그게 아니면… 응, 하나님은 항상 사랑을 말씀하시니 그걸 하던가. 또 그렇게 얼굴을 내보여 효명이 머리를 깎지 않았더라고 하면 우리 쌍계총림도 조용해지고, 김 대표도 덜 시달릴 거 아니냐. 여러 말 할 거 없다. 얼른 돌아가서 강연 준비를 서둘러라."

쫓듯이 효명을 내보낸 상훈이 다시 유스티노와의 통화를 끝내자 도응은 웃음을 터트렸다.

"아까 바깥에서 통화하는 내용이 조금 들리던데 도대체 무슨 속셈이십니까?"

"자네는 요즘 세상에 보살이 현신하시면 법당에 들어앉아 중생을 구제하실 듯싶은가?"

"허, 글쎄요."

"자네도 날마다 겪지 않으시나. 꽃구경 바람 구경 나왔다가 길목에 오래된 절이 있다니 구경 삼아 건성 둘러보고 가는 사람들. 그나마 합장이라도 하면 잠시 부처님을 생각하는구나 여길 수 있다 해도, 그저 여기저기 사진이나 찍다가 가는 이들에게 절집이 무슨 의미가 있겠나. 쌍계사를 찾아도 진감선사비 내용에 관심을 기울이는 이들이 얼마나 되던가? 칠불사를 찾는 이들은 가야 칠왕자의 성불과 영지의 사연에 마음을 기울이던가? 그래, 스님네들을 따르고 부처님을 찾아 절집을 드나들며 경을 외우고 부처님 전 공양에 정성을 다하는 신도들도 있지. 그런데 그분들의 믿음은 과연 부처님에 의지해 자신을 닦겠다는 마음만일까? 구복의 마음은 없겠는가 말일세. 그럼 과연 부처님은 복을 줄 수 있고? 어떻게? 얼마나? 법당에 앉아 법문을 설하면 그 말의 의미를 제대로 알아듣는 이들은 또 얼마나 되고? 그래, 어쨌거나 구복이든 수양이든 신심이 있어 다 알아듣지 못해도 귀를 기울이고 열심히 절이라도 하는 분들이야 그 마음만큼이라도 스스로를 구원할 수 있겠지. 그런데 청년들은? 효명이 말하지 않던가, 미움과 증오로 희망을 잃어버렸다고. 그렇게 당장의 현실에 허덕이는 그들에게 지금 우리의 불법이 과연 닿을 수 있겠나 말일세. 조금 대중적으로 알려졌다 하면 새파랗게 젊은 놈이 중이랍시고 공개석상에서도 위아래 없이 반말지거리를 하지 않나, 또 어떤 놈은 제가 무슨 연예인이나 코미디언인 줄 아는지 맥락 없이 헛소리로 시시덕거려대고. 그게 방편이 되겠나? 아무리 방편이 된다 해도 최소한의 품위는 지켜야 신뢰가 유지되고 깊어지지, 대중의 웃음에 같이 취하면 이내 싸구려 헛소리로 여겨지고 말 걸세."

좀처럼 열을 내는 분이 아닌데 어지간히 답답하셨구나 도응은 생각한다.

어린 시절부터 절집을 드나들며 불심을 키웠든, 사회의 불합리에 의문을 품었든, 혹은 현실에 적응 못 한 도피이든, 출가를 결심해 산문에 든 이들은 교육과 수행, 참선의 과정을 거치며 깨달음을 얻고 중생구제의 책무를 느낀다. 착오와 과오는 근기에 따른 차이이지 결코 그들이 본심을 잃은 것은 아닐 것이었다. 상훈 스님도 모르지 않을 터인데 저처럼 음성을 높이는 건 분명 효명에 대한 결심 때문이리라.

"스님. 어떤 보살이 인연이 닿아 쌍계사를 드나드는데 한 스님과 차담을 나누다가 불쑥 번뇌의 마음을 털어놓았던 모양입니다. 스님이 만배를 권하는데 자신이 없어 못 한다고 했더니 삼천배, 천배로 내려가다가 하루 오백배씩 스무날 동안 할 수 있겠느냐 물어 약속했답니다. 그 스무

날 동안 절을 하며 육신의 고통 중에도 환희심을 일으키기도 하고, 아름다운 꿈을 꾸기도 했답니다. 다음에는 금강경 독송과 사경(寫經)을 권해 또 그렇게 하는데 특이하게도 매 구절 '수보리야' '수보리야' 하며 장로를 부르는 소리가 너무도 정겹게 들리는 듯하여 부처님의 사랑하는 마음을 알고 평화를 얻었답니다. 스님이 어디론가 떠나버려 다른 비구니께 그 이야기를 했더니 지장경 독송과 사경을 권하기에 또 그렇게 했답니다. 이번에는 지장경의 그 무시무시한 지옥 이야기에 악몽을 꾸고 실제 육신의 고통까지 겪었는데 마지막에 이르러 모든 지옥의 중생까지 다 구제하고 성불하겠다는 지장보살의 말씀에 평온을 얻었답니다. 그러고 나니 큰스님들의 법문이 있을 때면 아직 젊다는 이유로 뒷자리로 쫓겨나서, 앞자리를 차지한 채 법문하는 스님을 해바라기하듯 하는 꼬부랑 보살들은 알아들을까 하던 마음이 달라지더랍니다. 법문을 마치며 스님께서 주장자로 바닥을 두드리는 소리에 꾸벅꾸벅 졸다가 번쩍 눈을 떠 보니 꼬부랑 보살들의 환한 미소가 바로 부처님을 바라보는 미소와 다르지 않으니 그에서 위안을 얻는구나 싶더라는 것이죠. 그래서 보살에게 무엇을 빌어본 적이 있는지 물어봤습니다. 아이들이 아프면 '제가 대신 아프게 해주십시오' 하는 급한 마음의 기원이 저절로 튀어나오는 것이지 나름의 믿음과 수행에서 얻는 건 자신의 마음을 다스리는 것이고, 그래서 절을 찾는 발길과 신심을 멈추거나 거두지 않는다고 하더군요."

상훈은 그새 마음이 가라앉았는지 평온하게 머리를 끄덕였다. 도응은 계속 이었다.

"여러 행사가 있을 때면 자기들끼리 조를 짜서 자원봉사를 나오는 분들도 다르지 않을 겁니다. 밥을 짓고, 나누고, 설거지하고, 쓰레기를 치우고, 청소를 하고… 궂은일에도 낯빛에는 은은한 미소나 무심한 평온뿐이니 그분들의 마음도 말씀드린 보살과 다르지 않을 겁니다. 그러니 부처님의 뜻과 가르침은 여전한 것이고 우리 스님네들이야 절집과 불법을 지키는 일에 전념해야 하지 않겠습니까."

"물론이오. 부처님 이름으로 시주를 받아 절집을 꾸리는 처지이니 더욱 그러셔야지. 그런데 내게도 희한한 불자가 드나드네. 맨 처음에 불쑥 나타났을 때 친구인 듯한 동행에게 '나는 백팔배나 때릴란다' 그러며 법당으로 들어가는 거야. 뭐 저런 놈이 있나 싶어 똥방댕이를 걷어차 주려고 따라갔는데 어라, 제법 신실하게 절을 하는 거야. 지켜보니 주둥이와 달리 낯빛까지 경건해. 그래서 그냥 나왔지. 그 뒤로도 불쑥불쑥 나타나 법당에서 백팔배를 하고 가는 거야. 한번은 내가 먼저 '백팔배 때리러 오셨나?' 물었더니 빙긋 웃으며 씩씩하게 '예!' 하고는 법당으로 들어가더군. 그래서 알았지. 아, 너희 중들은 제 노릇을 못 해도 나는 부처님에 의지하겠다는 것이구나."

상훈은 너털웃음을 지었다.

"말씀 더 돌리지 마시고 이제 털어놓으시죠. 효명일 어떡하실 겁니까?"

이미 짐작하고 있다는 듯한 도응의 표정에 상훈은 짧은 한숨을 내뱉었다.

“인연을 이어가는 불자들에게 친근하고, 흔들리는 인연을 굳건히 하려고 더러 원효대사 흉내를 내보는데 나도 별로 재미없네. 그렇다고 갑자기 멈추기도 머쓱하고. 그런데 효명인 원효 스님이 될 수 있을 것 같지 않은가? 그 원력으로 시들어가는 청춘에게 희망을 주고 미움과 증오를 녹일 수 있다면 지장보살이 따로 있을까 싶은 걸세.”

세상 밖으로 내보내고 싶은 것이다. 도응은 고개를 끄덕였다.

“뒷일은 뒤에 또 알게 되고, 길을 찾게 될 테지요. 뜻이 그러시면 그렇게 하시죠.”

“나도 그래서 일을 꾸며본 걸세, 효명이 근기를 한 번 더 확인해보려고. 그러니 도응도 부산에 같이 가서 지켜봐주시게.”

“예, 그러겠습니다.”

권하지 않아도 그러고 싶었으니 도응은 선선히 응했다.

효명은 고등학교 시절 동희네를 따라 몇 번 성당 미사에 참석한 적이 있었으니 아주 낯설지는 않았다. 그러나 강연 시간까지 성당 밖에서 기다리겠다는 상훈과 도응을 유스티노는 자신도 법회에 참석하지 않았느냐며 강권하니 어쩔 수 없이 들어와 앉기는 했으나 한동안 어색함에 쭈뼛거렸다. 성당을 가득 메운 신자들도 승복 차림으로 참석한 승려들이 이색적인지라 연신 흘끔거렸다.

주임신부는 지난주 미사를 끝내고 신자들에게 효명의 특별 강연을 알렸다. 일제히 환호하는 신자들에게 가까운 지인들과 동행하는 것은 무방하나 언론에 알려져 소란스러워지면 모두가 편치 못하니 조심해달라고 당부했더니 과연 카메라와 취재진은 보이지 않았다.

미사가 시작되자 두 스님은 종교인으로서 경건하게 임했다. 절집과는 다른, 처음인 예식이니 앞쪽 신자들을 따라 하느라 연신 꾸물거려도 그에 눈길을 주는 이는 없었다. 강론과 성찬 예식에 이어 감사 기도를 드리고, 영성체 예식에 따라 밀가루와 물만으로 만든 빵을 조각으로 나눈 성체를 나눠줄 때 상훈과 도응은 조금 허둥거렸다. 마침 예식인 강복으로 미사가 끝나자 두 스님은 이마에서 배어 나오는 땀을 얼른 훔쳤다. 미사 도중에 수시로 울려 퍼지는 성가는 참으로 장중하고 아름다웠으니 상훈은 또 다른 범패구나! 감탄하며 효명이 성가를 편곡한 '아베 마리아'와 같이 대중에 더 친숙할 수 있는 불가(佛歌)를 만들어 불렀으면 마음으로 바랐다.

신자들이 수군거리며 고개를 사방으로 두리번거렸다. 효명이 어디에서 나오는지 찾는 것이었다. 강단의 주임신부는 두 팔을 들어 수런거림을 가라앉힌 뒤 간단하게 이력을 소개하고 효명을 불렀다. 앞쪽 신자석에 앉아 있던 평범한 정장 차림의 효명이 일어서자 신자들의 환호와 박수가 터졌다.

주임신부가 비켜서며 한 팔로 강단을 가리키자 효명은 담담하게 제단 위로 걸어와 먼저 성호를 긋고 허리를 숙여 인사한 뒤 마이크 앞에 섰다.

"안녕하십니까, 석효명입니다. 절집에서 나고 자란 절집 사람인데 성당 제단 위에 오르는 것이 외람됩니다만 저에게 특별한 은혜를 베풀어주신 신부님 말씀이라 감히 영광스러운 자리에 섰습니다. 유스티노 신부님, 감사합니다."

효명이 팔을 들어 뒤쪽 상훈의 옆에 앉은 유스티노를 가리키자 신부는 일어나 사방으로 고개를 숙여 인사했고 신자들은 박수로 화답했다.

"저를 보살펴주신 가족분들을 따라 몇 번 성당에 간 적이 있습니다. 그 몇 차례, 항상 성가의 아름다움과 장중함에 감동해서 다른 건 잘 기억나지 않았습니다. 오늘도 역시 다르지 않았습니다. 제가 노래를 하지 않겠다고 한 이유이니 양해해주시기 바랍니다."

이미 공지된 일이지만 신자들은 기대하는 마음으로 '안 돼요'라고 한 목소리로 외쳤고 이어 '노래해'를 합창하듯 소리쳤다. 효명이 연신 고개를 숙여 양해를 바라니 나이 든 신자들은 자제했지만 젊은 층은 오히려 더 목청을 높였다. 결국 앞자리로 옮긴 주임신부가 일어나 두 팔을 들어 자제시키고서야 강연을 시작할 수 있었다.

"부끄럽게도 저는 아직 성서나 성경을 제대로 읽어본 적이 없습니다. 그러고도 이 자리에 섰으니 염치없습니다."

"괜찮아요! 저도 아직 안 읽었어요! 모태 신자예요!"

미사 때 여성들의 머리를 가리는 미사보를 흔들며 소리치는 20대 여성의 돌발 행동에 성당 안은 한바탕 웃음이 일었다.

효명은 목청을 가다듬었다.

"제가 들은 강론의 요점은 언제나 용서와 회개와 사랑이었습니다. 그 중에서도 제 마음을 가장 휘어잡은 건 '내 탓이오!' 입니다. 저는 경륜이 짧습니다. 시험을 치르고 제 공부만 하느라 아직 많은 것을 알지도 못합니다. 그래도 저는 미움과 갈등, 증오는 정말 싫습니다. 미워하고 증오하는 데는 너무 많은 에너지가 필요하니까요. 그게 우리가 살아갈 세상이라면 너무 힘들어서 삶의 의미를 모르거나 잃을 것 같으니까요. 너무 슬프지 않을까요? 의미도 모르면서 산다는 거 말입니다. 의미를 잃어버리고 산다면 말입니다. 사랑, 너무 거룩한 이름이라서 저는 감히 꿈도 꾸지 못합니다. 저는 오직 고마워하는 마음으로만 살려고 합니다. 한 시인이 제게 말해줬습니다. 헤어져 감사할 수 있다면 그 또한 기념할 만하다고요. 기념은 뜻깊은 걸 오래도록 잊지 않고 마음에 간직하는 일이죠. 기념은 오버라 해도, 헤어져 감사하는 그 마음에는 이미 미움과 증오는 없다는 뜻이 아닐까요? '네 탓이오!'는 아마 그 감사의 시작이 아닐까 생각합니다. 부부의날이 있더군요. 대부분 지지고 볶는다고 들은 그날을 기념하자니, 무슨 뜻일까 생각해봤습니다. 아마 지지고 볶는 건 마음으로 사랑하기 때문에 할 수 있는 일이기에 1년에 하루라도 서로 그 고마움을 되새겨보라는 뜻 아닐까요? 마음 밖에 있으면 그럴 필요도 없을 테니까요."

신자들은 서로의 반려를 힐끔 돌아보며 슬쩍 미소를 감추기도 했다.

"저는 아이가 없습니다만, 어린이날이 있는 건 그저 축하해주려는 것만이 아니라 네가, 너희가, 나와 우리에게 와서 이처럼 기쁘니 감사한다는 뜻도 있지 않을까 생각해봤습니다. 혹시 아까 제가 말한 거룩한 사랑이 그런 것이라면 저도 기꺼이 해보고 싶습니다."

갑자기 누군가가 '사랑해!'를 외치니 나이 든 신자들은 웃으며 손뼉을 쳤고 청년들은 더욱 목청을 높였다. 그렇게 강연은 이어졌고, 고개를 끄덕이고, 탄식을 하고, 웃고, 눈물을 짓기도 했다.

"서양 역사를 보니 신의 이름으로 많은 전쟁을 치렀더군요. 그런데 그 거룩한 분들이 서로 피 흘리는 것을 원했을까요? 내 이름을 위해 죽이고 죽으라 했을까요? 그랬다면 거룩하다기에는 너무 민망하지 않을까요? 그러면 사람들은 신의 뜻이 아니라 사람의 오만과 무지였다고 말하기도 합니다. 그런데 진짜 까닭은 욕망 때문에, 목청을 높였기 때문일 겁니다. 소중하고 진실한 말은 조용히 하지 않나요? 고마운 분에게 꽥 소리치듯 감사하다 말하면 그걸 어떻게 받아들일까요? 사랑하는 이에게 '널 사랑해!' 천둥같이 소리치면 진심이라고 받아들일 수 있을까요? 예, 옳고 그름을 밝히기 위해, 정의를 지키고 실현하기 위해, 횃불을 들고 고함을 칠 수도 있지요. 그래도 먼저는 조용한 음성으로 속삭여봐야죠. 조용함에는 이성이 담겨 있죠. 고함에는 감정이 우선일 겁니다. 어쩌면 의도를 감췄을지도 모르고요. 저는 조용히 낮은 목소리로 먼저 말하고 싶습니다, 진심으로 고마우면 쭈뼛거리며 말하게 되지요, 진심으로 사랑하면 우물거리며 말하지 않을까요? 낮은 목소리로…."

강연은 끝났다. 박수 소리는 들리지 않았다. 효명이 강단 옆으로 나와 허리를 굽혀 인사하자 그때서야 환호와 함께 박수가 터졌다. 목청을 높이지 않아도 울림은 컸고 애소하지 않아도 감동은 깊었다.

"어떠신가, 도응?"

"저야 스님의 몫이라 하지 않았습니까."

답하는 도응의 음성이 촉촉했다.

"뜻을 이루셨으니 오늘은 상훈 스님이 한턱내셔야겠습니다."

"예, 그럽지요. 어디로 모실까요?"

"지갑만 여십시오. 자갈치시장 하동집입니다."

"어허, 또!"

"방금 효명이 낮은 음성으로 하라고 그렇게 말했는데도 그새, 참. 오늘은 포장이 안 됩니다. 뭐, 두 분에게는 모자를 빌려드리지요. 아, 승복 가릴 코트도 찾아보고요."

유스티노는 짓궂었고 두 스님은 선선히 웃었다.

28. 기녀

오용지는 오늘도 구화산으로 눈길을 두고 하릴없이 마을 길을 어슬렁거렸다. 두 중이 산으로 들어간 것이 지난가을쯤인데 겨우내 코빼기도 비치지 않더니 봄기운이 드는 데도 발걸음이 없어 신경이 쓰이고 궁금한 것이었다. 그때 젊은 중이 걸머멘 바랑이 제법 무거워 보였으니 곡물이었다면 가을 산속에서 이런저런 먹을거리를 채취해 겨울은 그럭저럭 넘겼다는 것인가. 그도 아닐 듯싶었다. 겨우 그 정도의 곡물로 두 사람이 겨울을 나기에는 턱없이 모자랐다. 설령 겨울은 어떻게 보냈다 치더라도 이쯤이면 앙상한 몰골로 시주를 청하든지 뭐라도 구하러 내려와야 할 게 아닌가.

고개를 갸웃거리던 오용지는 더럭 드는 불길한 생각에 우뚝 걸음을 멈췄다. 산속 눈밭에서 얼어 죽은 것인가. 동굴 속에 웅크려 굶어 죽은 것인가. 그러고 보니 10여 년 전 함께 들어간 다른 중과 개는 어떻게 되었을까, 새삼 궁금했다. 개는 급해서 잡아먹었다 쳐도 중은 살아 있다면 그동안 한 번이라도 모습을 보였어야 할 게 아닌가. 하긴, 기이한 행색의 중이 언제 산에서 내려왔다 다시 들어간 것인지도 알 수 없으니 그사이 내려와 마을을 빠져나간 것인지도 모를 일이지, 생각을 바꿨다.

"사형, 논은 언제부터 일구는 겁니까?"

초막에서 불경을 공부하다가 나온 유탕이 묻자 성유는 빙그레 웃었다.

"왜? 몸이 근질근질하신가?"

"남릉에 다녀오려면 씨를 뿌리고 가야 하는 게 아닌가 싶어서요."

성유가 아직 잔설이 남아 있는 땅을 발로 툭툭 차 보였다.

"보시게, 아직은 턱도 없네. 산중이라 얼어 있는 데다 쟁기가 나무와 돌조각이니 땅이 더 부드러워져야 하네."

"예? 그럼 여태 나무 쟁기로 이 넓은 논밭을 일궜다는 말씀입니까?"

"어쩌겠나. 스승님이 마을에는 발을 들이지 말라 하셨으니 내가 산중에서 무슨 재주로 쇠 쟁기를 만들어내겠나."

유탕은 또 한 번 성유의 근기에 놀랐다. 그 짧지 않은 세월을 오직 스승님의 한 말씀에 의지해 묵묵히 버텼으니 두 분이 함께 고행한 것과 다름없잖은가.

"나무 쟁기는 무엇으로 다듬으셨고요?"

"가지고 다니던 환도로 다듬었지. 어찌나 부려 먹었던지 이제 환도님이 손바닥만 한 단도가 되어서 이번에 그것도 새로 장만할 걸세."

"그럼 그릇들은요?"

"스승님 공양 담는 자기 솥은 올 때 가져온 것이고 다른 것들은 내가 흙으로 빚어 대충 구운 걸세. 나도 몰랐네, 내 재주가 이리 좋은지. 아마 속세에 있었으면 큰 부자가 되지 않았겠나, 하하하. 그렇지만 나는 스승님이 부자보다, 권세보다 훨씬 더 좋네. 그러니 이번에 자네도 잊지 말고 스승님 발우만은 아주 좋은 걸로 구할 수 있게 찾아주시게. 꼭이네!"

유탕은 아예 말문이 막혔다. 두 분이야말로 이미 보살이고 부처가 아닌가!

"남릉까지 다녀오려면 얼마나 걸리겠나?"

불쑥 들려오는 교각의 음성에 돌아보니 언제 동굴에서 나왔는지 숲길을 걸어오고 있었다.

"어딜 다녀오십니까?"

합장하며 묻는 유탕의 질문에 교각은 빙긋 웃었다.

"나도 해우(解憂)는 해야 살 게 아니냐."

"음식이 너무 거친 게 아닌지 걱정입니다."

"차가 있으니 만사형통이다. 성유가 내 명(命)을 늘려주고 있는 게지."

"아직 찻잎을 따려면 한참 있어야 합니다."

성유의 말은 어서 남릉을 다녀오자는 뜻일 것이다. 교각은 유탕을 향해 턱짓을 해 보였다. 그제야 유탕은 교각의 물음을 생각했다.

"예, 달포는 걸리지 않을까 싶습니다."

"그럼 사흘 뒤 아침 일찍 내려가자꾸나. 준비하거라."

교각은 그렇게 던져놓고 다시 동굴로 향하고 선청은 뒤를 따랐다.

"유탕 사제, 모레는 우리 개울 얼음을 깨고 목욕을 하세."

만면에 설렘 가득한 성유를 보며 유탕은 웃음을 지었다.

"그리 좋으십니까? 입술 끝이 귀를 잡으러 갈 것 같습니다."

"자네가 뭐라 해도 나는 좋네. 10년도 더 넘었네. 두 분 말고, 다른 사람 얼굴만 봐도 부처님 뵙는 것 같겠네, 하하하."

오용지는 또 산으로 들어섰다. 벌써 며칠째인지 열 손가락으로는 셀 수 없었다. 오늘도 아침 일찍 집을 나서 이제 오래지 않아 해가 질 텐데 아직도 중들의 흔적은 보이지 않았다. 살아 있더라도 이 깊은 구화산을 한두 달 뒤져서는 찾기 쉽지 않을 일이고 죽은 해골이라면 아예 찾지 못할 수도 있는 노릇이었다. 그런데도 집을 나선 것은 그저 마음이 쓰인 것만은 아니었다.

황궁에 무슨 일이 있는 것인지 도가의 기세가 등등하니 도관 도사의 위세가 마을을 흔들었다. 그렇다고 오씨 성 마을에서 촌장을 내놓으라 할 리는 없을 테지만 촌민들의 재물이 거덜 날 것 같으니 평생의 믿음마저 사그라들고 있었다. 재물을 바쳐야 더 큰 부귀를 준다면 나눠줄 재물로 충분할 것이 아닌가. 재물로 목숨을 연장해준다면 황제와 고관대작은 재물이 모자라 단명하는 것인가. 한번 믿음이 흔들리고 의문이 들자 꼬리에 꼬리를 물어 정신이 다 어질할 때가 있었다. 불교는 어떨까 했더니 그 역시 법문이라는 건 알아듣기 어렵고 불사 운운에 재물을 바라니 마음이 가지 않았다. 그런데도 살아만 있다면 이들은 뭔가 다르겠지 하는 마음이 들었던 것이다.

오늘도 또 그만 내려가야겠다 싶은데 길잡이로 앞장섰던 청년이 달음박질로 등성이를 내려왔다.

"촌장 어른. 저 등성이 아래가 좀 이상합니다. 개도 한 마리 보이고요."

"개?"

물어놓고 오용지는 얼른 앞장서라는 팔짓을 했다.

등성이에 올라서 내려다보니 잔설에 덮였지만 이전에 없던 너른 평지가 계단식으로 마련되어 있는 게 아닌가. 오용지는 단번에 이 자들도 역시 불사로구나 생각하며 적이 실망했다. 더군다나 엄연히 주인이 있는 땅을 제멋대로… 기가 막혀 끌끌 혀를 찼다. 그러다 문득 생각하니 언제 인부와 쟁기가 들어왔든가 더듬어 보면 앞뒤가 맞지 않았다. 개가 있다는 말이 생각나 고개를 들어 둘러보니 과연 산 정상 아래 바위 앞에 쪼그려 앉아 이쪽을 지켜보고 있는 게 아닌가. 오용지는 청년에게 조용히 하도록 이르고 발길을 조심해 바위를 향해 다가갔다.

청년은 좀 떨어진 곳에서 멈추게 하고 발소리를 죽여 다가갔지만 하얀 털이 두 눈을 가리도록 긴 삽살개는 멀뚱히 바라보기만 할 뿐 짖기는 커녕 미동도 없었다. 조금 더 다가가 삽살개 뒤쪽을 보니 자신도 알지 못하는 작은 동굴이 있는 게 아닌가.

"으흠."

오용지는 혹시 싶어 인기척을 냈지만 동굴 안에서는 아무런 기척이 없었다. 삽살개를 돌아 동굴 안에 발을 내딛던 오용지는 하마터면 고함을 지를 뻔했다. 사람이었다. 등만 보이지만 분명 사람이고, 어둠에 익숙해지자 기이한 용모의 그 중이었다.

"스님."

조심스럽게 불러보았지만 여전히 아무런 반응도 보이지 않았다.

오용지는 더 다가가 양쪽에 놓인 그릇들을 살펴봤다. 한쪽은 찻물을 데우고 있었고 반대쪽 조금 큰 그릇에는 뭔가 담겨 있고 아래의 불은 식지 않을 정도의 미온이었다. 궁금해 그릇 안을 들여다본 오용지는 마음이 숙연했다. 얼마간 곡식이 보이기는 하지만 절반 넘는 그것은 분명 백토였다. 사람이 흙과 날알을 섞어 죽을 끓여 연명하다니…. 새삼스레 중을 돌아보니 가부좌를 틀고 두 눈을 감은 그는 삼매에 들어 인기척조차 느끼지 못하는 듯싶었다.

오용지는 경건하게 합장으로 배례하고 조용히 산을 내려왔다.

다음 날 해가 떠오르자 오용지는 청년에게 사람 몇을 불러오게 하여 쌀가마를 동굴로 보냈다.

"스승님! 스승님!"

마음 바쁜 성유의 고함에 동굴을 나온 교각은 초막 앞에 쌓여 있는 가마니 더미에 고개를 갸웃거리며 내려왔다.

"무슨 가마니냐?"

"고전촌 오용지라는 분이 쌀가마를 보내왔습니다. 인부들을 데려온 청년의 말에 따르면 어제저녁 무렵 이곳을 찾았고, 오용지라는 분은 스승님 동굴에도 들어갔다가 나왔다 합니다."

교각은 가만히 생각을 더듬으니 어제 그 무렵 한창 삼매에 들었을 때 인기척이 있었던 듯도 싶었다.

"너희는 뭘 하고 있었기에 보지 못한 것이냐?"

"아마 개울에서 몸을 씻고 있을 때였던 듯싶습니다."

"청하지도 않은 시주라니, 참으로 고마운 일이구나."

"오늘은 쌀로 밥을 넉넉히 짓겠습니다. 시주하신 분의 마음도 맛보시고 내일 길을 떠나려면 어차피 요깃거리를 준비해야 했습니다."

"그러려무나. 유탕아, 너는 지필묵을 좀 가져오거라. 은혜를 입었으니 감사하는 글이라도 써야겠다."

교각은 다시 동굴로 가고 성유는 쌀을 씻어 밥을 짓기 시작했다. 스승님의 저녁 공양은 흰쌀밥으로 하고 남은 밥에 삶은 나물과 소금으로 간을 맞춰 주먹밥을 만들 요량이었다.

유탕이 먹을 다 갈자 교각은 붓을 들었다.

수혜미

비단옷 버리고 포의 걸쳐

나를 닦으려 바다 건너 구화에 이르렀네

나 본디 존귀한 왕자이나

구도의 길에 들어 오용지를 만났네

가르침을 구하기에 애쓸 뿐인데

앞서 이렇듯 쌀을 보내와

오늘 저녁 기름진 밥으로 배를 채우나

지난날 굶주림을 잊지 않으리

날이 밝아 교각이 동굴을 나오자 기다리던 성유와 유탕은 좌우를 지키며 산을 내려갔다. 선청은 날마다 나다닌 길인 듯 앞서 달려가니 기특한 노릇이었다.

고전촌에 이르자 교각은 어제 쓴 시를 넣은 봉투를 성유에게 주어 오용지에게 전하게 하고 유탕과 함께 갈 길을 이었다. 걸음 빠른 성유는 한달음에 촌장의 집으로 가 문을 여니 마당에 나와 있던 오용지는 두 눈이 휘둥그레졌다. 저 스님도 여태 살아서 산중에 있었던 것인가? 놀라 미처 말을 못 꺼내는데 합장으로 배례한 성유가 봉투를 내미니 받아 종이를 꺼내 펼쳤다.

酬惠米

棄却金鑾衲布衣　修身浮海到華西

原身自是尊王子　慕道相逢누用之

未敢叩問求他語　昨叨送米續晨炊

而今飧食黃精飯　腹胸忘思前日飢

“스승님께서 어제 쌀을 보내주신 것에 감사하다고 전하라 하셨습니다.”

시를 읽은 오용지는 다시 놀라 두 눈이 휘둥그레졌다.

“그 스님이 왕자이셨다는 말씀입니까?”

“예, 신라의 왕자셨습니다.”

“왕자님께서 어떻게?”

“왕좌보다 불법이 더 크니 저리하신 것이지요.”

“스님께서도 여태 산중에 계셨습니까?”

“예, 10년도 넘어서 산을 내려오는 길입니다. 남릉에 가야 해서요.”

“남릉에는 무슨 일로요?”

“스승님께서 불경을 편찬하시려고요. 앞서가셨으니 이만 가보겠습니다.”

돌아선 성유가 또 달음박질치니 오용지는 꿈인가 싶었지만 손에 쥔 종이와 시가 있으니 믿지 않을 수 없었다.

이번에는 현청이 있는 남양을 거쳐 북쪽 장강 변 선성(宣城: 지금의 퉁링)으로 길을 잡았다. 그곳에서 배를 타고 장강을 내려가면 사나흘이면 남릉(南陵)에 이를 수 있었다. 〈삼국지〉에 나오는 손권의 오(吳)나라 수도 건업(建業)으로 귀에 익은 바로 그곳이다. 땅의 주인이 바뀌면 이전의 위업을 지우려 성의 이름을 바꾸는 게 관행처럼 되어 건강(建康), 승주(升州), 강녕(江寧) 등으로 불리기도 했으나 사람들은 주로 남릉이라 했고 당이 망한 뒤에는 금릉(金陵)으로 바뀌었다.

남릉은 이전부터 장강 수로를 이용한 상업의 중심 도시로 번성해 물산의 다양함과 풍성함은 장안성이나 낙양성에 뒤지지 않았다. 또한 오나라 이후 여러 왕조의 수도이기도 했으니 황도로서의 풍모가 장려해 장강 이남 제1의 성시라 해도 과언이 아니었다. 그런 만큼 문화도 더불어 발전해 여러 종교는 물론 명망 높은 시인 묵객의 발길이 끊이지 않았으니 당시에는 시선(詩仙)으로 불린 이백(李白) 등이 드나들며 더욱 명성을 높였다.

성유는 배에서 내리면서부터 화려한 성시의 모습에 연신 감탄하며 사방을 두리번거렸다. 그러다가도 불경이 펼쳐진 곳이면 두 눈에 불을 켰지만 그에서는 교각도 유탕에 미치지 못하니 이내 멀거니 지켜보다가 값이나 치러야 했다. 열흘 동안 곳곳을 누비는 사이 치밀하게 고른 불경이 한 바랑이나 되니 이제 남릉에서의 일은 거의 끝난 셈이었다. 그러자 이번에는 유탕을 길잡이 삼은 성유는 시장을 누비며 스승을 위한 쇠로 만든 가마며 발우, 자기 찻잔 등을 고르고 골라서 사들였다. 항상 삼베 포의를 걸치는 것이 안타까워 겨울을 나기 좋은 옷가지를 구입하려다 교각의 불호령을 들었지만 좌복만큼은 기어이 고집을 부렸다. 유탕도 거드니 교각은 어쩔 수 없이 허락했다.

"금편이 아직 남았더냐?"

생전 묻지 않던 걸 물으니 성유는 필요한 것이 또 있으신가 싶었다.

"예, 한 냥짜리 금편 두 개와 은편 다섯 개가 남아 있습니다. 바꿔둔 개원통보(開元通寶)도 두어 냥은 되고요."

"쟁깃값은 좀 알아봤느냐?"

"예, 무거우니 돌아가는 길에 사려고 남양에서 알아봤더니 남은 개원통보로 충분할 것 같았습니다."

"가능한 많이 사야 한다."

"염려 마십시오. 유탕 사제가 불경과 다른 걸 짊어지면 제가 삼사십 명이 쓸 수 있을 만큼은 질 수 있습니다."

교각이 이번에는 유탕을 돌아봤다.

"기루라는 곳의 하룻밤 술값은 어느 정도면 되느냐?"

유탕과 성유는 동시에 휘둥그레진 눈으로 서로를 바라봤다.

"기녀가 있는 기루 말입니까?"

"그래."

너무도 태연한 교각의 대꾸에 유탕은 고개를 갸웃거리더니 자신 없는 말투로 대답했다.

“잘은 모르나 얼핏 듣기로는 은 한 냥은 든다는 것 같았습니다.”

“그럼 우리 셋이 승복 대신 갈아입을 옷과 머리를 가릴 두건 같은 걸 하룻밤만 빌려오거라.”

“예, 기루에 가시려고요?”

“그래, 기왕 나온 걸음이니 우리도 한번 가보자꾸나.”

“예엣!”

두 제자가 한목소리로 비명처럼 토해냈지만 교각은 그저 빙긋 웃을 뿐 더는 말없이 돌아서 숙소를 향해 앞장섰다.

기루라니! 성유는 모시는 동안 신라에서도 기방은커녕 여인에 관심 두는 것조차 본 적이 없었고, 유탕도 이전 낙양성에서는 물론 돈황에서 다시 만난 이후로도 여인에게 눈길을 준 적이 없으니 영문을 몰라 황당할 따름이었다. 어쨌거나 말씀이 있었으니 따라 기루에 들기는 했으나 대낮같이 환하게 밝힌 오색등이며 형형색색으로 차려입은 기녀들도 도무지 눈에 들어오지 않고 감흥보다는 좌불안석이었다.

방에 자리를 잡고 앉자 이내 기름진 음식을 들여와 상을 가득 채우고 이어서 기녀 셋이 들어와 각각의 옆에 붙어 앉았다.

“난향(蘭香)이라 하옵니다.”

교각의 옆에 앉은 기녀가 자신의 이름을 알리며 인사하자 다른 기녀들도 그리했다.

"난향이라. 좋은 이름이구나."

"잔을 받으시지요."

권하는 대로 교각이 잔을 들자 난향은 공손히 술을 따랐다. 크고 동그란 눈에 눈빛은 맑았고 코는 오뚝하고 입술은 얇아 제법 미색이었다.

술을 반잔쯤 목구멍으로 넘긴 교각은 잔을 내려놓고 난향을 돌아봤다.

"술 향기도 네 이름만큼 향기롭구나. 그런데 너는 본디 남릉 사람이냐?"

"그럴 리가요. 고향에서 기녀가 되는 년이 어디 있답니까. 저는 그리 멀지 않은 선성이라는 곳에서 왔습니다."

선성이면 올 때 배를 탔던 그곳이었다. 교각은 속으로 부처님 뜻이구나 생각했다.

"요즘 세상 돌아가는 건 어떻다더냐? 나는 멀리 산중 마을에서 와서 시속을 몰라 묻는 것이니 아는 대로 들려다오."

"황궁에서는 양옥환이 황제 폐하의 눈과 귀를 가리고, 조정에서는 이임보가 농락하니 머지않아 또 큰 난이 일어날 것이라고 모두 한입으로 말합니다."

"두렵겠구나?"

"저는 나이가 어려서 겪어보지 않았지만 여기를 드나드시는 나이 지긋하신 어른들은 그러려니 합니다. 또 한바탕 유민들이 몰려와 수선스럽겠구나 걱정이지, 가진 것 많은 분들이야 어떻게든 살 텐데 뭐가 두렵겠습니까?"

"그럼 유민들은 이런 큰 성시에서는 일자리를 찾을 수 있는 것이냐?"

"아휴, 정말 물정을 모르시네. 이런 큰 성시일수록 가진 게 없으면 살 수가 없습니다. 그저 며칠 어물쩍거리다가 회하 남쪽으로 내려가 산중에 들어 연명하거나 아니면 더 먼 남쪽, 옛 월나라 땅으로 가 정착하게 되겠지요."

"그런 곳에서는 살 수 있다더냐?"

"쉽기야 하겠습니까. 원래 살던 토착민이 있는 데다 예전부터 난이 일어나면 중원에서 내려가 터를 잡은 이들이 또 저마다 모여 사니 그들의 경계심이 텃세가 되어 만만치 않을 것입니다. 그래도 처자를 거느린 사람들은 어떻게든 땅을 일구고, 셈 빠른 이들은 장사를 해서 둥지를 트는 모양입니다. 근력 좋은 남정네들은 품을 팔기도 한다는데 그건 고달픈 살이겠지요."

제법 세상 돌아가는 일에 밝은 아이였다. 그저 듣는 귀동냥도 있겠지만 말하는 것으로 보아서는 제법 총명해 궁금한 것을 찾아 묻기도 할 터였다. 어쩌면 그로써 앞으로 자신이 살아갈 방도를 찾으려는 것인지도 모를 일이었다.

"너는 난이 일어나면 고향에 갈 것이냐?"

난향은 한숨을 내쉬었다.

"어찌 돌아갈 수 있겠습니까. 이리 살다가 조금 더 나이 들어 퇴물이 되면 내쫓기는 신세가 되어 앞날이 아득할 테니 그전에 어떻게든 첩실 자리라도 꿰차야지요."

"고향에 부모 형제도 있을 텐데 인연을 끊은 것이냐?"

"그놈의 인연. 그 천륜 때문에 저는 여전히 빈손입니다."

"그건 무슨 소리냐?"

난향이 한숨만 내쉬자 듣고 있던 다른 기녀가 답을 대신했다.

"지난 3년간 웃음 팔고 몸 팔아 번 돈을 고향에 보내 부모님이 전답을 사게 했답니다. 저년이 그래도 여기 기루에서는 드물게 효녀입니다."

"효녀는 무슨…."

난향은 체념한 듯 주절거리며 제 술잔에 술을 따라 단숨에 마셨다.

"부모님께 전답까지 장만해 드렸다면 그만 고향에 돌아가 오순도순 같이 살면 될 게 아니냐?"

교각은 진심으로 이해되지 않았지만 난향은 혀를 찼다.

"참, 기녀질 하던 딸을 어지간히 반기겠습니다."

"아버님이 무얼 하셨기에?"

교각은 엄한 학자라도 되는 것인가 생각했다.

"선성은 예로부터 동(구리)이 많이 생산되는 곳입니다. 아버지는 그 광산 굴에서 광석을 캐고, 어머니는 제련한 뒤의 찌꺼기를 또 가려내는 일을 했지요. 몸뚱이는 하루도 성한 날 없이 노예나 다름없는데도 입에 풀칠이나 할 뿐이었습니다. 저도 가난은 지긋지긋한 데다 그런 꼴도 보기 싫어 집을 나왔지만 어찌 천륜을 외면할 수 있겠습니까. 이제는 살 만하겠구나 싶었는데, 막상 돌아갈까 생각해보니 받아줄 것 같지가 않았습니다. 이게 얼마나 부끄러운 노릇입니까. 한번 기녀의 길에 들어서면 다들 벗어나지 못하는 것도 그런 까닭이지요."

"올해 몇 살이냐?"

슬며시 눈물까지 짓던 난향은 발끈하며 코웃음을 쳤다.

"도대체 다들 그건 왜 묻는 것입니까? 올해 열아홉이고 3년째 기녀 생활을 하고 있습니다만, 스님들이 꽃값을 낼 것도 아니잖습니까?"

성유와 유탕은 화들짝 놀란 표정이었지만 기녀 셋은 모두 이미 알고 있었다는 듯 까르르 웃음을 터트렸다.

"어떻게 알았느냐?"

"처음부터 눈치는 챘습니다만 술도 음식도 안 드시니 물어볼 것도 없지 않습니까."

"그래서 보기 흉하냐?"

"흉하기는요. 아예 승복을 입고 태연히 드나드는 스님들도 있는 것을요."

이리도 타락하였나 교각은 개탄스러웠으나 내색하지 않았다.

"도대체 뭘 알아보려고 오신 겁니까?"

난향의 말투에 짜증이 배어 있었다.

"네 꽃값은 하룻밤에 얼마냐?"

이 무슨 경천동지할! 성유와 유탕은 아예 고개를 돌려 외면했고 다른 기녀들은 또 까르르 웃음을 터트렸다.

"사시지도 않으실 걸 왜 물으십니까?"

"어허, 얼마냐니까?"

짐짓 진지한 교각의 태도에 난향은 믿기지 않는다는 표정이었다가 배시시 웃었다.

"좋습니다. 통보 한 냥은 받는데 스님이시니까 특별히 반만 받겠습니다."

"왜? 불자더냐?"

"절에 갈 팔자였겠습니까. 그래도 숭악한 도관 도사들보다는 나은 듯하여 그럽니다."

교각은 성유를 돌아봤다.

"이 아이에게 한 냥을 주거라."

성유는 이제 더 놀랍지도 않았다. 에라, 모르겠다 하는 심정으로 한 냥 꾸러미를 건네자 난향의 표정도 복잡해 보였다.

"정말 저를 품으시렵니까?"

"품든 안 품든 물었으니 줘야지. 그리고 너, 나와 큰 내기를 한번 하자."

"무슨 내기요?"

"네가 고향에 돌아가서 부모님이 널 반기면 내가 금 한 냥을 주고, 반기지 않으면 내 밑에서 평생 공양 짓는 일을 하거라."

금 한 냥이라니! 세 기녀 모두 입이 딱 벌어졌지만 아무래도 내기가 반대인 것 같아 이상했다. 난향이 고개를 갸웃거리더니 물었다.

"원래는 부모님이 반기면 제가 지는 것이 아닙니까?"

"그건 내기를 거는 사람 마음 아니겠느냐. 어쩔 거냐? 할 테냐, 아니 할 테냐?"

난향은 한참 동안 생각했지만 쉽사리 결정할 일이 아니었다.

"더 생각해보겠습니다. 그럼 내기를 하면 스님을 어떻게 찾습니까?"

"구화산 고전촌을 찾아와서 촌장에게 물으면 알려줄 것이다. 이제 가야겠으니 여기 음식을 기름진 것과 청정한 것으로 나누어 싸줄 수 있겠느냐?"

성유는 안도의 숨을 내쉬고 값을 치르러 나갔고 유탕은 스승의 뜻을 알아 음식을 가려주었다.

배를 타고 장강을 거스르며 교각은 유탕에게 물었다.

"선성이라는 곳이 그처럼 동이 많이 생산되는 곳이냐?"

"옛날 동이족이 무력으로 강성했고, 그 후예인 상나라가 하나라를 멸할 수 있었던 것도 말씀드렸던 대로 그 일대가 터전이라 풍부한 동으로 청동 무기를 많이 만들어낼 수 있기 때문이었습니다."

"그럼 합비를 비롯한 인근의 원주민은 동이의 후손일 수 있겠구나?"

"그럴 수 있겠지만 아득한 옛날 일이니 누가 그걸 기억하겠습니까. 이제는 고전촌처럼 오나라의 후예들이 원주민이고 유민으로 내려와 정착한 사람들도 있을 것입니다. 그보다 어제 그 기녀는 왜 특별히 대하신 겁니까?"

교각은 빙그레 미소 지었다.

"기루에 간 것은 더 깊은 시속을 알아볼 요량이었는데 뜻밖에 총명한 아이라 기회를 준 것이다. 두고 보자꾸나. 참, 성유야. 선청은 잘 먹더냐?"

"예, 전에 보타섬에서는 불자들이 들이밀어도 거들떠보지 않더니 제가 주니 잘 받아먹습니다. 아직도 닷새는 더 먹일 수 있을 겁니다. 선청아, 그 기름진 음식은 스승님이 너를 위해 아주 비싼 값을 치르고 마련한 것이니 오래도록 튼튼하거라."

성유가 머리를 쓰다듬자 선청은 꼬리를 흔들었다.

"이번에 산에 들어갈 때는 이른 새벽에 고전촌을 지나가 사람들이 알지 못하게 해야겠다."

"왜 그래야 하는 것입니까?"

이번에는 유탕이 물었다.

"곧 불법을 펼칠 때가 오지 않겠느냐. 그때를 조용히 기다리려는 것이다."

교각은 점점 거세지는 도가의 기세를 염려하는 것이었다.

29. 문학

—'석효명, 부산 한 성당에서 강연' '출가설 사실무근'—

성당 홈페이지에 올린 효명의 강연 영상은 SNS를 통해 빠르게 퍼졌다. 팬들은 머리를 자르지 않은 단정한 정장 차림을 영상으로 확인하자 기쁜 마음의 댓글을 달았고 강연 내용에 공감하며 다시 들썩이기 시작했다. 이어지는 강연 요청을 감당해야 하는 건 또 형일의 몫이었다.

형일이 효명의 강연 사실을 알게 된 것은 그날 오후 성당 홈페이지에 동영상을 올린 직후였다. 전화기 너머 유스티노의 목소리에는 장난기가 묻어 있었지만 그건 유쾌함이었다. 경위를 묻자 자신도 상훈의 요청을 받아 후배 신부에게 의사를 물었더니 단번에 동의해 빠르게 성사되었을 뿐 더는 알지 못한다는 답이었다.

허둥거리며 사무실에 들어서는 동희의 모습이 엉망이었다. 야구모자를 눌러쓴 건 며칠 머리를 감지 않았다는 것이고, 퀭하게 들어간 흐리멍

덩한 눈은 제대로 눈을 붙인 게 한참 되었다는 것일 테니 선배 작업실에 웅크려 있었을 것이다.

"며칠을 집에 안 들어온 거냐? 그럴 거면 미리 준비해 옷이나 제대로 갈아입지…."

마음 급한 동희는 형일의 말을 잘랐다.

"아빠, 효명이 동영상 뭐야?"

아마 뒤늦게 누군가의 이야기를 듣고 영상을 본 모양이었다.

"나도 동영상이 올라온 뒤에 신부님 연락받고 알았어. 상훈 스님이 일을 꾸민 모양인데 신부님도 자세한 내막은 모르신대."

"그럼 스님에게 전화를 해봐야지."

"속을 드러내실 거면 미리 알려줬을 텐데, 전화한다고 시원하게 말씀하시겠어? 일단 기다려보자."

"아휴, 속 터져. 아니, 스님은 왜 이렇게 속을 썩이시는 거야!"

동희의 안달복달에 형일도 저절로 한숨이 새 나왔다.

"나도 이번에는 강연 요청 때문에 죽을 맛이다. 뭘 알아야 스케줄을 잡든 거절을 하든 하지."

"효명이 이거, 집에만 들어와. 아주 반쯤 죽여 놓을 거야."

스님에 이어 효명에게 화살을 날리는 동희의 좌충우돌에 형일은 혀를 찼다.

"신소리 말고, 넌 며칠 동안 뭐 하느라 집에도 안 들어와?"

"캐릭터…."

"효명이 캐릭터?"

대답 대신 동희는 기운 빠진 얼굴로 고개를 끄덕였다.

"이미 다 끝난 건데 뭘 자꾸 연연해. 이번에는 접고 다음번에…."

"안 돼! 캐릭터 때문에 효명이 노래 빛이 바래면 나 걔를 어떻게 봐. 아, 쪽팔려!"

"넌 나이가 몇인데 아직도 말본새가 그게 뭐냐."

형일은 그 속을 뻔히 알기에 타박하며 말을 돌렸다.

"일단 오늘은 집에 들어가자. 좀 씻고 옷도 갈아입고. 너 지금 꼬리꼬리한 냄새나."

동희는 그제야 킁킁거리며 제 몸의 냄새를 맡고 형일은 탁자를 정리하는데 전화벨이 울렸다. 상훈이었다.

"동희야, 스님."

"아빠, 스피커폰."

헛기침으로 목청을 가다듬고 형일은 통화 버튼을 눌렀다.

"아유, 스님. 잘 지내시죠?"

"하하하, 내가 미리 말도 안 하고 일을 좀 저질렀소. 고단하지요?"

상훈의 느긋함에 형일은 마음이 놓였다.

"예, 고단한 정도가 아닙니다. 이번에는 강연 요청이 밀려드니 어찌해야 할지, 참. 모두 거절할까요?"

"가려서 해야지요. 효명이와 맞는 곳은 추후에 다시 연락해주는 걸로 하고, 아닌 곳은 거절하고요."

"그럼 효명인 서울로 다시 오는 겁니까?"

"일단 그리할 생각인데 지금 수작 중입니다, 허허. 그보다 오늘 용건은 아마 법무부에서 서울구치소 강연 요청이 있을 겁니다."

"서울구치소요?"

"유스티노 신부님이 다리를 놓고 있으니 전화가 오면 응해요, 두 번째 강연인 겁니다."

"알겠습니다. 그런데 왜 하필…."

"효명이 마음을 움직이려고요. 아무튼, 요청이 오면 김 대표는 강연료 협상을 잘하세요. 정부기관이라 정해진 규정을 따르려 할 건데 신부님이 장관 판공비라도 내놓으라고 윽박지르는 중이요."

"굳이 그렇게까지 해야 할까요, 더구나 정부기관인데요?"

"효명이는 프로 정신이 없어요. 기왕 내보낼 거면 제가 프로라는 공인 의식을 갖게 하려고요. 그럼 더욱 책임감을 느끼지 않겠소?"

"예, 알아들었습니다."

"그리고 동희를 좀 보내줘야겠소."

동희는 두 눈이 화등잔만 해지며 웃음이 함박이었다.

"스님, 제가 가서 뭘 해요?"

"오, 동희도 옆에 있었구나."

느닷없이 끼어들었지만 상훈은 선선했다.

"막 끼어들어서 죄송해요."

"괜찮다. 그런데 너 아주 예쁘게 하고 내려와야겠다, 이제 봄이지 않냐."

"그런 거 효명이한테는 안 먹혀요. 언제 가요?"

"그래? 허허. 그럼 할 수 없다만 나는 기대하마. 날짜는 다음 주로 하자."

일단이라는 전제가 붙기는 했지만 그건 스님의 뜻이 아니라 효명의 생각 때문일 것이었다. 형일은 자신이 뭘 놓치고 있는 것인가 더듬었다. 아무래도 그 여인이 아직 저도 모르게 마음 어딘가에 깊이 남아 있을 듯 싶었다. 아니, 그럴 것이다. 덩달아 분노하느라 생채기 깊은 그 속을 읽지 못했다! 새삼스레 두리번거렸지만 여인이 두고 간 명함은 신경 쓰지 않았으니 진작 버려졌을 테고 제대로 들여다보지도 않았으니 이름조차 알 수 없다. 형일은 박준동이라는 이름만 기억해냈다.

영지에서 도응과 선문답 뒤로 효명은 마음의 수선스러움을 내보내지 못하고 있었다. 스님은 왜 그런 선문답을 내놓았을까. 그저 선문답이었을까, 나를 염두에 둔 화두였을까. 생각하면 할수록 뭔지 모를 묵직함이 머리를 눌렀고 아픔이 따끔거렸다. 그러다가 내가 아는 것은 과연 무엇일까 생각하면 아무것도 없었다. 그럼에도 뭔가를 하겠다고 엄두 냈다는 것이 부끄러워 얼굴이 화끈거리기도 했다. 다른 모든 것은 버리고 오직 나만 바라보자 생각하지만 그 또한 희미할 뿐이었다. 흠씬 두들겨 맞고 싶었다. 머리통이라도 깨져 피가 철철 흘렀으면 좋겠다 싶었다. 자학이 아니었다. 내 안의 모든 것을 내보내고 싶었다. 뭔가가 들어 있는 것이었다. 알지 못하는 그 뭔가는 무엇이기에….

효명이 그렇게 자조하고 있는 시간 도응은 상훈을 맞고 있었다.

"올해 첫 차입니다. 아침에 누가 맛이나 보라며 가져왔습니다."

"벌써 첫 차가 나왔다고?"

"예, 산등성이 하나 사이로 제가 한발 빠른 모양입니다."

연록빛 여린 찻잎은 열기를 한숨 죽인 물을 받고서도 활짝 피지 않았다. 워낙 어린 새싹이라 그런 것이리라. 이내 그윽한 향이 사방으로 번졌다.

"과연, 세상이 이처럼 싱그러운 향기라면 얼마나 좋겠는가."

상훈은 진한 차향이 매우 만족스러운 모양이었다.

"이제 이런 우전(羽箭)은 점점 맛보기 어려울 것 같습니다."

"그럴 테지. 찻잎을 따려는 사람들이 없다면서?"

"예, 허리 굽은 할머니들은 높은 데를 올라가기 힘들고, 젊은 사람들은 하지 않으려 하니 점점 값이 비싸집니다. 지금도 하동 우전 값이 만만찮은데 서너 배가 되면 그야말로 금차(金茶)가 되어 신분의 징표가 될지도 모르지요. 그건 참 기막힐 일입니다."

“다른 곳처럼 기계를 이용하게 할 수도 없는 노릇이고, 참.”

“하동 차가 그러면 안 되지요. 차 시배지 이름도 그렇지만 야생차 맛을 어찌 버릴 수 있겠습니까, 지켜야지요.”

“뾰족한 수가 있을는지, 쯧쯧.”

향기로운 차 맛이 달아나려는 현실에 마주 혀를 차다가 상훈은 손목시계를 들여다봤다.

“효명일 부를까요?”

“아닐세.”

그래 놓고 상훈은 또 손목시계를 들여다봤다.

“누굴 기다리시는 겁니까?”

“혹시 동희라고 들어봤는가?”

“예, 들었지요. 효명이 가족같이 지낸다는 그 집의 동갑내기요.”

“그 아이가 내려오고 있네.”

“어쩌시려고요?”

“도응은 오후에 특별한 일이 있으신가?”

물음에는 답이 없으니 또 무슨 일을 벌이려는 것이리라 싶었다.

“없기는 합니다.”

“그럼 나와 같이 저녁이나 먹으러 가세.”

“어디로요?”

“자네는 문학이 세상을 구원한다는 이야기를 들어본 적이 있는가? 톨

스토이나 뭐 그런 이들이?"

도응은 고개를 갸웃거렸다.

"톨스토이는 모르겠고, 도스토옙스키가 아름다움이 세상을 구원한다고 한 구절은 고등학교 때 소설에서 읽은 것 같습니다. '백치'였던가…?"

"그럼 그것도 구원은 구원이구먼. 그럼 자유는?"

"그거야 많지 않겠습니까?"

상훈은 지그시 눈을 감고 고개를 끄덕였다. 도응은 다시 다기에 물을 부어 차를 우리며 뜬금없이 무슨 문학인가 생각했다.

"동희는 오늘 면회를 오는 걸세."

"면회요?"

"그 녀석 말이 그래. 스님, 효명이 면회할 수 있어요?"

"예? 하하하."

그러는 사이 주차장에 자동차가 세워지고 동희가 내렸다. 노랑 바탕에 빨강 초록 파랑의 무늬가 꽃처럼 나비처럼 들어 있는 원피스 차림이었다. 상훈을 보고 팔랑팔랑 날듯이 빠르게 걸어오더니 합장배례 했다.

"이제는 합장이 제법 익숙하구나. 그런데 넌 절에 온 거냐, 꽃구경을 온 거냐?"

"모름지기 면회에는 환하고 예쁜 차림이어야죠. 그래야 군대고 감옥이고 우중충한 기운에 찌든 사람들이 각성할 것 같아서요."

그러고는 한 바퀴를 도는데 살짝 들린 치마 끝단이 펼쳐지는 연꽃 같고 구름 같았다.

"좋구나. 자, 인사드려라. 도응 스님이시다."

동희는 얼른 합장배례 했다.

"안녕하세요, 김동휩니다."

"그래요, 환영합니다."

"칠불사 주지시니 효명이 감옥의 소장님도 되신다. 면회는 당연히 도응 스님 권한이고."

"아이구, 이렇게 또 벼슬을 주십니다."

"잘 부탁드립니다."

동희가 구십 도로 허리를 굽혔다.

"효명일 부르시게."

상훈의 말에 도응은 한 손을 내저었다.

"아닙니다. 귀한 분이 오셨으니 제가 선원으로 모셔 가지요. 운상선원이 어떤 곳인지 직접 봐야 면회하는 마음도 편할 테고요, 허허."

"동희야, 거긴 일반인은 출입이 금지되는 곳이니 영광으로 알아라."

"옙! 사면이 어려우면 가석방이라도 부탁드립니다."

동희는 거수경례까지 해 또 웃음을 주었다.

가파른 계단을 올라가 '동국제일선원(東國第一禪院)' 편액을 건 보설루(普說樓) 아래 계단을 또 오르며 동희가 물었다.

"동국제일선원이 무슨 뜻이에요?"

"동해가 태평양의 서쪽이고 그 동쪽에 또 다른 대륙이 있다는 것을 모르던 시절 중국이나 인도 같은 나라 사람들에게 한반도는 세상의 동쪽 끝이었거든. 그래서 '동국'이라 불렀고, 선원은 스님들이 공부하고 참선하는 곳인데 여긴 서기 100년경 우리나라 최초로 세워진 것으로 전해지니 동국 제일이 되는 거지요."

보설루 계단을 오르면 왼쪽에 옛 아자방 터가 있어 복원 중이고 그 옆쪽에 자물쇠 달린 철문으로 막힌 작은 길이 산 위쪽으로 나 있었다. 도응의 모습에 아래쪽 계단에 있던 사람이 따라와 자물쇠를 열어줬다.

도응은 칠불사의 유래를 들려주며 앞섰고 동희는 귀를 기울이면서도 눈길은 사방을 훑었다. 정상 가까이 사방이 탁 트인 듯한 너른 평지가 있고 그 가운데 단정한 기운의 선원이 보였다. 도응은 선원 앞마당에 서서 건너편 멀리 있는 산봉우리를 가리켰다.

"저기 보이는 봉우리가 반야봉이요. 지혜의 문수보살 상징이지요. 저 반야봉을 정면에 두고 진리를 깨치려 수행하니 선기가 시퍼럴 수밖에요. 아마 칠왕자님도 그래서 여기에 선원을 세웠을 테고 감히 동국제일 선원이라 하셨겠지요."

밖의 말소리가 거슬렸던지 문을 열고 나오던 효명은 동희의 모습에 너무 뜻밖이라 멈칫했다. 동희도 인기척에 고개를 돌리다 효명의 모습에 걸음을 멈추었다. 그 짧은 어색함을 깬 건 동희였다. 한 손을 들어 반가움을 표시하며,

"안녕, 오랜만. 그런데 넌 둘 중 하나만 해라. 긴 머리에 승복이 뭐냐."

변하지 않은 동희의 직설이니 효명은 무심히 도응에게 합장했다.

"오늘은 특별 면회니 옷 갈아입고 내려오너라."

도응의 뒤를 따르며 동희는 효명을 향해 서두르라는 손짓을 해 보이고 해맑게 웃었다.

이른 시간임에도 저녁을 먹자고 서두른 상훈은 북천면의 이병주문학관으로 향했다. 주차장에 차를 세우고 상훈은 효명에게 물었다.

"여길 와본 적이 있었냐?"

"아닙니다, 토지문학관만 가봤습니다."

"저도요."

동희가 끼어들어 느닷없는 방문은 되지 않았다.

"동희는 이병주가 누구인지 들어봤고?"

"학교 수업에서 이름만 들은 정도예요."

"효명인?"

"선생님이 하동 출신이시니 학교 도서실에 작품이 대부분 비치되어서 읽었습니다. 요즘은 어떤지 모르겠네요."

"기억에 남는 구절이 있더냐?"

"'태양에 바래면 역사가 되고 월광에 물들면 신화가 된다'는 소설 〈산하〉의 구절을 기억합니다."

"와! 그거 멋지다!"

동희의 반응에 상훈은 흐뭇한 웃음을 지었다.

"역시 우리 동희는 대범하구나. 또 다른 건 기억하는 게 없느냐?"

효명은 망설이지 않고 또 대답했다.

"'나는 저항보다도 더 소중한 것이 인생엔 있다고 믿는 소설가가 되려는 것입니다'라는 〈행복어사전〉 구절도 생각납니다."

꽤 오랜 시간이 지났음에도 명확하게 기억한다는 건 그만큼 울림이 컸다는 것이니 책 한 권이 인생에 미치는 영향을 알 수 있는 일이었다.

기념관 안으로 들어서자 스님들의 방문은 드문 경우이니 사무실 문이 열리고 사람이 나왔다.

"어서 오십시오. 스님들이 찾아주시다니, 반갑습니다."

합장하는 여인을 도응이 알아봤다.

"오, 진 시인. 맞아, 문학관에 있다고 했지요."

"예, 사무국장 진효정입니다."

"도응은 어떻게 아시는가?"

"쌍계사 불자입니다. 신심이 깊다고 들었습니다."

"시인인 건 어떻게 아시고?"

"진 시인 시집에 '세계일화 조종육엽'이 들어 있다기에 일독한 적이 있습니다. '일곱 번째 꽃잎'이었지요?"

"예, 부끄럽습니다."

"아니요, 아주 잘 읽었어요."

'세계일화 조종육엽(世界一花 祖宗六葉)'은 '세계는 한 송이 꽃이요, 여섯 조사는 꽃잎으로 피었다'는 뜻으로, 당나라의 시인이자 화가로 시불(詩佛)로도 불렸던 왕유(王維)가 조종육엽의 막내 육조 혜능선사의 비명에 남긴 문장이다. 이는 중국 선종의 전승을 한 치 오차 없이 표현했다는 평을 듣고, 쌍계사 금당에는 추사 김정희가 쓴 편액이 걸려 있어 아는 이들은 일부러 찾기도 한다.

효정의 안내로 기념관을 둘러보던 동희는 효명이 말한 '태양이 바래면…'의 문구가 크게 적혀 있자 엄지손가락을 세워 보였다. 상훈이 효정에게 물었다.

"혹시 문학이 세계나 인간을 구원한다는 이야기를 듣거나 문구를 본 적이 있소?"

효정은 잠시 생각해보더니 대답했다.

"직접 듣거나 본 적은 없지만 신이나 인간이 인간을 구원하는 문학이라면 마찬가지 아닐까요? 이분은 석효명 씨 같은데 음악도 다르지 않을 테고요."

"우문에 현답이오. 아주 고맙소이다."

나오기 전 마지막 벽면의 '이병주 소설 어록'에도 효명이 기억하는 다른 문구가 적혀 있으니 어린 독자로서 효명의 시선이 그만큼 날카로웠다는 것이리라.

"국장님은 언제 퇴근하시는 거요?"

"기념관은 6시까지입니다."

"그럼 곧 하겠구려. 다른 약속이 없으면 면에 '코스모스 메밀'이라는 식당이 있는데 그리로 올 수 있겠소? 이병주 문학에 대해 좀 더 듣고 싶구려."

상훈의 요청에 효정은 잠시 망설이다 그러겠다고 대답했다. 주차장으로 향하며 동희는 작은 목소리로 효명에게 물었다.

"코스모스 메밀이 뭐야?"

"메밀은 음식이고, 식당 상호가 코스모스라는 거겠지?"

"메밀? 그 이효석 소설 '메밀꽃 필 무렵'에 나오는?"

"응, 메밀 음식 안 먹어봤어?"

"글쎄… 아, 메밀국수! 나 그거 좋아해."

상훈이 돌아보며 말했다.

"오늘은 국수가 아니라 묵사발이다."

"묵사발? 그게 뭐야?"

동희는 효명을 돌아보며 제 주먹으로 턱을 치는 시늉을 해 보였다.

"이렇게 되는 거?"

효명은 어이가 없어 웃었지만 모르기는 마찬가지였다.

음식 사전에는 '태평추'로 기록된다. 척박한 땅에서도 강한 생명력으로 자라는 메밀은 오랫동안 산간 지역 사람들의 곯은 배를 채워주는 구황작물이었다. 음식을 만드는 방법은 지역마다 달랐는데, 태평추는 경상북도 북부 지방에서 주로 해 먹는 방법이다. 메밀로 묵을 쑤어 대개 새끼손가락 굵기로 채 썰고, 돼지고기와 김치를 참기름에 볶은 뒤 물을 부어 육수를 만들고 그 위에 채 썬 묵과 김, 채소 등의 고명을 얹어 끓인 전골을 주로 먹었다. 술안주로도 좋고, 영주 지방에서는 조밥을 말아 먹는데 '태평초'라고도 한다.

'태평'이라는 이름의 유래는 조선 시대 영조의 탕평책을 상징하는 궁중 요리 '탕평채'가 어원이라고 하는데, 녹두로 만든 청포묵이 주재료이니 스토리로는 뭔가 부족하다. '태평초'라 하는 영주시의 순흥면은 세조가 즉위하고 금성대군이 유배된 곳으로, 산 너머 영월에는 숙부에 의해 폐위된 단종이 있었다. 그 시절 쓰린 속을 삭이던 금성대군이 태평한 시대를 그리고 기원하며 술안주로 즐겨 '태평'이라는 이름이 되었다는 구전이 오히려 그럴듯하다. 그렇지만 오래지 않아 단종 복위를 도모하던 금성대군 자신은 물론이고 단종마저 역모로 생을 마감하고, 순흥도호부는 대살육과 함께 '순흥'이라는 고을 이름까지 빼앗겼으니 '태평'도 오랫동안 그렇게 잊혔다가 민초들의 구전으로 되살린 것인지 모를 일이었다.

봄의 전령인 듯 쑥부쟁이, 두릅 순, 엄나무 순, 머위, 유채 물김치 등 갖은 나물 반찬이 차려지고, 나이는 들었으나 젊은 날의 고운 자태는 여전한 주인이 저녁상의 주인공인 묵사발을 들여왔다.

"미리 주문하신 대로 고기는 넣지 않고 죽방렴 멸치로 육수를 냈습니다."

"허허, 고맙소이다, 주인장. 자, 멸치 육수 정도는 부처님도 눈감아줄 테니 도응도 드시게."

"자주 오시는 모양입니다?"

"내 태를 묻은 곳이 그쪽이니 더러 생각나면 하동 들에서 키운 메밀로 직접 묵을 만드는 이 집에 부탁해서 향수를 즐기지요, 허허. 그런데 주인장. 이름을 바꾸라고 그리 말해도 어찌 고집이시오. 저 아이가 묵사발이라 했더니 제 주먹으로 턱을 치는 시늉을 합디다. 태평추나 태평초라는 훌륭한 이름도 있는데 묵사발이 뭐요, 쯧쯧."

동희는 민망해 주인에게 고개를 숙여 보였고 다른 이들은 한바탕 웃음을 터트렸다.

간장과 소금, 된장 등으로 나물마다의 향을 살려 무친 밑반찬은 동희의 회를 동하게 했다. 묵사발도 김치의 칼칼함과 멸치 육수의 시원함에 김으로 바다 향을 더한 부드러운 메밀묵은 씹을 틈도 없이 목구멍으로 넘어가니 아무래도 동희는 과식할 것 같았다.

오래지 않아 효정이 장년의 사내와 함께 들어왔다.

"저희 관장님이십니다."

"예, 두 분 스님과 석효명 씨가 오셨다기에 같이 왔습니다. 이병주문학관장 이종수입니다."

"잘 왔소이다. 어서 앉읍시다."

그렇게 자리가 채워지자 관장은 스님들의 양해를 얻어 지역 막걸리까지 시켜 동희와 효명에게 권했다.

상훈은 먼저 관장과 효정에게 물었다.

"두 분은 관계자로서 작품도 많이 읽으셨을 테고 여러 학술적 평가도 들었을 테니 선생의 문학에 대한 각자의 총평부터 한번 들려주시오."

"아이구, 제가 어찌 총평을 하겠습니까. 그저 관장으로서 이병주 선생의 생애를 살펴보면 우리 현대사의 기록에 가장 충실하셨고, 아픔에 공감하신 분인 듯싶습니다. 대하소설 〈지리산〉에서 '아무튼 불행한 나라야. 민족의 수재라 할 수 있을지 모르는 사람들이 허망한 정열로 죽어가고 있고, 계속 죽어야 하니까 말이다. 아아, 허망한 정열!'이라고 설파한 구절이 그분의 진솔한 심정이 아니었을까 생각합니다."

"'역사는 산맥을 기록하고 나의 문학은 골짜기를 기록한다'는 말씀도 있습니다. 그 골짜기가 바로 사람의 이야기일 테니 저는 깊이 공감합니다."

관장과 효정의 말이 끝나자 상훈은 효명을 돌아봤다.

"너도 대부분 읽었다니 어떤 생각이 들었던지 말해봐라."

효명은 머뭇거리지 않았다.

"기념관에 요약해 전시한 어록을 보면서 기억을 떠올렸는데, 소설 〈산하〉의 '우리에겐 청춘은 없었다. … 청춘엔 광택이 있어야 하는 거라. 진리에 대한 정열로써, 포부를 가진 사람의 자부로써, 뭐든 하면 된다는 자신으로서 빛나야 하는 건데, 우리에겐 아니 정확하게 말하면 내겐 그런 것이 없었어' 하는 구절은 바로 오늘날 청춘에게도 다르지 않은 비애고 자조인 것 같습니다. 더구나 이 시대에는 그런 아픔을 명료하게 정리하고 안타까워하는 이도 없으니 '광택'의 꿈은커녕 생각조차 못 하는 게 아닌가 싶습니다."

"청춘의 광택? 그거 너무 멋진 표현이네, 가슴까지 설레려고 한다!"

막걸리 몇 잔에 취할 동희가 아닌데 격하게 감탄했다.

"또 다른 건?"

"〈뻬에로와 국화〉에 나오는 '어떤 주의를 가지는 것도 좋고, 어떤 사상을 가지는 것도 좋다. 그러나 그 주의, 그 사상이 남을 강요하고 남의 행복을 짓밟는 것이 되어서는 안 된다. 자기 자신을 보다 인간답게 하는 힘으로 되는 것이라야만 한다'는 구절은 〈그해 5월〉의 '정치란, 그리고 혁명이란 슬픔을 감소시키기 위해 하는 것이 아닐까. 사람의 가슴에 원한을 맺게 해서는 안 되는 것이 아닐까' 하는 구절로 맥락이 이어지는 것 같습니다. 여전히 변하지 않고 사상과 주의가 여러 변종의 단어로 난무하는 세상이지만 과연 인간, 사람을 염두에 두고는 있는 것인지 묻고 싶습니다. 그렇지만 어디에 물을 수 있는 것인지, 물으면 진지하게 성찰은 할 것인지 믿을 수도 없습니다."

"그럼 네가 생각하는 사람, 인간은 무엇이냐?"

도응은 이제 상훈의 의도를 알았고, 효명은 끌려들어 가고 있음이었다. 그러나 그것은 휘말리는 것이 아니라 정리되지 않은 혼잡을 스스로 정리하는 과정일 것이다.

"온전한 제 생각은 저조차 아직 알지 못하니 이병주 선생님의 어록을 빌리면, 〈행복어사전〉의 '저항보다 더 소중한 것이 인생엔 있다고 믿는 소설가가 되려는 것입니다'에 이은, '그것은 가족에 대한 사랑일 수도 있고 친구에 대한 우정일 수도 있습니다. 처자를 버리고 용감하게 대의를 위해 죽는 영웅적인 행동을 존중하지 않는 바는 아니지만 자기를 쳐다보는 처자식의 굶주린 눈동자가 안타까워 스스로 종으로 팔려 가는 사나이의 심리도 무시해서는 안 된다고 생각하는 것이 나의 입장입니다'라는 구절이 사람과 인간에 대한 가장 기본적인 도리라고 여겨집니다."

상훈과 도응은 고개를 끄덕였고, 관장이 거들었다.

"하동은 예로부터 가야나 신라와 백제의 경계였고, 지리산을 품은 좌우익 대립의 현장이었기에 대부분 사상적 시각이 예민합니다. 그런 땅에서 태어나 어린 시절을 보내며 여러 이야기를 들었을 테니 역사와 사상을 보는 눈이 남다를 수밖에 없었을 겁니다."

"그런 중에도 우익에 조금 더 가까웠던 것 같습니다."

효정의 말에 효명은 살짝 고개를 저었다.

"저는 우익에 기울었다기보다는 회색, 즉 중도적이지 않았나 싶습니다. 회색이라면 거북해하고, 중도라 하면 어정쩡한 것 같지만 모두를 포용하는 따스한 시각이 아닐까요?"

그렇게 문학에 대한 열띤 논의가 이어지자 동희는 한마디도 놓치지 않겠다는 듯 눈을 동그랗게 뜨고 진지하게 집중했다.

코스모스 같은 주인이 또 쟁반에 무언가를 들고 들어왔다.

"이것도 들어보세요. 찻잎볶음과 전, 그리고 이건 들깨고사리탕입니다."

상훈이 반색하며 동희를 돌아봤다.

"어허, 이 귀한걸. 동희야, 넌 찻잎 음식은 아마 처음일 거다."

"찻잎으로 음식을요?"

주인이 설명을 더했다.

"볶음은 찻잎을 몇 번 우려낸 뒤 꾸덕꾸덕하게 말려서 올리브기름에 볶은 건데 간은 소금으로만 해요. 참기름이나 들기름을 쓰면 차향을 잃게 되고, 간장은 찻잎의 빛을 잃게 해서 그런 겁니다. 전은 딱 한 번 우려내고 부친 거예요. 그래야 차향을 느낄 수 있어서요. 하동에서나 맛볼 수 있겠기에 일부러 만들었습니다. 탕은 고사리는 근처 산에서 직접 꺾은 걸 삶아서 완전히 말리지 않고, 들깻가루를 넉넉히 넣어 끓였으니 속도 풀리고 보양도 되는 음식이지요."

동희는 볶음과 전을 맛보더니 엄지손가락을 치켜세웠고 탕은 숫제 그릇째 들고 호호 불며 마셨다.

칠불사 템플 스테이 방에서 잠을 자고 효명과 헤어진 동희는 서울로 가기 전에 불락사에 들렀다.

"어제 막걸리를 제법 마시더니 숙취는 괜찮으냐?"

상훈의 염려에 동희는 민망해하면서도 웃음을 지었다.

"묵사발도 묵사발 될 일 없이 좋았는데, 찻잎 음식과 고사리탕으로 곧바로 속을 풀었으니 어떻게 숙취가 있겠습니까, 멀쩡합니다."

"그래, 동희는 언제나 씩씩해서 좋구나. 도응 스님과 인사는 나눴고?"

"당연히 인사드리고 또 뵙겠다고 말씀드렸지요."

"효명인 뭐라더냐?"

"걔야 그냥 조심해서 잘 가라고 하죠, 뭐. 원래 그런 애잖아요."

상훈은 효명의 무심함이 안타까운지 혀를 차더니 선반 종이 상자에서 제법 두툼한 흰색 천 주머니를 꺼내 동희에게 건넸다.

"이게 뭐예요?"

"직접 봐라."

주머니를 열어 안에 든 것을 꺼낸 동희의 눈이 휘둥그레졌다.

"스님! 이거 진주잖아요?"

"그래 목걸이와 팔찌다."

"스님이 무슨 진주를?"

"양식하는 신도가 마음 가는 손님에게 선물하라고 준 거다. 잔 상처가 조금씩 있어 상품으로 내놓기는 어려운 것이지만 진주는 진주다."

"어때요, 알은 굵기만 한데요. 제 인생 첫 보석을 이렇게 스님한테 받다니! 감사합니다!"

동희는 벌떡 일어나 허리를 구십 도로 굽혔다.

"뭐라고? 나이 서른에 장신구가 처음이라고?"

"예, 저 여태 명품 가방은커녕 코트도 하나 없어요. 불쌍하죠?"

동희의 애교에 상훈은 짐짓 화를 내는 시늉을 했다.

"어허, 이런. 내가 김 대표에게 따져야겠구먼. 하나밖에 없는 귀하고 예쁜 딸인데."

"그건 아빠 탓이 아니에요. 죄인은 따로 있어요."

"뭐? 누구?"

"스님, 다이아몬드 가진 사람한테 은반지가 눈에 들어오겠어요? 진주 목걸이 한 여자가 구리 목걸이에 눈길이나 주겠어요?"

"그건 그렇지."

"하여간 어떤 자식 때문에, 그 자식이 너무 귀한 보석이라 당최 뭐가 눈에 들어와야죠. 저 완전히 망한 거죠?"

"도대체 어떤 녀석이냐? 내가 혼을 내주랴?"

"혹시 스님 무술 같은 거 하세요?"

"그건 또 왜?"

"그 자식 기절 좀 시켜주세요. 병원에 싣고 가서 정자 도둑질 좀 하게요. 그걸로 애라도 만들려고요."

"뭐? 하하하! 그럼 술을 먹여 기절시키면 될 거 아니냐?"

"그렇지 않아도 마취약을 구할까 생각도 해봤는데 그런 거나 술은 순간 DNA를 오염시킬 거 아니에요. 그래서 무술로 기절시키는 게 제일 좋을 것 같아요."

상훈은 폭소를 멈추지 못했다. 사랑도 저쯤이면 성스럽다 할 것이다. 매달리지 않고 하염없는 마음이니 말이다.

"걱정하지 마라, 효명이 곧 올라갈 거다."

"그렇기는 할 것 같은데 마음은 여전할 테죠?"

"글쎄다. 그놈 마음에 박힌 게 있어 그건 내가 어떻게든 빼내려 한다만 그다음은 너희 할 따름 아니겠냐."

동희는 엄지손가락 한 마디 굵기의 투박한 진주알 목걸이와 팔찌를 당장 목과 팔에 걸치고 씩씩하게 액셀러레이터를 밟았다.

30. 민양화

민심이 곧 천심이라더니 하늘의 기운을 읽은 것인가, 사람들이 하나 둘 구화산으로 들어오기 시작했다. 현종은 재위 32년째인 742년, 개원의 연호를 천보(天寶)로 바꾸었으니 양옥환을 만나고 5년 만이었다. 다분히 도가적 분위기를 풍기니 양옥환을 하늘의 보배로 여긴 것인지는 알 수 없으나 이미 치세의 기운은 기울어 뒷날 사람들은 천보 연호를 쓴 현종 말기 15년을 '천보난치(天寶難治)'라 하였다.

산중으로 몸을 피한 사람들은 초막과 동굴의 세 승려와 개 한 마리도 기이했지만 그들이 산중 계곡의 물을 끌어들여 천수답을 일궈 스스로 양식을 마련하는 것에 놀라워했다. 성시의 사찰들은 모두 불사를 일으켜 절집을 엄숙하게 단장하고 신도들의 시주만으로 삶을 영위하며 하사받은 전답도 사람을 시켜 경작하거나 소작을 주는 것이 대부분이었다.

어쨌거나 산으로 들어온 사람들은 가지고 온 양식이 떨어지기 전에 호구지책을 마련해야 하니 화전을 일구어야 하나 산중을 두리번거렸다. 그들의 하는 양을 지켜보던 교각은 성유를 불렀다.

"저들을 불러 산중에 괜한 불을 놓지 말고 너를 따라 천수답을 일구도록 해라. 지금껏 네가 마련해둔 볍씨도 있으니 쟁기가 없으면 지난번 남릉에 다녀오며 장만해온 걸 나눠주고. 저들의 양식이 떨어지면 수확해 쌓아둔 것을 나눠 굶지 않게도 하고."

"예, 그렇게 하겠습니다. 한데 땅 주인이 알게 되어 찾아오면 어찌하나 걱정입니다."

"어쩌겠느냐. 난을 피해 들어온 사람들이니 설마 갈아엎지는 않을 테고, 또 놀려둔 산중 거친 땅이 농지가 되면 그에게도 이익이 될 것을."

나라가 빈민을 구제한다는 이야기는 들었어도 중이 백성의 목구멍을 구제하는 경우는 들어본 바 없는 일이었다. 사람들은 성유의 말을 듣고 처음에는 긴가민가했으나 쟁기를 내주고 중이 먼저 나서 개간하기 시작하니 저들이 부처인가 보살인가 하며 감동하여 따랐다.

교각은 동굴 안에서 남릉에서 구해온 〈무량수경(無量壽經)〉 〈관무량수경(觀無量壽經)〉 〈아미타경(阿彌陀經)〉 〈고음성다라니경(鼓音聲陀羅尼經)〉 등의 사대부경(四大部經)과 여러 주석서를 읽고 참선 수행을 하는 중에도 수시로 나와 개간을 도왔다. 유탕도 낮에는 개간에 힘쓰고 해가 지면 교각의 말을 듣고 받아 적어 경전 편찬에 전념했다.

아무리 소문을 다독이고 조심해도 사람의 입이 무서운 것인지, 살아내겠다는 의지의 힘인지 날이 갈수록 구화산중으로 찾아드는 이들이 늘어났다. 그들도 모두 손발을 걷어붙여 개간에 나섰지만 이미 씨를 뿌리기에는 늦은 계절이니 겨울을 날 걱정이 태산이었다. 일이 그렇게 되자 먼저 들어와 씨를 뿌린 사람들은 늦게 들어온 사람들과 거리를 두려 해 인심이 뒤숭숭해지기 시작했다. 성유의 한걱정에 교각은 말했다.

"이제부터 모두 쌀에 백토와 나물을 섞어 죽을 끓여 먹게 하고 여인네들은 부지런히 산나물을 뜯어다 삶아서 말린 뒤 갈무리하라 시키거라. 땅이 얼면 백토도 캐기 힘드니 남정네들은 그 일도 하게 하고, 거두어들인 모든 것은 한곳에 모아 공평하게 나눠야 할 것이다."

말씀의 뜻은 훌륭하나 과연 사람들이 순순히 따를까 걱정이었다. 더구나 먼저 들어와 직접 땅을 일구고 씨를 뿌린 사람들은 당연히 자신의 소유라 생각할 것이었다.

"고분고분하게 말을 들을까요?"

"그럼 쟁기를 빼앗고 내어준 씨앗을 다섯 배로 거두겠다고 해라. 수확 때까지 먹은 양식도 세 배로 갚으라 하고. 또한 겨울만 나고 봄에는 산에서 내려가야 한다 해라."

성유는 두 눈이 휘둥그레졌다.

"그렇게나요? 너무 가혹한 게 아닐까요?"

교각은 빙긋 웃었다.

"이놈아! 기운은 뒀다가 언다 쓰려고. 그것도 방편이다."

역시 짐작한 대로 사람들은 반발했다. 그러나 개간하며 바윗돌을 치우거나 할 때 성유의 완력을 보아온 데다 눈을 부라리며 고함을 치니 기가 죽을 수밖에 없었다. 또한 주로 동굴에 있는 큰스님의 완력도 만만치 않았고 땅 주인과의 관계도 모르니 어쩔 수 없이 따라야 했다. 자비의 관음도 수행하지 않는 중생에게는 말의 머리를 머리 위에 얹은 무서운 마두관음상으로 나타나 교화한다더니 그저 있는 말이 아니었구나 하고 성유는 다시 한번 불법의 지엄함을 깨달았다.

추수가 끝나고 날이 쌀쌀해지더니 드물게 눈발이 비치는 날도 있었다. 겨울이라 해도 그리 춥지 않고 날씨가 온화한 구화산이었지만 그래도 겨울은 겨울이니 산중에서 땔감을 구하는 일 말고는 더는 할 일이 없었다. 사람들은 저마다의 초막에서 우두커니 망상에 젖거나 종일토록 뒹굴거렸다. 조잡하나마 활을 만들면 꿩 따위를 잡을 수 있고, 덫이나 올무를 놓고 대나무를 베어 창을 만들면 토끼 따위의 작은 짐승에서부터 운이 좋으면 멧돼지 같은 큰 짐승도 잡을 수 있을 것이다. 그러나 살생은 처음부터 중들이 엄격히 금한 데다 터전을 일구는 조건이기도 했다. 달포가 지나자 가을까지 내내 노동으로 욱신거렸던 몸도 가뿐해 더욱 근질거렸다. 그 무렵 유탕이 사람들을 불러 모았다.

"한 해 동안 농사를 짓고 땅을 개간하느라 고단했던 육신은 이제 어지간히 풀렸을 겁니다. 사람은 몸이 편해지면 잡생각만 들어 나중에는 마음에 짐이 되기도 합니다. 그래서 이제부터 작은 공부를 시작해볼까 합니다."

사람들은 공부라는 말에 무슨 말도 안 되는 헛소리냐는 듯 서로를 돌아보며 어이없는 웃음을 흘렸다.

"예, 그 마음 잘 압니다. 평생 농사를 짓고 몸을 써 살아가는 사람에게 공부가 무슨 소용인가 싶을 테지요. 유학을 공부해 과거를 볼 것도 아니고, 사서삼경을 익혀 서당 선생 노릇은 언감생심이고 말입니다. 그런데 제가 하자는 공부는 그런 공부가 아니라 우리 마음의 공부입니다. 아무리 배우지 않았고 글을 모른다 해도 효행과 내 가족을 아끼는 마음은 무릇 사람의 근본이니 그 마음의 근기를 튼튼히 하자는 것입니다. 또 나 자신을 아끼고 보살펴 다른 가족을 염려하게 하지 않으려는 공부이기도 합니다. 그렇게 나부터 보살펴야 부모도 형제도 자식도 보살피며 서로 염려하지 않을 것이 아닙니까."

유탕이 알기 쉽게 설명하자 사람들은 귀를 기울이기 시작했다.

"여러분은 이 산중에 들어오기 전에 도가의 도사에 의지하기도 하고, 산신에 빌기도 하고, 조상님께 빌기도 했을 것입니다. 그런 마음, 기원하는 마음이 바로 믿음입니다. 혹시 불법을 익히거나 불교를 믿는 분이 계십니까?"

사람들은 서로를 힐끔거릴 뿐 아무도 답하지 않았다. 역시나 가진 것 없는 이들에게 불법은 멀었고 중은 자신들과 상관없는 사람인 것이었다.

"그럼 한 번이라도 절에 가본 분은 계십니까?"

30여 가구 100명이 넘는 사람 중에 딱 한 여인이 손을 들었다. 유탕은 반가운 표정을 지었다.

"그래 어떤 마음으로 절에 가셨습니까?"

여인은 부끄러운 듯 쭈뼛쭈뼛하더니 맥없는 웃음을 흘렸다.

"지나가다가 신기하기도 하고 집들이 얼마나 크던지, 그래서 한번 들어가 봤습니다."

사람들이 와! 웃으며 소란스러웠지만 여인은 말을 이었다.

"사람들이 향을 엄청나게 피우던데 우리 같은 사람한테 그런 돈이 어디 있겠습니까. 그래서 그냥 얼른 나왔지요."

분명 반감 서린 말투였다. 가지지 못한 자는 신에게도 의지할 수 없는 설움, 혹은 분노. 유탕은 맑은 미소로 여인의 마음을 달래듯 바라보았다.

"잘하셨습니다. 그렇게라도 다녀가셨으니 여러 보살님이 마음에 담아두셨을 겁니다. 그로써 여인께서도 보살이 되셨으니 부처님과 여러 보살님이 항상 보살피실 겁니다."

여인은 여인이라는 호칭도 너무 과분한데 보살이라니 무슨 사술인가 싶어 의심의 눈초리로 바라보았다.

"보살님이 보살펴주신다면서 저보고 보살이라 그러는 건 이상하지 않습니까?"

"예, 그리 생각하실 수 있습니다. 그럼 그 이야기부터 해볼까요. 저희 불가는 부처님을 따르는 사부대중(四部大衆)으로 이루어집니다. 먼저 저희처럼 출가(出家)하여 구족계(具足戒)를 받은 승려를 남자는 비구(比丘), 여자는 비구니(比丘尼)라 합니다. 여러분처럼 집에서 생활하며 부처님을 따르는 신도는 남자를 우바새(優婆塞) 또는 거사(居士) 처사(處士)라고도 하고, 여자는 우바이(優婆夷) 또는 보살이라 합니다. 그러니 저와 불법 공부를 하게 되면 저는 여러분을 무슨 보살님, 누구 거사님, 또는 처사님이라 부를 것입니다. 아까 물으신 것처럼 보살이라 한 것은 부처님을 믿는 것만으로 보살에 다름없기 때문인 것이고, 실제 여러 보살님과 처사님이 관음보살 보현보살 등의 보살처럼 다른 이에게 베풀 수 있게도 되는 것입니다."

말은 알아듣기 쉬웠고 논리는 인과가 있으니 굳이 거부감을 가질 필요는 없을 것 같았다. 어차피 할 일 없는 겨울, 다 함께 마주 앉아 이야기를 듣고 나누는 것도 심심풀이는 될 것 같았다. 사람들이 그럭저럭 수긍의 빛을 보이자 유탕은 다시 말을 이었다.

"글을 모르셔도 됩니다. 제가 어떻게든 쉽게 말해볼 테니 그저 들으시다가 궁금하면 아무 때고 물으시면 되고, 졸리면 그냥 자리에 앉아 졸아도 됩니다. 혹여 마음에 남아 외우게 된다면 그거야말로 더할 나위 없겠지요. 그럼 내일부터는 오늘처럼 점심을 드시고 잠깐 눈을 붙인 뒤에 다 같이 오십시오. 저녁 준비 전에 끝날 거고, '발심수행장'으로 시작하겠습니다."

〈발심수행장(發心修行章)〉은 원효대사께서 출가한 수행자를 위해 저술한 것으로, 뒷날 고려 승려 지눌(知訥)의 〈계초심학인문(誡初心學人文)〉, 야운(野雲)의 〈자경문(自警文)〉을 합본하여 〈초발심자경문(初發心自警文)〉으로 편찬해 출가한 승려의 수행을 위한 입문서가 되었고, 현재는 재가 불자들도 불교 입문 교재로 이용하고 있다.

교각은 흐뭇한 미소를 지었다.

"그래, 반응은 어떠하더냐?"

"심심풀이로 여기는 이들이 대부분이지만 간혹 눈빛을 반짝이는 이도 있었습니다."

"될 수 있는 한 쉽게 말해주거라."

"예, 그러겠습니다."

"성유 너도 유탕과 번갈아 공부시키거라."

"아닙니다. 유탕 사제가 훨씬 잘 가르칠 것입니다."

"사형, 사양하지 마십시오. 저도 가르치며 같이 공부하는 겁니다."

"그렇다. 경은 아무리 익혀도 읽을 때마다 새로운 것을 깨우친다. 그래서 읽고 또 읽고, 생각하고 또 생각하는 것이다. 특히 가르치는 것도 공부이고, 그 공부 속에서 또 다른 깨우침을 얻게 될 것이다."

"그럼 그렇게 하겠습니다."

다음 날 사람들이 모이자 유탕이 먼저 시작했다. 성유도 어떻게 가르치는 것인가 새삼스레 경건한 마음으로 자리를 잡고 앉았다.

"〈발심수행장〉은 신라국 원효대사께서 쓰셨는데, 마음을 내어 수행한다는 뜻입니다. 첫 구절은 부제불제불(夫諸佛諸佛)이 장엄적멸궁(莊嚴寂滅宮)은 어다겁해(於多劫海)에 사욕고행(捨欲苦行)이요, 했습니다. 풀어보면 무릇 모든 부처님이 적멸궁을 장엄한 까닭은 오랜 세월 욕심 버려 고행했던 까닭이요, 라는 뜻입니다. 여기서 적멸궁은 불상을 모시지 않고 법당만 있는 불전(佛殿)을 말하고, 장엄은 좋고 아름다운 것으로 불국토를 꾸미고, 훌륭한 공덕을 쌓아 몸을 장식하고, 향이나 꽃 등을 부처에게 올려 장식하는 일을 말합니다. 그러니 이는…."

절에 가본 적이 있다던 여인이 쭈뼛쭈뼛 손을 들었다.

"예."

"이렇게 아무 때나 물어도 되나요?"

"그럼요. 뭐가 궁금하십니까?"

"모든 부처님이라 하시는데 부처님이 한 분이 아닌 겁니까?"

"예, 그렇습니다. 그것은…."

이번에는 한 거사가 번쩍 손을 들었다.

"예, 말씀하십시오."

"공덕을 쌓아 몸을 장식한다고 하셨는데, 몸은 비단옷과 반짝거리는 옥으로 장식하는 것이지 않습니까?"

사람들은 동의의 고개를 끄덕였다. 기대하지 않았던 진지한 관심에 유탕과 성유는 놀란 눈빛을 나눴고, 그렇게 한겨울 산중에서 불법이 펼쳐지기 시작했다.

막상 겨울을 나보니 비록 먹을거리는 거칠어도 누구 한 사람 배곯아 죽은 이는 없고 다들 그런대로 화색도 좋아 어서 날이 풀려 쟁기를 들기만 기다렸다. 개중에는 스님들 몰래 토끼라도 잡아 등성이 넘어 개울가에서 목구멍의 때를 벗기자고 수작을 내기도 했지만 그놈의 공부 때문에 발목이 잡혀 멀리 벗어날 수가 없었다. 희한한 건 별로 머리에 들어오지도 않고 돌아서면 잊어버리는 그 공부가 마음을 어떻게 한 것인지 생각만으로도 군침이 돌던 짐승 고기는 어느새 잊어버리고 얼어 죽은 들쥐만 봐도 가여운 생각이 들어 돌이라도 덮어 묻어주게 되었다는 것이다.

부처라는 이도 참 별났다. 시중에서 절은 담벼락은 높고 부처는 전부 금칠을 한 데다 그 앞에는 온갖 재물을 바치고도 무릎이 닳도록 절을 드려야 한다니 먹고살기 바쁜 처지에서야 눈길이나 줄 수 있었던가. 그런데 이 산중의 부처는 나도 부처고 너도 부처다, 나도 보살이고 너도 보살이다, 하며 서로들 보살님, 거사님 하다 보니 덩치 크고 기운 세 눈치가 보이던 놈도, 한주먹 거리도 안 돼 만만하기 그지없던 놈도 서로 은근히 존중하며 친밀해지는 것이었다. 그게 평등이란다.

그렇지만 평등하지 않은 것도 있었다. 처음에는 끼니때마다 스님들이 직접 죽을 퍼서 나눠 줬는데 한입에 후루룩 들이마시고 껄떡대면 다시 오라고 하여 몇 숟가락이라도 더 퍼주니 다들 허겁지겁했다. 하지만 죽이 남아야 스님들이 먹는다는 것을 알게 되고, 또 때가 되면 먹을 수 있게 되니 덩치 큰 거사가 몇 숟가락 더 먹는 게 그리 거슬리지 않았다. 뒤에 각자 알아서 퍼 먹게 되었을 때도 제각각 먹는 양이 눈에 띄게 늘지 않은 것도 스님들을 굶게 할 수는 없다는 서로 간의 눈치 때문이었다. 그런데 그것도 평등이란다.

아무튼 그렇게 두어 달이 지나니 공부하며 부처를 말할 때는 저절로 '님'을 붙이고, 중은 듣지 않는 데서도 스님이라 불렀다. 그럼 그건 평등이 아니지 않나 슬쩍 수군거려도 봤지만, '님' 자를 붙일 만해서 그러는 것이니 아주 평등하지 않다고 말할 수도 없다는 게 중론이라 그것도 평등한 것으로 무언의 뜻을 모았다. 할 일 없고 배를 곯지 않아서인지, 공부라는 게 머리를 어떻게 돌려놓은 것인지, 참….

산이 깊으면 골도 깊으니 한번 숨어들면 쉬 찾기 어려운 건 익히 아는 바였다. 중원이 혼란스러울 때마다 겪는 일이고 아흔아홉 높은 봉우리로 이루어진 구화산이니 더욱 그랬다. 하지만 아무리 그렇더라도 흔적은 보이기 마련이었다. 화전을 일구려고 불을 지른 연기나 양식을 구하러 마을을 드나드는 발걸음 같은. 그런데 하루 몇 차례씩 산 쪽을 돌아봐도 벌써 춘색이 완연한데 여전히 고요한 그대로이고 산을 내려오는 건 허공을 나는 새 떼뿐이었다.

오용지는 세 스님을 생각했다. 불경을 편찬하러 남릉에 간다고 했으니 몇 해는 시간이 필요할 테고 산으로 들어가는 것을 보았다는 사람도 없었다. 그렇다면 그이들의 손길이 미쳤을 리도 없는데 이전과 다른 이 상황은 무엇이란 말인가, 그렇다고 산의 기운이 변했을 리는 없고. 문득 쌀가마니가 떠올랐다. 하루 전날 쌀가마니를 보냈고 스님들은 다음 날 산에서 내려왔다. 그럼 쌀가마니는? 동굴에 갈무리해 두었고, 그걸 산에 들어간 사람들이 찾아냈다면… 그렇더라도 적지 않은 사람들이 고작 그 몇 가마니로 겨울을 났다는 것도 가당치 않은 일이니…. 안 되겠다! 오용지는 지난번 길잡이로 삼았던 청년을 불렀다.

이번에도 앞서 산등성이로 올라간 청년이 또 달음박질로 내려왔다.

"농사를 짓고 있습니다, 촌장님. 벼를 심고 있어요."

이건 또 무슨 소리인가. 화전도 아니고 산중에서 벼농사라니!

허둥지둥 등성이로 올라간 오용지는 놀라 떡 벌어진 입을 다물 수가 없었다. 불사를 일으키려는 줄 알았던 그 땅이 실은 농지였다고? 게다가 그사이 여기저기 2단, 3단 계단식으로 땅을 일구고 계곡에서 물을 끌어와 벼를 심어놓았다. 그러고도 사내들은 웃통을 벗어 던진 채 전답을 넓히는 중이고 아낙네들은 밭에다 씨앗을 뿌리고 있었다. 또한 웃통 벗은 사내들 중에는 머리를 깎은 스님도 둘이 있는데 다름 아닌 그들이었다. 오용지는 등성이 아래 그들 쪽으로 발길을 내디뎠다.

땀을 훔치려고 허리를 펴던 성유가 다가오는 오용지를 보고 얼른 벗어두었던 승복 윗도리를 걸치고 빠른 걸음으로 다가가며 두 손을 합장했다. 오용지도 마주 합장의 예를 보였다. 그 모습에 유탕도 윗도리를 입었지만 다른 이들은 보이는 대로 합장을 하고는 제 할 일에 다시 열심이었다.

믿어지지 않았다. 100명은 족히 되어 보이는 저들이 모두 불자였다는 말인가. 게다가 숨어든 처지에 낯선 사람에게 일말의 경계심도 보이지 않으니….

"어서 오십시오. 봄빛이 드니 만물이 화사합니다."

성유의 인사에 오용지는 사방을 두리번거렸다.

"왕자 스님도 계십니까?"

"하하, 스승님은 아침부터 땅을 일구시다가 조금 전에 동굴로 들어가셨습니다. 말씀을 드릴까요?"

오용지는 손을 내저었다.

"아닙니다. 저는 불경을 편찬하신다기에 지금도 남릉에 계시는가 했지요."

"제 사제인 유탕 스님과 같이 여기서 편찬하고 있습니다."

"땅은 불사를 일으키려던 게 아니었습니까?"

"오해하셨군요. 처음부터 벼를 심으려고 개간한 것입니다."

"산중에서 물이 부족할 텐데, 어떻게?"

"신라는 땅이 넓지 않아 저런 천수답이 많습니다. 그런 조건에서 잘 자라는 황립도라는 종자가 있는데 그 볍씨를 가져왔던 겁니다."

한 무리의 아이들이 제각각 바구니를 들고 산비탈을 내려와 유탕에게 가고 있었다.

"저 아이들은 누굽니까?"

"유민의 아이들인데 찻잎을 따온 모양입니다."

"차나무도 있습니까?"

"예, 그것도 신라에서 가져왔습니다. 금지차라고 하는데 향이 제법 좋습니다. 이제 찻잎을 따기 시작하니 햇차는 보름쯤 지나야 하고 지난해 묵은 차는 있습니다. 한잔 올릴 테니 초막으로 가시지요."

서쪽 멀리 아미산 언저리에서 비슷한 농사를 짓는다고 이야기는 들었지만 눈으로 보는 건 처음이었다. 성유가 우려낸 차를 한 모금 마신 오용지는 놀라는 눈빛이더니 다시 한 모금을 입에 머금어 맛을 음미했다.

"향과 맛이 특이하고 놀랍습니다. 신라에서는 차를 이렇게 마십니까?"

"아닙니다. 차는 그저 왕실이나 귀족, 승려들이 당에서 들여온 걸 아껴 마시는 정도지요. 저도 이런 차가 있다는 걸 여기서 처음 알았는데 스승님이 가져온 차씨로 재배했습니다."

차에 관심을 기울여 몇 가지를 더 묻던 오용지는 땅에 관해 물었다.

"처음부터 농사를 지을 뜻이었어도 세 분 스님에게는 너무 넓은 크기가 아닙니까? 수행도 하신다면서요?"

"스승님께서 무슨 일이 있어 유민이 들어오면 그들을 구제해야 한다고 미리 준비한 겁니다."

오용지는 말이 나오지 않았다. 나라가 백성을 구제하는 게 아니라 중이 유민을 구제한다고! 그들은 시주로 먹고살며 일부는 누리기도 한다고 들었는데 거짓이었던가? 아니다. 지난번 장단도 그랬지 않은가. 큰 성시마다 들어선 절집이 모두 그렇다고 말들은 또 얼마나 많은가….

"이보게, 유탕 사제! 와서 인사드리게."

성유는 아이들을 다독여 돌려보낸 유탕을 불렀다.

"지난번에는 마을 입구에서 뵙고도 제대로 인사드리지 못했습니다. 유탕이라 합니다."

"스님은 언제 왕자 스님을 만나셨습니까? 처음에는 이 두 분만 오셨는데…."

"허허, 이제 왕자는 버리셨으니 그냥 교각 스님이라 하십시오. 저는 어릴 때 황궁 법당에서 큰스님을 모셨는데 그때 숙위로 오신 신라국 왕자 신분의 스승님을 한번 수행하며 뵌 적이 있었습니다. 그 뒤로 황궁을 나와 불법을 찾아서 고행하던 중에 돈황에서 다시 만났으니 인연이 아주 깊었던 모양입니다, 허허. 그때부터 스승님을 모셔 3년간의 오대산 수행을 시봉하고 구화산까지 왔습니다. 이렇게 성유 사형도 만나게 되었고요."

"정말 신라 왕자이셨습니까?"

오용지는 여전히 믿기지 않는 모양이었다.

"예, 황제 폐하께서도 무척 총애하시어 숙위 학생으로 국자감에서 공부하게 하시고 대감직도 내리셨습니다. 아마 4년쯤 머무셨을 겁니다."

"그런데 어째 저리 스님이…?"

"허허, 저와 사형은 알 수 있습니다. 불법은 왕좌와 비교할 수 없는 희열이지요."

"저 땅은 세 분이 다 개간하신 겁니까?"

"웬걸요. 대부분 지난해 유민들이 들어와 넓힌 것입니다."

"그럼 지난해는 소출이 없었을 텐데 어떻게 저 많은 사람이 겨울을 난 겁니까?"

"거사님께서 보내주신 쌀과 그동안 저희가 지은 농사로 수확한 쌀도 좀 있었지만 역시 많이 부족해 백토와 나물을 섞어 죽을 끓여 양식을 늘렸습니다."

"지난번에 저도 동굴에서 큰스님 옆에 놓인 가마를 본 적이 있는데 쌀을 두고도 왜 그런 음식을…?"

"예, 저희도 늘상 신경이 쓰이지만 저리 고집하시니 방도가 없습니다. 그나마 요즘처럼 땅을 일구느라 힘을 쓰시면 하루 두 끼는 드시지만 수행에 들면 하루 한 번이거나 이틀, 사흘에 한 번 드시기도 합니다."

믿어지지 않지만 믿을 수밖에 없는 스님들이었다. 더는 두고 볼 일이 아니었다.

"일간 다시 찾아뵙겠습니다."

그렇게 인사하고 오용지는 총총걸음으로 마을로 내려갔다.

구화산 양지바른 곳곳에 산지를 소유한 민양화(閔讓和)는 15년 전 현청 가까운 구화산 북쪽 자락에 저택을 짓고 들어와 살고 있었다. 현청이 있는 성안 본가는 운영하는 상단 일을 볼 때만 기거하니 이제는 산자락의 저택이 본가나 다름없었다. 그의 상단은 교각 일행이 남릉에 갈 때 배를 탔던 선성에 지점을 두어 장강을 통해 오가는 물산을 매집해 장강 남쪽 여러 성시에 팔고, 남쪽의 물산을 사들여 장강 북쪽을 상대하는 도매상들에게 내다 팔아 백만금이 넘는 부를 이루었다.

그가 살기 편한 성시를 떠나 고독한 산자락으로 들어온 것은 자식 때문이었다. 나이 마흔이 넘도록 자식을 두지 못하니 남들은 부러워하는 부도 아무런 의미가 없었다. 도관을 찾아 도가의 비방도 써보았고, 용하다면 사술인지 뻔히 알면서도 매달렸지만 역시나 소용이 없었다.

어느 날 선성 지점에 일이 있어 갔다가 우연히 남릉으로 간다는 한 고승을 만났는데 그가 구화산 북쪽 자락에 자리를 잡아 부처님께 성심껏 기원하면 자식을 얻을 수 있다고 했다. 절이 있을 리 없는 산중에 무슨 터무니없는 소리냐고 했더니 고승은 절집은 그냥 자신의 마음에 두면 되는 것이라고 태연히 말했다. 황실과 결탁하고 권력에 의지하는 것이 불교라는 소문에 곱지 않은 마음을 가졌던 그는 자신은 아직 한 번도 불가를 기웃거리지 않아 아무것도 모른다고 볼멘소리를 했더니 백팔염주 하나를 내주며 한 알을 넘길 때마다 관세음보살 명호를 부르고, 마음이 움직이면 절도 하라는 것이었다. 믿기지 않았지만 워낙 절박한 처지였고 고승이 의젓한데다 재물을 원하지도 않으니 휴양도 할 겸 저택을 지었다.

신심이 없으니 절할 마음은 일지 않았고 그저 심심풀이 삼아 관세음보살 명호를 부르기를 2년, 정말 아내에게 태기가 생겼고 이듬해 아들을 보았다. 민양화는 백방으로 고승을 수소문했으나 법명도 묻지 않았으니 찾을 수 없었다. 다른 스님이라도 모셔서 직접 절을 지을까 하는 생각도 했지만 도가의 기세가 더욱 높아지며 명망 있는 스님들은 모두 은거하고 시중에는 한심한 행태의 중만 남았으니 마음을 접었다. 더구나 몇 년 전 장단이라는 승려가 고전촌 일대에서 소란을 일으켰다는 소문을 듣고 나니 남은 정나미마저 떨어진 터였다.

오용지가 민양화의 집을 찾아온 것은 아들의 독선생이 나오기를 기다리며 마당을 서성거리고 있던 정오 무렵이었다. 고전촌 뒤쪽 산지의 관리를 맡기기는 했으나 따로 재목감이 될 나무나 유실수를 심은 것도 아니니 서로 내왕할 일이 없었다.

"그간 잘 지내셨습니까, 어르신?"

"오 촌장이 어쩐 걸음인가?"

"산지 일로 드릴 말씀이 있습니다."

"산지 일?"

그때 독선생이 나오니 민양화는 그를 불렀다.

"산(㦃)의 공부는 어떤가?"

"예, 논어를 끝내고 맹자를 강론 중인데 워낙 총명하니 학습이 빠릅니다."

"과거를 보게 할 뜻은 없으니 다음에는 사서(史書)에 집중해주시게. 역사를 교훈으로 삼으면 무엇을 하든 실수는 줄어들고 큰 실패는 피할 수 있을 테니."

"그러겠습니다. 하지만 그만한 재주면 나랏일을 해도 대성할 재목이니 아깝기는 합니다."

"거기가 능력만으로 뜻을 펼칠 수 있는 곳이던가. 쯧!"

못마땅한 기색을 드러내며 혀를 차자 독선생은 머쓱한 웃음을 지으며 물러갔다. 민양화는 다시 오용지에게 눈길을 돌렸다.

"거기에 무슨 일이 있어서?"

오용지는 그동안 보고 들은 일을 자세히 일렀다. 민양화는 적잖이 놀라고 믿기지 않는 표정이었다. 언제 온 것인지 아들 산도 아버지 곁에서 귀를 기울이고 있었다.

"진정 신라 왕자였다는 말인가?"

"황궁 법당에 있었다는 스님의 말이니 설마 거짓이겠습니까."

"그럼 오늘은 여기서 묵고, 내일 아침…."

민양화는 까닭 모르게 마음이 바빠졌다.

"아닐세, 점심 요기를 하고 바로 출발하세. 오늘 저녁은 자네 집에서 묵고 내일 아침 일찍 산에 오르면 내 눈으로 모든 걸 직접 볼 수 있겠구먼."

"예, 그러시죠."

"아버님, 저도 함께 가겠습니다."

산의 말에 민양화는 의아한 눈빛이었다. 근동에 벗을 삼을 또래가 없기도 하지만 산천과 자연에 관심을 두었지 밖으로 나도는 데에는 흥미가 없는 아이였다.

"네가 웬일로?"

"촌장님의 말씀을 들으니 왕자의 신분보다 더 크다는 불법도 관심이 가고, 스님들의 사는 모습과 유민들의 삶도 직접 보고 싶습니다."

민양화는 아들이 시속과 사람에 관심이 생긴 것인가 흐뭇해 기꺼이 허락했다.

세상이 소란스러우면 가장 고통스러운 건 밑바닥 삶을 사는 사람들이었다. 그래서 그들은 짐승의 육감으로 위험에 대처한다. 고작 자포자기의 심정으로 움츠리거나 먼 길을 나서 현장에서 벗어나려는 정도이지만 말이다. 움츠린 사람들은 그나마 뭐라도 지킬 게 있거나 아예 떠날 수조차 없는 경우이다. 그들은 일면 죽음까지 각오하거나 근거 없는 요행에 기댄다. 길을 나선 사람들은 대부분 아무런 기약이 없다. 어떻게든 살아남으려는 생각뿐이다. 의지보다는 본능이다. 위험에 따른 본능은 가장 원초적이기에 내 자식의 한 끼를 위해서는 무엇이든 할 수 있다. 때로는 자신을 위해서 모든 것, 심지어는 자식을 외면하기도 한다. 비난할 수 있을까, 본능을? … 모를 일이다. 어쨌거나 그런 이들에게 자비, 나눔, 희망, 웃음 같은 걸 온전히 기대할 수 있을까? 그런데 그들이 웃는다.

와! 하는 밝은 소란과 함께 아이들이 내달려 잠시 숨을 돌리려 돌덩어리나 나무 그루터기에 엉덩이를 붙인 아버지 곁으로 달려가 맴돈다. 아버지들은 그런 자식을 바라보며 흐뭇하게 웃고 어깨와 엉덩이를 토닥인다. 밭 가운데에서 잠시 허리를 펴던 어머니들도 환하게 미소 지으며 아이들을 부르는 손짓을 한다. 그러면 아이들은 또 와! 목청을 높이며 밭으로 뛰어간다. 산비탈에서 내려오던 이와 올라가는 이가 눈길이 마주치면 서로 합장하며 미소를 짓는다. 웃으며 이야기를 나눈다. 웃는다… 그건 희망이 아닌가.

산등성이에 서서 아래를 내려다보는 민양화는 번연히 두 눈으로 보면서도 믿기지 않았다. 아니, 거리가 멀어 또렷이 보이지는 않지만 생생하게 느껴졌다. 한참을 그렇게 넋 놓고 바라보던 민양화가 다시 걸음을 내딛자 오용지는 얼른 앞서고 산은 뒤를 따랐다.

등성이를 내려오는 오용지를 발견한 성유는 멀리서 합장하며 마중이라도 하려는 듯 걸음을 떼었지만 낯선 사람이 그러지 말고 기다리라는 팔짓을 해 보였다. 오용지보다 나이는 많았고 옷차림은 한눈에 부유하다는 것을 알 수 있었다. 아마 산지 주인이겠다, 성유는 생각했다. 뒤를 따르는 아이의 옷차림도 그러하니 그의 자녀임도 짐작할 수 있었다.

유탕을 불러 가까이 다가온 그들에게 같이 합장의 예를 표하자 오용지와 민양화도 마주했다.

"이곳 산지 주인이신 민양화 어른이십니다."

오용지는 소개하며 눈길은 동굴로 향했다.

"누추한 초막이지만 잠시 기다리시면 큰스님을 모셔 오겠습니다."

성유의 말에 민양화는 고개를 저었다.

"제가 동굴로 직접 찾아뵐 수 있을까요?"

음성은 부드러웠으나 눈빛은 무거웠다. 성유는 망설이지 않고 옆으로 비켜섰다.

"앞서시지요. 제가 길을 안내하겠습니다."

교각은 삼매에 들었고 스승을 깨우려 앞선 성유를 따라 민양화와 산이 안으로 들어서니 동굴이 가득 찬 느낌이라 오용지는 어정쩡하게 입구에 멈춰 섰다. 유탕은 선청과 같이 입구 밖에 서 있었다.

동굴 안을 가득 채운 인기척에 교각은 성유가 깨우기 전에 눈을 떠 고개를 돌렸다.

"저는 민양화라 하옵니다. 큰스님을 뵙습니다."

단번에 무릎을 꿇고 큰절을 올리며 예를 표하자 산도 무릎을 꿇어 절했다.

"앉을 곳이 여의찮습니다. 밖으로 나가시지요."

교각이 일어서자 모두가 몸을 비켰다가 성유, 민양화, 산, 오용지, 유탕의 순서로 뒤를 따랐다.

민양화는 저절로 무릎이 꿇어졌다. 고요한 삼매의 기운에, 오용지로부터 들은 바이지만 믿을 수 없는 간고한 고행. 불상조차 아직 본 적 없지만 진실로 부처와 보살이 있다면 바로 저러하리라 생각이 든 것이었다.

초막 앞 평상 위에 찻상을 가운데 두고 교각과 민양화와 산이 마주 앉았고 성유는 옆에서 차를 우렸다. 유탕과 오용지는 평상 아래에서 두 손을 읍한 채 조용히 섰다.

한 모금 차로 입안을 맑게 한 교각이 먼저 입술을 뗐다.

"교각이라 합니다."

"민양화 어른은 여기 산지의 주인이십니다."

오용지가 이르자 민양화는 겸손한 낯빛으로 손을 내저었다.

"이깟 산지가 무슨 대수이겠습니까. 진작 알지 못해 소홀함이 되었으니 부끄럽습니다."

"그리 말씀해주시니 감사하기 이를 데 없습니다."

"다른 건 오 촌장으로부터 대략 들었으니 번거롭게 묻지 않겠습니다. 저는 불교를 접하지 못해 아무것도 아는 것이 없으나 그래도 절이 있어야 하지 않겠습니까?"

"하하하!"

교각의 큰 웃음에 민양화와 산은 움찔했고 오용지는 놀라 한발 물러섰다.

"그래, 절터라도 내주시겠습니까?"

"예, 이 구화산 자락에 제 산지가 제법 되니 어디든, 얼마만큼이든 내놓겠습니다."

"절집 하나 짓는 거야 부처님 손바닥만 하면 되는 것이니 제 포의 자락만큼만 내주시면 됩니다."

무슨 소리인지 알지 못해 민양화가 어리둥절한 눈빛이자 교각은 일어섰다. 걸치고 있는 포의 한쪽 자락을 잡아 그의 앞으로 던지듯 펼치니 순식간에 구화산 전부가 그 안에 가둬졌다. 그저 포의 자락으로 민양화의 눈을 가린 것이지만 그에게는 구화산 전부가 갇힌 것이니 지혜도 포부도 천하에 감히 따를 자가 없을 것 같았다.

민양화는 벌떡 일어나 다시 큰절을 올렸다. 산도 따라 했다.

교각이 앉자 민양화가 무릎을 꿇은 채 말했다.

"무지하여 감히 큰스님의 법력을 알지 못했습니다."

"하하, 제가 농을 한 것입니다."

"아닙니다. 어느 곳이든 터만 정해주시면 제가 자재와 울력꾼을 댈 것이니 스님들께서는 불사를 지도하여 주십시오."

그의 말은 진심이고 간곡했다. 그러나 교각은 크게 고개를 저었다.

"진실로 드리는 말씀입니다. 큰스님 앞에서 어찌 허튼소리를 하겠습니까."

교각은 너그러운 미소를 지었다.

"그 마음이 진심인 것은 저도 압니다. 그러나 아직은 때가 아닙니다."

성유와 유탕도 무슨 뜻인지 알지 못해 서로를 힐끔거렸다.

"불사에도 때가 있는 것입니까? 뜻을 알려주십시오."

민양화의 간곡함에 교각은 입을 열었다.

"절집을 세우고 부처님을 모시는 것은 중을 위함이 아니라 중생을 위한 일입니다. 중이 공부하고 수행하는 곳은 오직 청정하고 고요하면 됩니다. 부처님은 어디에서나 계시니 불상 또한 중생을 위한 것입니다. 부처님전을 단장하고 공양을 바치는 것도 중생을 위한 일입니다. 왜냐하면 중생은 자신의 공양과 시주로 부처님과 절집이 아름다우면 그만큼 신심이 깊어져 자신을 닦는데 열심일 것이기 때문입니다. 중생이 절에 시주하는 것은 자신의 것을 나누는 마음입니다. 중은 중생의 시주를 탐하면 아니 됩니다. 중은 일하지 않으면 먹지 않는다는 마음으로 자신의 호구는 자신이 마련해야 합니다. 이곳에 천수답을 일군 까닭입니다. 도를 닦겠다는 중이 먹을 것을 밝혀 아귀가 되면 결코 깨달음을 얻을 수 없습니다. 중생의 시주는 절집을 찾는 사람은 물론이고 시중의 어려운 대중을 고루 보살피는 데 쓰여야 합니다. 유민으로 들어온 저들도 지난 겨울 서로를 보살펴 나누는 마음을 익히고부터 저리 밝은 낯빛이 되어 남녀노소를 가리지 않고 존중하고 아끼게 된 것입니다. 혹여 저들이 다시 예전으로 돌아가더라도 마음 한 자락에는 오늘의 체험이 남아 있을 테니 결코 아주 악해지지는 않을 것입니다. 중이 수행에 힘쓰며 또한 해야 할 일이 바로 그것입니다."

교각의 말에 민양화는 물론이고 성유와 유탕까지 뒤늦은 깨달음에 부끄러운 빛을 드러냈다. 특히 어린 산은 마음의 감화가 깊었는지 눈물을 글썽거리기까지 했다.

교각이 말을 이었다.

"아직 때가 아니라고 한 것은 이미 불가의 행태가 대중의 마음을 상하게 한 데다 권력을 업은 도가가 기세를 떨치니 이러한 때 불사를 일으키면 중의 욕심으로만 보이고 도가와 다를 것이 없기 때문입니다."

민양화는 감동을 받아 가슴이 벅찼으나 그래도 조심스레 입술을 떼었다.

"무슨 말씀이신지 깨우침이 크고 받들어 때를 기다리겠습니다. 하지만 이미 저들 유민이 불법의 은혜를 받았으니 저들을 위해서라도 한 칸 작은 법당이라도 지어 불상을 모셔야 하지 않겠습니까. 저들이 스스로 기뻐하는 마음이 더해지면 세상이 안정되고 옛집으로 돌아가더라도 잊지 않을 것입니다."

그 말에는 교각도 가만히 고개를 끄덕였다.

"큰스님, 송구하고 어린 마음이나 감히 아뢰자면 그 일은 말씀을 들어주시면 아버님도 크게 감사할 것 같습니다."

산의 말에 교각은 빙그레 웃음을 머금으며 물었다.

"너는 누구냐?"

그제야 민양화가 황급히 나섰다.

"말씀에 젖어 들어 그만 잊고 있었습니다. 제 자식놈입니다. 인사드리거라."

산은 일어나 새삼 절을 올렸다.

"민가 성에 이름은 산이옵니다."

"산은 무슨 산을 쓰느냐?"

"마음 '심(心)' 변에 낳을 '산(産)'을 씁니다."

"그럼 착하고, 큰 은덕이라는 뜻이구나. 좋은 이름이다."

민양화는 자신이 산자락으로 들어온 까닭과 산의 출생에 관한 일을 말해주었다.

교각은 다시 찬찬히 산의 얼굴을 들여다봤다. 고요하고 은은한 빛이 감도는 맑고 웅숭깊은 얼굴이었다.

"그래, 넌 이제 내려가 보아라."

산이 평상을 내려가고 교각과 민양화는 법당에 관한 일을 논의했다. 결국 교각은 승낙했고 비록 한 칸 법당이지만 불상을 모실 수 있게 되었으니 성유와 유탕은 기쁜 빛을 감추지 못했다.

산은 초막 옆 이름 모를 꽃나무에 벌들이 끊임없이 날아와 꽃봉오리에 앉았다가 어디론가 돌아가고 다시 날아오는 모습을 유심히 들여다보며 내내 요동이 없었다.

"무엇을 그리 보고 있느냐?"

등 뒤에서 교각의 음성이 들리자 산은 몸을 돌려 합장하고 물었다.

“벌들이 꽃봉오리에 머리를 박고 뭔가를 열심히 먹더니 어디론가 날아갔다가 다시 옵니다. 무얼 하는 것입니까?”

“지금은 아마 화분을 모으고 있을 거다. 그걸 제집으로 가져가는데 도중에 흘려 땅바닥에 떨어지면 씨앗이 되어 내년이나 내후년쯤에는 싹을 피울 것이다.”

“그럼 흘리지 않으면 그저 벌의 먹이가 되는 겁니까?”

“그리되겠지. 그렇지만 벌집에 쌓아둬도 때로는 바람이 화분을 땅에 날리기도 하니 굳이 입을 앙다물 필요도 없을 거다.”

“그럼 그만큼의 헛된 수고가 아닙니까?”

산의 물음은 눈앞에 보이는 것만이 아니라 근원에 있는 듯싶었다. 교각은 산의 머리를 정겹게 쓰다듬으며 답을 했다.

“과연 그렇기만 할까? 불가에서는 그런 걸 연기라고 한다. 무엇이든 오로지 하나로써 존재하는 것이 아니라 저것이 있어서 이것이 있고, 이것이 생김으로 저것이 생기는 것이다. 세상 만물은 모두 그렇게 이루어지고 돌아가는 것이다.”

“저처럼 작은 곤충도 그런 걸 알까요?”

“글쎄다. 여래의 말씀에 의하면 세상 만물에 모두 불성이 있으니 다르지 않은 부처라 하셨다. 생명을 유지하기 위해서는 때에 따라 꿀을 빨기도 하고 화분은 먹기도 하니 그 또한 지혜가 아니겠느냐. 지혜는 스스로 아는 것이니 아무래도 그렇지 않겠느냐.”

산은 한참 고개를 끄덕이더니 민양화를 돌아보았다.

"아버님, 저도 여기서 공부하고 싶습니다."

민양화는 놀라면서도 어두운 낯빛이 되었다.

"허허, 뜻은 가상하다만 아직 때가 아닌 듯싶으니 돌아가 아버님을 따르거라."

교각이 말하자 산은 고개를 갸웃거렸다.

"그럼 언제 때가 옵니까?"

"인연이 있으면 때가 올 것이니라."

산은 더 말하지 않고 합장배례 한 뒤 돌아섰다.

세 스님은 나란히 등성이를 오르는 두 부자의 모습을 지켜보며 부처의 가피를 빌었고 선청은 마중이라도 하듯 뒤를 따라 등성이를 올랐다.

민양화는 연신 돌아서 허리를 굽히면서도 안도했다. 부처님의 뜻은 고귀하지만 하나뿐인 자식의 출가를 지켜보고 싶지는 않았으니 어쩔 수 없는 아비였다.

어느 순간 교각의 고함이 산중을 울렸다.

"선청!"

벌써 성유와 유탕은 등성이로 뜀박질 쳤고 선청은 비호처럼 허공으로 날아올랐다. 등성이 중턱 나뭇가지 위에서 시커먼 빛깔에 어른 팔뚝만 한 굵기의 뱀 한 마리가 대가리를 뻗어 산의 목덜미를 막 물려는 참이었다. 돌아본 민양화도 미처 어쩌지 못하는 찰나의 순간, 선청이 뱀의 목을 물어 땅바닥에 떨어트렸고 쫓아온 성유와 유탕은 가시 박힌 억센 나뭇가지로 거들었다. 이내 뱀은 선청의 이빨에 대가리와 몸통이 서로 떨어졌다.

놀란 숨을 달래며 이마의 땀을 훔치면서 민양화는 마음속으로 되뇌었다. '인연이구나, 애초부터 인연이었구나….'

다시 초막으로 내려온 민양화는 교각에게 산을 부탁했다. 교각이 허락하니 산은 먼저 스승에게 무릎 꿇어 절하고 아버지에게도 절을 올렸다.

31. 혜가단비

구치소장이 직접 전화를 해왔다. 정중한 요청이었고 강연료는 정부기관 규정을 따를 수밖에 없지만 법무부 장관이 금일봉을 별도로 준비한다니 더 말할 필요가 없었다. 분명 상훈 스님이 유스티노 신부에게 그리 억지를 썼을 테고 신부님도 법무부와 인연이 닿는 사람에게 그리 청했을 것이다. 굳이 하지 않아도 될 일을 기어이 한 것은 효명에 대한 두 분의 생각이 다르지 않다는 뜻일 것이었다.

소식을 들은 동희는 펄쩍 뛸 듯 반겼다.

"그럼 이제 집으로 들어오겠네?"

"나도 그렇게 됐으면 좋겠다만…."

형일이 말끝을 흐리자 동희는 고개를 갸웃거렸다. 곧 올라갈 거라며 걱정하지 말라던 상훈의 말을 생각한 것이다.

"스님이 뭐래?"

"강연 예정도 외부에는 알리지 말라시고, 법무부와 구치소 측도 당일까지 보안으로 했다시니 효명에게 미리 말한 건 아닌 듯싶어."

"그럼 강연도 취소될 수 있다는 거야?"

"그렇기는 하지만 효명이가 구치소 수용자들을 외면하지는 않을 거라 하신다. 나도 그렇고."

"내 생각에도 그건 그럴 것 같네."

예원이 거들자 동희는 또 고개를 갸웃거리다 자신 있게 말했다.

"아니야, 걔 돌아와."

"왜? 효명에게 따로 들은 말이라도 있어?"

"그건 아닌데, 지난번 내려갔을 때 이병주문학관 사람들과 저녁 식사를 하면서 문학 토론 비슷한 게 있었어. 그때 효명이 이병주 작가님 어록으로 정치 혁명 사람 뭐 그런 걸 거론했는데, 선생님을 우익으로 기울었다기보다는 중도적 입장으로 좌우를 모두 포용하려 한 것으로 본다고 할 때 분명 사회에 대한 어떤 참여 의지 같은 게 강했어. 스님도 효명이 돌아갈 거라고 확신하셨고."

형일은 고개를 끄덕이면서도 확신하지 못하는 표정이었다.

"그렇다고 이번에 당장 집으로 올 거라고 단정 짓지는 말자. 특히 동희 넌 기대하면 그만큼 실망이 클 테니."

"그래도 집은 보러 와야 할 거 아니야, 제가 지으라고 한 거나 마찬가진데?"

"그런 이야기로 부담 갖게는 더구나 하지 말고."

"아무튼 멱살을 잡아서라도 끌고 올 거야."

"넌 계집애가 툭하면 말이…."

예원의 핀잔에 동희는 한 손을 들어 말을 막았다.

"엄마, 계집애는 낮춤말이야. 그런 말은 쓰지 않는 게 좋을 것 같아. 또 '계집애'는 여자라는 성으로 한정되잖아. 여성이라고 할 수 없는 일은 없는 시대야. 대통령, 총리, 수상, 심지어 잠수함에도 승선하는데. 더구나 사랑인데, 왜 여자라서 먼저 표현할 수 없다는 거야?"

"왜 결론이 그쪽으로 빠져?"

예원이 눈을 흘기자 형일은 동희에게 윙크를 해 보였다.

"우리 따님은 언제나 논리가 정연하지."

"여보!"

"맞잖아. 다만 발상이 너무 황당할 때가 있어서 놀랍다는 거지. 너 그런 발상을 캐릭터로 돌리면 어떨까?"

동희는 입술을 삐죽 내밀었다.

"그나저나 문학관 이야기하니까 녹차볶음, 녹차전 먹고 싶다."

"녹차볶음? 그게 뭐야?"

예원이 관심을 보였다.

"볶음은 녹차를 몇 번 우려 마신 뒤에 찻잎을 꾸덕꾸덕하게 말려서 올리브유에 소금으로 간을 해 볶은 거야. 당근이나 파 같은 걸 아주 얇게 채 썰어 같이 볶아 깨를 뿌리기도 하고. 전은 한 번 정도 우린 뒤에 부친 건데, 둘 다 녹차의 텁텁한 맛은 전혀 없고 차향은 은근히 남아 있어. 특히 볶음은 빛깔도 예쁜 데다 넓은 찻잔에 얌전하게 펼쳐 담은 게 딱 보는 순간 이건 옛날 선비님들 안주거나 반찬이었겠다 싶은 거야. 왜 우리 전에 아버지의 아버지가 살았다던 안동에서인가, 북어포를 보푸라기처럼 만든 거 먹은 적 있잖아, 그것처럼."

"할아버지. 아버지의 아버지가 뭐냐."

"나 태어나기 전에 할머니까지 모두 돌아가셨다면서. 실제로 한 번 불러본 적도 없는데 그게 입에 붙어."

"핑계는, 내앞(川前)마을 어른들께 인사드리며 할아버지라고 불렀잖아. 거기 불천위는…."

"아, 아, 그 고리타분한 족보, 양반 이야기는 이제 그만. 요즘 시대에 무슨…."

"어허, 그래도 사람이 가문의 뿌리는…."

"아, 몰라, 몰라…."

아버지와 딸의 토닥거림에 예원은 화제를 돌렸다.

"그런데 효명인 언제 문학에도 관심이 있어 이병주 선생 작품까지 읽었데? 더군다나 세대가 달라서 요즘 또래는 이름조차 모르는 경우가 대부분일 텐데."

"그분이 하동 출생이라서 그쪽 학교 도서실에는 작품이 대부분 비치되어 있었나 봐."

"넌 이병주라는 이름은 알고 있었고?"

"이름이야 알았지. 시험에 나올지 모른다고 선생님이 짧게 거론했으니까."

"작품을 읽어본 적은 없지?"

동희가 어깨를 으쓱하며 손바닥을 펼쳐 보였다.

"그럼 이제라도 읽어야겠네."

"이제 시험 볼 일도 없는데 왜?"

"효명인 대부분 읽었다면서?"

형일의 말에 동희는 새삼 동그래진 눈으로 어정쩡한 미소를 흘렸다.

"그렇게 되나…."

"읽을 거면 그분 대표작인 〈지리산〉부터 시작해."

"그러지 뭐."

"일곱 권쯤 되는 건 알아?"

"뭐, 그렇게나? 헐~."

동희의 난감한 표정에 형일과 예원은 웃음을 지었다.

"어떻게? 주문해, 말아?"

"아, 주문해줘!"

속마음을 감추지 못하니 그렇게 투정이라도 부리는 동희였다.

형일의 연락을 받은 뒤 상훈은 칠불사를 찾아 효명을 불렀다.

“이번에는 구치소에서 강연을 해줘야겠다.”

효명은 난처한 표정으로 고개를 저었다.

“이제 강연 같은 건 사양하겠습니다.”

“이미 한 달 뒤로 날짜도 잡혔고, 무엇보다 가장 낮은 처지의 수인들인데 외면할 거냐?”

도응은 또 걸려들었구나 생각하며 웃음을 감췄다. 역시 잠시 생각한 효명은 고개를 숙였다.

“그렇지만 정말 이번만입니다.”

상훈이 눈짓하자 도응은 이야기를 꺼냈다.

“불일폭포 옆 암자에서 한 스님이 혼자 머무셨는데 속가에 자녀까지 두고 출가한 분이었다. 신도들이 찾아오거나, 암자가 비었더라도 끼니 때가 되면 밥을 차려서 먹으라고 했는데 언제나 냉장고 안이 가지런히 정리되어 있고 반찬들도 맛깔스럽더란다. 어떤 보살이 누구의 손길이냐고 물었더니 속가에서 아내였던 이라고 태연히 답했다. 보살은 깜짝 놀라 출가하면 인연을 끊는 것이 아니냐고 물었다. 그 스님의 답이 무엇이었을 것 같으냐?”

효명은 답을 하지 못했다.

“만나서 마음이 움직여 그리움이나 미움이 든다면 그건 인연을 끊은 것이 아니지만 아무런 마음도 일지 않는다면 끊어진 인연이라는 답이었다. 남편의 출가를 받아들인 그분과 스님의 세속 인연이 그러했기에 불자와 스님으로서 편안할 수 있었던 것이지. 어쩌면 아내분은 달랐을 수도 있을 것이다. 출가한 남편을 그처럼 뒷바라지한다는 건 지극한 사랑이 아니면 가능한 일이 아닐 테니 말이다. 하지만 그렇더라도 그 사랑은 보살의 마음이라고 해야 하지 않을까 싶다."

"그 스님은 지금도 계십니까?"

"아니다. 한참 전에 다른 소임을 맡아 쌍계총림에는 안 계신다."

효명의 안타까운 듯 실망한 표정에 상훈이 나섰다.

"왜? 그 스님과 마주하면 답을 찾을 수 있을 것 같으냐? 찾아주랴?"

당황한 듯 효명은 두 팔을 내저었다.

"아, 아닙니다."

"그래, 지금의 넌 그 스님을 뵈어도 답을 찾을 수 없다."

상훈의 엄한 기색에 효명은 놀라고 의아한 표정과 눈빛이 되었다.

"네 마음속에 똬리 튼 그것조차 너는 모르지 않느냐! 네가 내 앞에서 더듬거린 건 처음이다. 그건 바로 너는 의식하지 못해도 마음에 감추는 것이 있기 때문이다. 그런 마음으로 어찌 불문에 들겠다는 거냐. 도응 스님이 당장 너를 내쫓지는 않을 것이다. 그렇지만 강연 전에 그걸 끄집어내 어찌할 것인지 답을 찾아야 한다. 너만 한 재주와 명성이면 다른 불문에라도 언제든 들 수 있겠지만 문제를 감춰 답을 얻을 수 없는 너를 도응 스님이 받아주지는 않을 거다."

지금까지의 자애로움이나 자비는 한 올만큼도 없는 냉정하고 아픈 경책이고 처음이었다. 효명은 눈물이 쏟아질 것 같았다. 설움이 아닌 꽉 막힌 갑갑함과 억눌림에서 터지는 언젠가와는 또 다른 통곡….

효명을 돌려보낸 도응은 걱정스러운 낯빛으로 상훈에게 물었다.

"너무 다그치신 게 아닙니까?"

"인연이라는 게 참으로 질기고 무거운 것이기는 하지만 저 녀석에게 저런 우매함이 있을 줄은 나도 몰랐네. 제 인연을 만나고 저는 끊은 줄 알고, 잊었다 하지만 스스로 감춘 것임을 모르니 눈이 감긴 걸세. 지금 저 녀석은 눈을 감고 길을 찾겠다 하니 천 길 벼랑 앞에 언제 서게 될지 모르는 형편일세. 불법을 얻기 위해 자신의 팔을 자른 선사도 있지 않으신가. 그러니 칼이라도 앞에 놓아줘야지."

"혜가조사 말씀이군요."

"그렇네."

수나라 시대 승려로 달마의 법을 이어 선종(禪宗) 2대 조사가 된 혜가(慧可)의 이야기는 불법의 지엄함을 보여주는 서슬 퍼런 예이다.

속세의 본명은 신광으로 그는 숭산에 들어 도를 닦고 있는 달마대사를 찾아와 제자가 되기를 청하였다. 달마는 근기를 알 수 없어 허락하지 않으니 날마다 찾아와 청을 멈추지 않았다. 하지만 달마는 동굴 밖으로 얼굴조차 내비치지 않았다. 폭설이 쏟아지던 어느 겨울날, 신광은 또 달마가 수행하는 동굴 앞에 찾아와 사흘 밤낮을 선 채로 버티며 청을 계속

했다. 마침내 동굴에서 나온 달마는 '만약 하늘에서 붉은 눈이 내리면 법을 주리라' 하니, 신광은 그 자리에서 칼을 뽑아 자신의 왼팔을 단칼에 잘랐다. 사방으로 튀는 핏줄기에 내리는 눈은 붉은빛이 되니 달마는 '부처나 보살도 몸을 몸으로 삼지 않는다. 목숨으로 목숨을 삼지 않으니 법을 구할 만하다' 하고 제자로 받아들여 '혜가'라는 법명을 주었다.

"효명일 기어이 세상으로 내보낼 생각이십니까?"

"절집 안에서의 법음만으로 모든 중생을 구원하려는 여래의 뜻을 받들 수 있는 세상이라 생각하시는가. 도응이 칠불사 불사에 혼신의 노력을 다하는 것도 여래의 뜻을 받들려는 방편이겠지만 효명에게는 효명의 사명과 방편이 있지 않을까 싶네. 천삼백 년쯤 뒤에 신라 땅에 다시 올 것이라는 말씀이 있었다는데 당나라에서 불법을 꽃피우시던 그때로부터 따지면 이쯤이지 싶기도 하고."

"김교각 지장보살 말씀이시군요."

상훈은 가만히 고개를 끄덕였다.

"나는 아무래도 효명이 지장보살인 것 같네. 윤회가 아니라 연기의 인연으로 태어난 이 시대의 지장 말일세. 교각 스님의 곁을 지켰다는 선청이라는 삽살개처럼 기이하게 찾아온 황덕이나 황소도 그렇고. 만약 내가 성유 스님의 인연이라면 도응은 유탕 스님의 인연이실 거네. 그러니 이 시대에서는 스승 노릇을 하며 보좌해야 하지 않겠나. 세상을 포용해 희망을 주는 서원이라면 부드러운 법음도 방편일 테고, 분노 아닌 날카로운 경책의 방편도 필요할 테니 문을 열어줘야 하지 않겠나 싶네. 돌아올 인연이면 돌아올 테고, 아니라도 뜻을 버리지는 않을 테니 무슨 걱정이겠나."

"교각 스님은 고귀한 왕자의 신분으로 태어났으나 가장 낮은 곳으로 내려가 여래의 뜻을 펼치신 것이라면, 효명인 가장 낮고 탁한 곳에서 태어나 높은 무대와 단상에서 여래의 뜻을 따르는 것인가요?"

"보았잖은가. 무대 위의 효명과 관중의 열광이면 가히 왕자 아니신가. 허허."

도응은 두 눈을 감은 채 조용히 지장보살의 명호를 외우며 염주를 굴렸다.

"그나저나 동희는 어떤 인연인지 참으로 궁금하군, 허허."

상훈도 이내 두 눈을 감고 지장보살의 명호를 외웠다.

선방에 홀로 가부좌를 튼 효명의 눈에서 눈물이 마르지 않았다. 무엇이 이토록 서러운 것인지. 처음으로 듣는 스님의 경책이 서러운 건 아닐 터. 그것이 얼마나 큰 자애의 가르침인지 모르지 않으니 슬픈 것인가. 아무것도 깨닫지 못하는 이 우매함이 억장이 무너지도록 슬픈 것인가. 마음에 감춰 더듬거린 것이라면 무엇을 감춘 것인가. 맺힌 인연이 없는데 왜 인연을 이야기하시는가. 도대체 나는 왜 내 마음조차 모르는 것인가…. 막막하고 암담함에 자책을 거듭하다 기력을 잃은 효명은 앉은 자세

그대로 모로 쓰러져 깊은 잠에 빠졌다.

희뿌옇게 비쳐 든 여명에 눈을 뜬 효명은 벌떡 일어나 선원에서 내려왔다. 평소와 같이 문수전이 아니라 대웅전에 들어간 효명은 석가모니 불상에 먼저 삼배를 올리고 협시보살인 관음보살상에 삼배를 올리려다 우뚝 멈춰 섰다. 그 은은한 자애로운 미소…. 효명은 몸을 돌려 그대로 대웅전을 빠져나와 선원을 향해 걸음을 서둘렀다. 마침 대웅전으로 올라오던 도응은 황급히 허둥거리는 걸음으로 선원을 향하는 효명의 뒷모습을 물끄러미 지켜보다 미소를 머금으며 고개를 끄덕였다.

효명은 다시 가부좌를 틀었다. 그것이었나. 은은한 자애로운 미소. 그걸 기대하고 분노한 것인가. 분노로 인연을 끊었다 한 것인가. 에라, 한심한! 분노로 끊어지는 인연은 애초 인연도 아니었을 터. 분노는 인연을 끊는 것이 아니라 감추는 것임을 어찌 몰랐던가. 그러고도 지장보살에 기원할 일만 남았다 했던가. 거짓이지 않았는가. 스스로 속였으니 어찌 들여다볼 수 있었겠나. 고통이 두려웠던가. 인연을 끊는 것에 어찌 피조차 각오하지 않았는가. 혜가단비(慧可斷臂)를 잊었더냐! 팔을 베리라! 다리를 베리라! 목이라도 치리라!

황소가 마루 끝에 앞발을 올리고 말끄러미 바라봤다. 언제나 효명의 뒤를 따르던 녀석이 웬일인가 하여 도응은 눈길을 돌렸다. 머뭇거리는 걸음이지만 효명이 멀찍이서 다가오고 있었다.

"어서 오너라."

도응의 소리에 효명은 떨궜던 고개를 들고 걸음을 빨리했다.

"네가 웬일로 부르지도 않았는데 걸음이냐?"

"스님 옆방을 잠시 쓰게 해주십시오."

"방이야 그냥 쓰면 될 일이다만, 뭘 하려고?"

"선원에서 강연 준비를 할 수는 없지 않습니까?"

"다시 들 거냐?"

잠시 머뭇거렸으나 효명은 마음을 정했다.

"한참 동안 들지 못할 것 같습니다. 그리고 휴대전화도…."

말이 끝나기도 전에 도응은 전기 콘센트가 있는 쪽을 턱짓으로 가리켰다.

"네가 대웅전에서 허둥지둥 나오던 날부터 저기서 충전하며 널 기다리고 있다."

"보셨습니까?"

"뭘 그리 오래 끙끙 앓았더냐. 털어야 자유로울 수 있기도 하다만 자유로워야 털어낼 수도 있는 게 아니더냐. 아무튼 잘했다."

효명은 하마터면 또 눈물을 지을 뻔했다.

구치소 주차장은 주차한 차량이 수시로 빠져나가는 데도 연신 채워져 빈자리가 거의 없었다. 효명을 기다리느라 서둘러 도착한 형일과 동희는 자동차 앞에서 드나드는 사람들의 표정을 무심히 지켜보는 것밖에는 할 일이 없었다. 사람들 대부분은 어둡고 우울한 표정이었고 더러는 눈물을 멈추지 못하는 이들도 있었다. 갇혀 있는 사람의 고통만큼 밖에 있는 사람도 힘든 것이리라. 죄는 갇힌 한 사람이 지어도 고통은 여러 사람이 나누는 것이니 그것만으로도 죄의 무게는 더 늘어날 것 같았다.

"저 사람들이 전부 면회 온 거면 죄지은 사람이 얼마나 되는 거야?"

동희는 이미 잔뜩 겁에 질려 있었다.

"전부가 죄를 지은 건 아닐 거야, 무죄로 풀려나는 사람도 있으니. 억울한 이도 있을 테고 굳이 구치소에 가두지 않아도 되는 사람들도 있을 거고."

"그게 말이 돼? 무죄가 될 사람을 왜 감옥에 가둬? 들어오지 않아도 되는 사람은 또 뭐고?"

"그래서 법은 정의를 지키는 수단이면서 무서운 칼이 되기도 하는 거지."

"효명이 판검사 안 하길 잘했다. 짜식이, 역시 속이 깊어."

동희는 어느 쪽이든 효명의 편이니 형일은 건성 들어 넘겼다.

"저기 최명혜 씨와 이주신 씨 도착했다."

제법 멀리 떨어진 곳에 주차한 두 사람이 제각각 악기를 들고 내려서 손을 흔들어 보였다. 사람들은 단정한 검은색 바지 정장의 연주복 차림에 악기를 들고 있는 두 사람을 연신 흘끔거렸다. 구치소에 나타난 검은

천사쯤으로 여기는 것인가….

"효명 씨는요?"

"곧 도착할 겁니다. 같이 들어가려고요."

전화벨이 울리고 효명이 10분쯤 뒤에 도착할 거라고 알려왔다. 형일은 구치소장에게 전화해 알렸다.

효명이 탄 차가 도착하자 상훈, 도응과 함께 젊은 스님이 운전석에서 같이 내렸다.

"곧바로 강연할 효명에게 운전을 시킬 수 없어서 우리 의백 스님 도움을 받았습니다."

두 명의 연주자는 모두가 초면이니 서로 인사를 나누느라 잠시 멈춰 있자 사람들의 시선은 더욱 집중됐다. 연주자와 스님의 조합은 어색하지 않은가. 뒤늦게 효명이 차에서 나오자 사람들은 모두 걸음을 멈추고 웅성거리며 휴대전화를 꺼내 사진을 찍어댔다. 우울함과 슬픔이 금세 가신 듯 웃으며 손까지 흔드니 그 또한 어색했다. 때마침 구치소 철문 옆 작은 출입문이 철컹, 소리를 내며 열리더니 제복을 입은 직원 10여 명이 빠른 걸음으로 다가왔다. 웅성거림은 금세 사그라들고 사람들의 표정은 다시 우울과 슬픔으로 되돌아가는 듯 보였다.

"어서 오십시오, 구치소장입니다. 환영하고 감사드립니다. 저희도 마음은 굴뚝같지만 엄두도 못 냈는데 뜻밖에 장관님 배려로 이런 영광을 누립니다. 하하하."

"석효명입니다."

가볍게 악수한 손을 놓고 효명은 주변을 두리번거렸다.

"유스티노 신부님은 안 오신 거예요?"

"아닙니다. 일찍 오셔서 지금 교정국장님과 안에 계십니다. 들어가시죠."

제복들이 좌우로 도열하듯 서고 그 가운데로 구치소장이 앞서자 사람들은 관심을 거두고 등을 돌렸다.

수감자들에게는 오전 9시 직전에 강연이 있다는 사실을 알렸고 조금 뒤 강당으로 입장할 것이라고 했다. 모두 효명의 방문에 들떠 있다는 말이 믿기지 않을 정도로 구치소 안은 조용하고 서늘한 느낌마저 들었다.

동희는 연신 두리번거리면서도 효명의 곁을 바짝 따랐다.

"너 좀 떨리는 것 같다."

"응, 살벌한 느낌이야."

"그럴 걸 뭐하게 왔어?"

"나 너 매니저 자격이야. 봐, 여기 턱시도 들었잖아."

효명은 웃음을 지을 수밖에 없었다.

"그럼 편안하게 행동해, 사람 사는 곳이야. 다들 너 지켜줄 거고."

"알아, 그런데도 쫄리는 걸 어떡해."

구치소장실에 들어서자 유스티노와 함께 있던 정장 차림의 사내가 벌떡 일어났다.

"어서 오십시오. 법무부 교정국장입니다. 장관님께서도 꼭 참석하고 싶어 하셨는데 국회 대정부 질문이 있어 못 오셨습니다. 너그러운 양해 부탁드린다는 말씀 전합니다."

군더더기 없이 세련되고 정중한 언어, 고위 공직자라면 저쯤의 의례는 일상이 되어야 할 것이다. 효명은 진심을 느끼면서도 의례는 불편했다. 다행히 사람을 접하는데 익숙한 두 스님이 있었고, 대표로서의 아저씨도 그쯤의 대인 관계는 크게 불편하지 않을 것이었다. 효명은 자리에서 일어섰다.

"죄송한데 같이 연주할 분들과 오랜만이라서 잠깐이라도 손을 맞춰봐야 할 것 같습니다."

교정국장이 바쁘게 따라 일어서며 한 손을 들었다.

"양해 부탁할 일이 하나 있습니다."

"무슨…?"

"동영상을 찍어 법무부 홈페이지에 올렸으면 하는데 양해해주실 수 있겠습니까?"

이미 영상 공유가 일상이 된 시대였다. 효명은 선선히 고개를 끄덕였다.

"다만 수감자들 인권을 고려해 그분들의 노출은 일절 없게 해주세요."

"그건 저희 법무부 업무이기도 합니다, 하하."

"그럼 됐습니다. 저는 이만."

소장의 눈짓에 배석했던 간부 둘이 일어서 효명을 앞장섰다.

출입문을 지켜선 교도관 두 명은 분명 보호하려는 것인데 마치 감옥에 갇힌 듯한 느낌에 두 연주자와 동희는 거의 얼음 상태였다가 효명이 들어서자 비로소 안도하는 기색이었다.

"야, 너 왜 이제 와!"

눈물이 그렁거릴 듯한 동희의 고함에 두 연주자는 오히려 웃음이 터졌다.

뒤따라온 의백에게 효명은 뭔가를 부탁하고 연주를 맞춰보기 시작했다. 다행히 오랫동안 첼로에 손을 놓았다가 최근 2주 정도의 연습이 전부였는데도 크게 불협화음이 일지는 않았다. 이주신이 말했다.

"1년 넘게 손을 놓았다면서 두 주 만에 이 정도 감을 잡았다니 효명 씨 대단해요. 이대로 진행해도 별문제 없겠어요."

"연주는 '바람처럼' 1절만 제가 최선을 다해보겠습니다. 그다음에는 다시 처음으로 돌아가 두 분 반주만으로 노래할게요. 그게 여기 재소자 분들한테 제 최소한의 예의일 것 같아요."

이주신이 비올라를 내려놓으며 살짝 손을 들었다.

"그럼 효명 씨가 양해한다면 제가 첼로를 연주하는 건 어떨까요? 아무래도 첼로 음색이 빠지면 원곡의 맛이 사라질 것 같아서요."

일리 있는 말이었다. 폐쇄된 공간에 수용된 이들에게는 악기를 바꾸는 것이 자신들을 가볍게 대한다는 오해를 줄 수도 있었다. 게다가 동영상도 있으니.

“하실 수 있겠어요?”

“평소에도 첼로 연습은 꾸준히 했어요. 연락받고는 혹시 몰라 집중했고요.”

“바꾸는 데 시간이 걸려 음악이 끊어지면 더 문제일 텐데 그건 어떻게 하죠?”

“첼로 연주 끝 무렵은 다른 악기는 멈추니까 제가 타임을 맞춰 자연스럽게 비올라를 내려놓고 효명 씨에게 가면 일어서면서 활을 넘겨주세요. 그럼 제가 다른 손으로 첼로를 잡고 바로 앉을게요. 1초? 길어도 2초 이내일 테니 언니가 그 빈틈만 바이올린으로 메워주면 될 것 같은데요.”

“좋습니다. 그럼 한번 맞춰보죠.”

동희는 또 다른 세상의 모습이 신기했고 작은 것 하나에도 소홀하지 않으려는 효명의 모습에 감동했다.

강당 안을 살펴본 의백이 효명의 말을 전하자 교도관은 소장과 통화했다.

“뭐든 석효명 씨 뜻대로 해드리랍니다.”

강당 가까운 한쪽 벽을 등 뒤로 법무부와 구치소 고위 관계자, 외부 인사 좌석을 따로 배열해 두었다. 효명은 그걸 짐작했던지 수용자와 같은 선상으로 옮기기를 원한 것이었다.

수용자들이 강당 안으로 입장하기 시작했다.

준비를 마친 효명은 강당 단상 커튼 뒤에서 두 연주자와 함께 대기했다. 턱시도 재킷은 동희가 들었고, 올 때 입었던 밝은 남색 캐주얼 재킷 차림이었다.

오늘 강연의 목적과 효명을 초청해준 장관에 대한 감사 인사 등 진행 과정 보고 다음으로 외부 인사 소개가 이어졌다. 교정국장은 직위와 이름만 거명했지만 유스티노 신부와 세 스님, 형일에 대해서는 과장된 찬사까지 곁들이느라 꽤 장황했다. 동희는 형일에 대한 소개가 길어지자 부끄러운 듯 쑥스러워해 지켜보는 연주자와 효명을 미소 짓게 했다.

사회자의 소개에 효명은 커튼 뒤에서 나와 단상 중앙으로 걸어갔다. 진심을 다해 인사하고, 의례적이지만 짧은 감사 인사로 관계자들의 체면을 살려준 뒤 마이크 앞에 서서 다시 한번 수용자들에게 허리를 굽혔다.

"삶의 파란이나 경험으로 따지면 나이와 상관없이 여러분에 비할 바가 못 되니 잠시 망설이기도 했습니다만, 또한 나이가 인생의 전부는 아니기에 감히 요청에 응했습니다. 젖비린내가 난다거나 지루하시면 의자에 등을 기대고 주무셔도 좋습니다."

그들은 선선한 웃음과 박수로 응원했다.

"이미 소개받으셨던 상훈 스님은 제 생명과 인생을 지켜주시고 당신의 성으로 이름을 주셨으니 제게는 부처님이고 스승이고 아버지입니다. 아주 어릴 적, 천상천하유아독존이라 하시기에 뜻을 물었더니 글귀의 뜻만 알려주시고 더는 말씀이 없었습니다. 그리고 저에게 그 무엇도 원하거나 질책하지 않았습니다. 저는 정말 제가 하늘 위에 땅 아래에서 가장 귀한 존재인 줄 알았습니다. 그렇지 않고서야 그처럼 자유를 줄 까닭이 없지 않겠습니까? 어린 시절, 오랫동안 저를 지켜준 친구 같은 진돗개가 있었습니다. 스님은 이름을 황덕이라 지어주셨지요. 털빛이 누르니 황이요, 보살을 지키는 기운이 신장 같으니 덕이다, 하시면서요. 이름이 어마어마하지 않습니까? 중학교 시절 황덕이 눈을 감았습니다. 스님은 다비를 치러 황덕을 보내주고 저에게 네 곁에 왔던 부처였다 하시더군요. 그러면서 세상 모든 것이 부처라 하시니 비로소 깨달았습니다. 천상천하유아독존은 나만이 아니라 모두였구나. 여러분은 어떠신지 모르지만 전 그 말씀을 믿었고, 지금도 믿습니다."

그들 대부분이 크게 고개를 끄덕였다.

"그렇게 저는 존귀한 자입니다. 존귀한 자니 존귀하려고 스스로 찾아 공부했습니다. 존귀한 말과 생각만 마음에 담으려 했습니다. 모두가 존귀하다니 함부로 대할 수 없었습니다. 모든 것을 존중해야 하니 그리하려고 애썼습니다. 소위 뒷담화라는 것도 하지 않았습니다. 존귀한 자를 어떻게 그럴 수 있겠습니까. 그럼에도 시간이 흐를수록 저는 더 자유로워졌습니다. 걸림이 없었으니까요. 비교하지 않으니 걸림이 없었다는 것입니다. 소위 금수저로 태어나고, 돈이 많고, 더 잘생겼고, 더 힘세고, 더 똑똑하고, 그렇게 존귀한 사람도 있더군요. 반면 흙수저로 태어나고, 가난하고, 못생겼고, 약하고, 좀 아둔한 사람도 있지만 그런 이들도 그들

대로 존귀하다고 지켜보면 정말 존귀했습니다. 아무것도 비교하지 않으니 부럽거나 욕심나지 않았고, 모두가 존귀한 존재이니 낮은 곳의 사람들에게 더 눈길이 가고 마음을 나누고 싶었습니다. 자신의 자유를 잃어버렸다며 분노하고, 희망을 내려놓은 이들에게 그렇지 않다고, 자유와 희망은 여전히 당신의 마음속에 있다고 말해주고 싶어서 시작한 것이 노래입니다."

강연이 이어지는 동안 그들은 숙연하게 경청했고, 눈물을 짓는 이들도 있었다.

"스님께서는 법당의 부처는 그저 발심을 일깨워주려는 것이라며, 금칠은 그 앞에서 절하는 이들 자신이, 아버지가, 어머니가, 남편이, 아내가, 아들이, 딸이, 친구가, 이웃이, 바로 그 금칠한 부처라는 걸 보여주는 것이라 말씀하셨습니다. 저는 여전히 가장 존귀합니다. 금칠한 부처입니다. 그런 제가 어찌 저를 함부로 할 수 있겠습니까. 감히 여러분에게 말씀드립니다. 자신의 존귀를 믿지 못하겠으면, 부모가 원망스럽고, 아내가 밉고, 나 아닌 다른 모든 것이 원수처럼 여겨지더라도 아마 자식, 여러분의 아들딸은 다를 것입니다. 저는 그 아들부처, 딸부처를 신으로 받들기를 권합니다. 처자식의 굶주린 눈동자가 안타까워 스스로 종으로 팔려 가는 사나이를 말하는 작가도 있었습니다. 자식 앞에 부끄럽지 않으려는 그 마음이면 누구나 자신을 지킬 수 있고, 스스로 존귀해질 수 있으리라 저는 확신합니다. 지장보살께서는 지옥의 모든 중생을 구원하기 전까지는 결코 성불하지 않겠다고 서원하셨다 합니다. 우리는 최소한, 세상의 모든 철창 안이 빌 때까지 서로를 일깨워 스스로 존귀하자는 서원 정도는 세워야 하지 않을까요? 귀 기울여주셔서 감사합니다."

효명이 강연을 끝내자 요란한 박수와 흐느낌 가운데 한 수용자가 일어서 느린 걸음으로 강단을 향했다. 모두 어리둥절하면서도 통로를 열어줬고 다가간 교도관은 앞서고 뒤를 따를 뿐 길을 막지는 않았다. 맨 앞줄 의자 가까이에 이르자 소장은 눈짓을 보냈고, 교도관은 그의 걸음을 멈추게 했다. 그가 털썩 무릎을 뚫더니 간절한 눈빛으로 강단의 효명을 올려다봤다. 나이가 든 노인이었다.

"사인을 한 장 받고 싶습니다."

와르르 폭소가 터졌고, 효명은 당황했다.

"내 아들에게 꼭 주고 싶습니다!"

노인의 고함에 거짓말처럼 소란은 고요로 바뀌었고 옆을 지켜선 교도관이 소장을 돌아보자 고개를 끄덕였다. 뭔가 사연이 있는 듯싶었다. 효명은 강단에서 내려오며 교도관에게 종이와 펜을 부탁했다. 그에게 다가간 효명은 두 손을 잡아 일어나게 하여 강단 아래 사회자 단 앞으로 데려갔다.

종이와 펜을 가져오자 효명이 물었다.

"아드님 이름이 어떻게 되시죠?"

"서, 성, 일입니다. 죽었으니 앞에 '고' 자를 붙여주십시오."

그는 또박또박, 흐느끼며, 설레는 듯 말했다. 죽었다는 말에 효명은 내심 놀랐으나 정성을 다해 글을 썼다.

효명의 사인을 받아 든 그는 눈물까지 흘리며 무릎을 꿇고 절을 했다.

"감사합니다!"

효명이 황급히 그를 일으켜 세우자 교도관이 양쪽을 지키며 자리로 돌아가게 했고, 다른 이들은 웃음을 머금고 손뼉을 치며 '영감님, 원 풀겠소!' '4728, 파이팅!' 같은 응원을 소리치기도 했다.

강단이 무대로 바뀌는 동안 효명은 턱시도로 갈아입고 두 명의 연주자와 함께 무대에 올라 인사했다.

'바람처럼' 1절 연주가 끝나자 효명과 이주신은 실수 없이 자리를 바꿨고 반짝 틈은 최명혜가 자연스럽게 메웠다. 효명이 무대 중앙 마이크 앞에 서자 바이올린 선율에 첼로가 더해져 다시 전주(前奏)로 연결됐다.

'나는 나로 말미암아 우뚝 서는 사람/ 세상에서 가장 존귀하고 자유로운 사람/ 그 무엇에도 걸리지 않는 바람 같은 사람/ 바람의 자유로 눈부신 나, 너, 그리고 우리/ 햇살도 바람의 자유를 가두지는 못해/ 햇살은 우리를 눈부신 존재로 빛나게 할 뿐/ 우린 무엇과도 비교할 수 없어/ 비교되지 않아/ 미움과 분노는 우릴 이기지 못해/ 우릴 가르지 못해. 자, 유, 니, 까!/ 이젠 희망이야/ 나는 나의 희망, 너는 너의 희망/ 우리의 희망 서로 달라도/ 그건 아무 문제 없어/ 틀린 건 없어/ 서로 다른 그 희망으로 세상을 만드는 거야/ 우린 주인이니까 자유야/ 우리 세상도 자유야/ 가장 존귀한 나, 너, 우리의 세상!/ 우리 새 세상!

나는 나로 말미암아 우뚝 서는 사람/ 세상에서 가장 존귀하고 자유로운 사람/ 그 무엇에도 걸리지 않는 바람 같은 사람/ 바람의 자유로 눈부신 나, 너, 그리고 우리/ 사랑만이 바람의 자유를 가둘 수 있어/ 사랑의 빛은 자유를 보석처럼 눈부시게 할 테니/ 우린 서로를 미워하지 않을 거야/ 틀린 게 아니니까/ 거짓과 욕망에 이제 속지 않을 거야/ 이제 흔들리지 않을 거야. 자, 유, 의, 지!/ 이젠 기쁨이야/ 나는 너의 기쁨, 너는 나의 기쁨/ 우리 가는 길 서로 달라도/ 그게 무슨 문제야/ 틀린 게 아닌데/ 우린 이기지 않을 거야, 존중할 거야/ 이건 승자의 노래야/ 주인의 노래야/ 가장 존귀한 나, 너, 우리 노래야!/ 우리 새 세상!'

32. 개안

유민이 늘어나 전답을 일구기 위한 개간을 우선으로 삼다 보니 법당을 세우는 일은 기일이 지연되어 추수가 끝나고서야 마무리되었다. 달랑 한 칸 법당이지만 땅바닥에 석축을 쌓고 지붕에는 기와를 이니 제법 번듯하고, 불단까지 만들어지자 교각은 흐뭇한 표정이었고 성유와 유탕은 지나갈 때마다 합장배례 하며 기쁨을 감추지 못했다.

"사형의 능력이 대단합니다. 어떻게 이렇게 반듯한 법당을 생각하셨습니까?"

"나야 그림으로 설명이나 했지, 일은 울력꾼들이 대부분 하지 않았는가. 특히 목공들이 나무를 잘 다루니 오차가 없어 이리된 거지."

"아닙니다. 저라면 그저 그들이 하는 대로 우두커니 지켜나 봤을 겁니다. 아무튼 비좁게 앉으면 쉰 명은 넘게 들어갈 수 있으니 올겨울에는 오전과 오후로 나눠서 하면 어른들 불경 공부는 제법 그럴듯할 것 같습니다."

"아이들은?"

"틈새에 잠깐씩 할 생각입니다. 그럼 지루하지 않아서 더 집중할 수 있을 테고요."

"허, 자네는 타고난 학승(學僧)일세. 난 언제 절반이나마 따라갈 수 있을지, 쯧쯧."

"그런 말씀 마십시오. 사형은 제가 못하는 일에 큰 능력이 있으니 그렇게 우리가 스승님을 보필하라는 것이겠지요."

"자네 말이 옳네. 참, 산의 공부는 어떤가?"

"밤중과 새벽에 가르칩니다만 타고난 영특함에 천성이 맑으니 그야말로 일취월장이라 저까지 배움이 커집니다. 불가와 깊은 인연으로 태어난 게 틀림없습니다."

"그나저나 법당이 완공되었으니 이제 불상을 들여야 할 텐데."

"그렇지 않아도 민공(閔公)께서 그 일로 일간 들러 스승님을 뵙겠다고 했습니다."

성유는 생각해본다. 발심(發心). 마음을 일으킨다는 것. 산은 민양화가 늦은 나이에 얻은 참으로 귀한 자식이다. 산이 스승 교각의 제자가 되고자 했을 때 아비로서는 청천벽력 같았을 것이다. 하마터면 뱀에게 물려 죽을 뻔한 일이 있기는 했지만 그로써 곧바로 불문에 보낸다는 것도 쉽지 않은 일일 것이었다. 그 발심은 무엇이었을까?

스승님의 발심은 무엇이었을까. 신라의 왕자로서 태자의 위에 대한 의지가 확실했다면 대원신통의 수장이자 대왕의 장인인 김원태는 결코 그처럼 쉽게 포기하지 않았을 것이다. 그것은 성유 자신이 공을 호위하며 신라 권력의 흐름을 생생하게 보았기에 확신할 수 있는 일이었다. 그러나 스승님은 스스로 포기했다. 분노가 있었다면 오직 어머니인 성정왕후에 관한 연민이었을 뿐, 이전의 사정은 알 수 없지만 당나라 숙위에서 돌아와 사찰을 찾아다닐 때부터 권력에 대한 의지는 엿볼 수 없었으니 이미 발심한 것이었다.

그럼 나 성유의 발심은 무엇이었을까. 가야의 후예로서, 무사로서 어찌 품은 뜻이 없었을까. 마음에 믿음이 있기는 했지만 그로써 발심이 되는 것은 아닐 터. 돌이켜보면 스승님을 수행하며 그 지극함에 어느 결인지도 모르게 일어난 발심이니 사람에 의한 감화라 할 수도 있겠으나 스승님에게서 생불이나 생보살을 보았기 때문인지도 모를 일이다. 민공의 발심도 아마 크게 다르지 않으리라.

며칠 뒤 산으로 올라온 민양화는 교각과 마주했다.

“법당이 다 되었으니 불상을 모셔야 하지 않겠습니까?”

“그러면 좋기는 하겠지만 남릉까지는 가야 할 텐데 세상이 소란스러운 듯하니 머뭇거려집니다.”

“세상이 소란스러우니 더욱 불전을 온전히 해야 믿는 마음들이 단단해지지 않겠습니까. 어리석은 중생들은 눈앞에 무엇이든 보이지 않으면 시들해지기 십상이고 의심하는 마음이 들 수도 있습니다."

민양화의 지극한 정성이 그와 같으니 교각은 마음을 정했다.

"그럼 일간 날을 잡아 길을 나서겠습니다."

"누구를 데려갈 것인지요?"

"아무래도 유탕을 데려가야 하겠지요."

잠시 머뭇거리던 민양화가 조심스럽게 말했다.

"절대 다른 뜻은 없으니 오해 없이 들어주셨으면 합니다."

교각은 빙그레 웃음을 머금었다.

"산이도 데려갔으면 하십니까?"

말을 꺼내기도 전에 속이 읽힌 듯하니 민양화는 당황하며 고개를 숙였다.

"송구합니다. 그러나 결코 딴마음이 있지는 않습니다. 다만 큰스님을 수행하여 세상과 사람을 살피는 안목을 배웠으면 하는 바람일 뿐입니다."

"절집 중에게 굳이 그런 안목이 필요하겠습니까?"

"세상을 구원하고 중생을 구제한다고 하지 않으셨습니까. 그러려면 세상과 사람을 알아야 맞는 방편을 찾을 수 있을 듯싶어서입니다."

교각은 껄껄 웃었다.

"민공께서는 벌써 보살이 되셨나 봅니다. 예, 옳은 말씀입니다. 산이도 데려가지요."

민양화는 부끄러워하며 감사했다.

당 천보 4년(745년), 현종은 양옥환을 귀비로 책봉했다. 황후의 자리는 비어 있고 황제의 총애를 한 몸에 받는 데다 조정을 장악한 재상 이임보와 결탁하고, 6촌 오빠인 양국충(楊國忠)도 현종의 신임을 얻어 권력을 휘둘렀으니 양귀비는 사실상 황후였다. 황제는 그녀와의 환락에 빠져 정사를 멀리하고, 나라의 실질적 일인자라는 이임보와 양귀비를 등에 업은 양국충은 저마다 권력 확장과 축재에 눈이 멀었으니 백성은 도탄에 허덕였다.

황제 1인의 황음과 몇몇 권력자의 부정부패만으로 한 시대 최대의 제국이 뿌리째 흔들릴 수는 없는 일이었다. 당은 화려한 번성의 이면에 근원적인 문제가 잠재되어 있었던 것이다. 고대국가 대부분이 비슷하기는 했으나 토지 분배와 조세, 병역의 문제였다.

균전제에 의한 토지 분배는 농업 생산을 증가시켜 백성의 생활이 안정되고, 그를 기반으로 한 조·용·조의 조세제도는 국가 재정을 튼튼히 할 수 있었다. 또한 부병제(府兵制)는 군사의 충원을 용이하게 하고 군비 부담도 덜 수 있었다. 그러나 균전제의 기본적 한계는 등록된 호구를 대상으로 토지를 분배하고 그에 따른 의무가 부과된다는 점이었다.

전반적인 사회 안정과 함께 인구가 늘어나자 토지 분배는 명목에 미치지 못하게 되었으나 구분전(口分田)을 기준으로 한 세금인 조(租), 노역

의무인 용(庸), 현물세인 조(調)는 변함이 없었다. 땅을 받았으니 노역에 동원되어도 보수는 없고 모든 것은 자신이 부담해야 했다. 군역 또한 몇 년씩 변방 오지로 나가도 필요한 일체의 것을 자신이 준비하고 보수는 없었으니 아예 호구 자체를 등록하지 않는 이들이 늘어나 당시 인구의 4분의 1이 무호구였다는 기록도 있을 지경이었다.

어쩌겠나. 토지를 분배받지 못한 무호구의 사람들은 관헌의 눈을 피해 산간으로 숨어들거나 유민이 될 수밖에. 게다가 황실의 방탕과 고위 관리의 부패는 자연스레 아래에까지 영향을 미쳐 심지어 현물세의 경우 그 지역에서 구하기 힘든 토산품까지 대량으로 요구하는 지경이니 호구를 가진 사람들도 유민 대열에 합류하기에 이르고 비적이 되는 이들도 있었다.

불상을 구하러 남릉까지 길을 나선 교각 일행은 도중 곳곳에서 굶주림에 허덕이는 백성들을 보며 안타까움을 금할 수 없었다. 선성에 이르자 장강을 건너온 사람들로 북새통을 이루었는데 대부분이 유민이거나 중원의 불안한 기운에 미리 피신한 사람들이었으니 그 몰골이나 형편이 참담하기 이를 데 없었다.

교각은 걸음을 멈추고 산을 돌아봤다.

"너는 지금 빠른 걸음으로 돌아가 성유에게 산중 일은 오 촌장에게 부탁하라 하고 너와 같이 서둘러 이리로 오거라."

"무슨 일입니까, 큰스님."

선성까지 동행하던 민양화가 의아해하며 물었다.

"겨울이 멀지 않았습니다. 모든 이를 구제할 수는 없으나 이대로 두면 굶어 죽거나 얼어 죽을 만한 사람들은 산으로 데려가야 하겠습니다."

"양식을 감당할 수 있겠습니까?"

"그러니 서둘러 산으로 데려가 부지런히 먹을 수 있는 나물을 뜯어다 삶고 말리게 해야지요. 백토도 더 넉넉히 긁어다 보관하고요."

"제가 양식을 마련해보겠습니다."

"민공의 뜻은 갸륵하시나 본디 가난은 나라도 구제하지 못한다 하지 않습니까. 스스로 살길을 찾게 해야 합니다. 자신들의 손으로 초막을 짓고, 나물을 뜯고, 백토를 준비하며 살 수 있다는 희망을 품으면 저희는 봄이 올 때까지 작은 도움이나 주는 것입니다. 걸식으로 한 끼를 때우고 또 다음 끼니를 얻어먹을 궁리만 해서는 오래지 않아 굶어 죽게 됩니다. 한 끼를 얻어먹었으면 그 기력으로 다음 끼니는 무엇이라도 내 손으로 찾고 만들어야겠다는 마음이어야 살아 나가게 됩니다. 그게 희망이고 모든 보살이 베풀려는 자비입니다."

민양화는 이것이 혜안이구나 깨달으며 마음속으로 크게 감탄했다. 산도 다르지 않았는지 합장하고 돌아서 달음박질치듯 구화산으로 향했다.

교각은 유탕에게 일렀다.

"남릉에는 너 혼자 다녀오거라. 여러 곳을 보아왔고 안목이 있을 테니 괜한 욕심을 내지 말고 작은 법당에 모시기에 합당한 불상으로 구하거라."

"스승님은 여기 선성에 계시겠습니까?"

"그래, 민공의 지점에 연통을 둘 것이니 빠르게 다녀오거라."

유탕도 출발하자 민양화는 교각을 지점으로 모셨다.

"저도 뭔가를 해야겠습니다. 말씀해주십시오."

교각은 감사의 합장을 해 보이고 주저 없이 말했다.

"공께서는 죽을 끓여 굶주린 이들에게 나누어 주십시오. 배불리 먹여 주시되 하루 한 끼만이라는 것을 분명히 밝혀주십시오. 다음 날까지 배고픈 건 품을 팔든 강에서 고기를 잡든 산에서 나물을 뜯든 알아서 채우라 하시고요. 그리고 저는 중한 병자들을 돌봐야겠으니 약재상에서 약을 구해 쓸 수 있게 해주십시오."

"의술도 하실 줄 아십니까?"

"예전 왕실 어의에게 주워들은 것이 있으니 급한 처치는 할 수 있을 겁니다."

민양화는 감탄하며 환한 웃음을 지었다.

"예, 약재상 두 곳을 지정해 무엇이든 원하는 대로 내어드리라 하겠습니다."

역시나 중한 환자는 아이와 노인이 많았다. 노인들은 나이가 많을수록 자신들은 이미 다 산 것이나 마찬가지이니 어린 피붙이들을 부탁했지만 살날이 하루가 남았어도 생명의 소중함은 다르지 않으니 교각은 가리지 않았다. 신라 왕궁에서 쓰던 귀한 약재는 구하기 어려웠으나 약재상들은 비슷한 효용이 되는 다른 약재를 찾아 내놓으며 마음을 보탰다.

득달같이 달려온 성유는 교각이 이르는 대로 겨울을 나기 어려워 보이는 이들을 찾아내 구화산으로 데려가기를 반복했다. 어린 산은 교각의 곁을 한시도 떠나지 않으면서 이런저런 뒷바라지에 지극정성이니 민양화는 흐뭇하고 감동하여 자식의 출가가 안타깝지 않았다. 일군 자산으로 넉넉한 삶을 누리며 자식으로 대를 잇는 것이 행복의 전부인 줄 알았으나 그보다 더한 기쁨과 보람이 있다는 것을 새삼 깨달았다.

사람들도 조금씩 달라졌다. 때로는 장강의 생선으로, 때로는 인근 산자락의 나물로, 곡물을 넉넉히 넣어 걸쭉하게 죽을 끓여 이른 아침에 퍼주니 간밤의 추위를 녹이고 배를 불린 그들은 이전과 같이 손 놓고 다음 끼니를 기다리는 것이 아니라 들로 산으로 강변으로, 장터 바닥을 훑으며 뭐라도 찾아내 배를 채우고 더러는 아껴 모으기도 했으니 그렇게 희망을 만들어내는구나 싶기도 했다.

불상을 구하러 간 유탕이 돌아오자 교각 일행은 선성을 떠나 구화산으로 돌아왔다.

이제 산중에 든 사람의 수는 300명이 넘으니 모든 것이 부족할 터였다. 그래도 남정네들은 뒤늦게 들어온 사람들을 위해 눈이 내리기 전에 초막을 짓느라 힘을 모았고 여인들은 먼저 들어와 산속 사정을 아는 이들과 늦게 들어온 이들로 짝을 지어 땔감을 줍고 칡이라도 캐러 다녔으니 어울려 사는 법을 저절로 익히고 있었다. 낯을 가릴 시간도 없이 저처럼 서로 힘을 모을 수 있는 것은 아마도 지난겨울 불법을 익힌 사람들이 먼저 마음을 낸 것이리라. 아이들은 그마저도 필요 없었다. 처음에는 쭈뼛거리며 서로의 눈치를 살폈지만 반나절도 지나지 않아 어느새 어울려 깔깔거리며 뛰어노니 그 선한 어울림이야말로 선계의 즐거움일 것이었다.

민양화는 세상의 아귀다툼에 길든 사람들이 열흘 남짓한 사이에 저리 변할 수 있는지 놀랐다. 준비해온 보자기를 들고 동굴로 간 민양화는 교각 앞에 무릎을 꿇었다.

"편히 앉으시지요. 더구나 맨바닥 아닙니까."

그러나 민양화는 무릎을 펴지 않았다.

"아닙니다. 큰스님의 뜻을 거스르는 짓을 한 참이라 꾸중을 피하려는 것입니다."

교각은 영문을 몰라 어리둥절했다.

"성유 유탕 두 분 스님에게 상의드렸다가 크게 화를 낼 것이라고 들었지만 이건 제 뜻을 들어주십시오. 불가에 대해서는 아무것도 모르는지라 선성에서 한 스님에게 여쭤보았더니 불단에 불상을 모시면 점안법회를 갖는다고 하셨습니다. 또 점안과 마지막 법문은 가장 큰스님이 하신다고 들었는데 맞는 이야기입니까?"

"예, 맞습니다. 며칠 뒤 날을 잡아 법회를 열 것입니다."

"그럼 그때 세 분 스님과 산이 갖춰 입어주십시오."

민양화가 보자기를 펼치니 비단 가사 장삼 네 벌이 가지런히 개어져 있었다. 교각은 차마 화를 낼 수는 없었지만 그다지 내키지 않는 낯빛이었다.

"때가 되어 제대로 불사를 일으키기 전에 임시로 모시는 불단이지만 부처님 불상을 봉안하면서 너무 거친 모습은 보는 사람들도 민망하고 부처님에 대한 도리도 아닐 듯하여 감히 준비했습니다. 부디 받아주십시오."

그 간절한 진심에 교각도 너그러운 웃음을 지을 수밖에 없었다.

"예, 그러지요. 그러니 그만 편히 앉으십시오."

민양화는 그제야 무릎을 폈다.

"진심으로 감사합니다."

"허허, 무슨 말씀을 그리하십니까. 감사야 저희가 해야지요. 앞으로도 저희의 가사 장삼은 오직 이것뿐일 것이니 추후로는 마음 쓰지 마시기를 부탁드립니다."

민양화는 교각에게 불가의 이런저런 예법을 물어 답을 들었다.

성유와 유탕은 나무 상자에서 불상을 꺼내 불단 정중앙에 자리를 잡아 내려놓았다. 유탕은 남릉에서 구화산까지 모셔 오는 동안 불상을 싸고 덮었던 붉은색 비단을 바닥에서부터 조심스럽게 당겨 몸체 부분을 가린 그대로 끝자락만 아래로 늘어트렸다. 한 칸 법당의 낮고 좁은 불단이지만 불상을 봉안하니 크고 장엄한 대웅전이 부럽지 않을 것 같은 흐뭇함에 지켜보는 성유와 산은 기쁜 미소를 지었다.

유탕은 법회 때 교각이 앉을 법석(法席)을 준비하고 다른 기물들의 자리를 찾아 배치하느라 분주했고, 산은 부처님 불단에 올릴 공양 밥인 마지(摩旨)를 지을 쌀을 흠집 없고 같은 크기로 골랐다. 차함도 법당으로 가져와 보관 중인 차 중에서 지난봄 곡우 전에 첫 순을 따 덖어 따로 보관 중인 우전차를 푸른빛이 살아 있고 상처가 없는 것으로 골랐다. 성유는 가을에 잘라 말린 감태나무 가지를 다듬어 교각의 주장자(拄杖子)를 만들며 손 바지런한 보살 몇을 모아 법회가 끝나고 모든 대중이 함께 나눌 공양을 준비하게 했다. 민양화는 오용지를 시켜 콩, 팥 등의 곡물과 산중에 없는 두부와 다른 찬거리들을 고전촌과 인근 마을에서 구해 가져오게 했다.

교각이 정한 점안법회(點眼法會) 날이 밝았다. 구름 한 점 없는 하늘의 햇볕은 따사롭고 바람도 불지 않으니 법당 밖에 둘러선 이들도 한기를 느끼지 않았다. 시간이 되자 비단 가사 장삼으로 갈아입은 네 분 스님이 법당으로 향했다. 가사는 법랍(法臘)에 따라 조금씩 장식이 달랐고, 산은 아직 머리를 깎지 않았지만 언제나 신중하고 의젓했으니 산중 사람들은 아무도 다른 생각을 하지 않았다. 무엇보다 내내 삼베 포의를 입은 모습만 보았기에 비단 장삼을 갖춘 스님네들의 모습이 새롭기도 했고 부처님 곁에 입시한 보살처럼 여겨져 모두가 입을 떡 벌렸다. 민양화는 세 분 스님도 그렇지만 특히 아들 산의 눈부신 모습에 눈시울이 뜨거워졌다.

교각이 법석에 좌정하자 유탕은 불단 앞 중앙에 자리를 잡았다.

불상 앞에는 두 개의 초가 놓여 불을 밝혔고 그 좌우로 활짝 핀 산국(山菊) 화분과 연등 몇 개가 나란히 놓여 불단을 장식했다. 산국은 성유가 가을에 산에서 캐 화분으로 옮겨 심어 초막 안 따뜻한 곳에서 오늘을 위해 꽃피우게 한 것이고, 연등은 유탕이 남릉에서 준비해온 것이었다. 그 조금 아래에는 정성으로 지은 마지를 가운데에 두고 은은한 향으로 공양하는 우전차와 맑은 물이 놓였고, 또 좌우로 오용지가 가져온 몇 가지 과일과 산중 나물들이 나란히 진설되었다. 많은 것이 부족하지만 모두의 정성을 다한 공양물이니 누구도 소홀하다 하지 않을 것이고 부끄럽지 않았다.

유탕은 종을 쳐 법회의 시작을 알리고 '천수경(千手經)'을 독경하기 시작했다. 이는 관세음보살과 삼보에 귀의한 뒤 속히 악업(惡業)을 그치게 하고 탐욕과 어리석음 등을 일으키는 독을 소멸하여 깨침을 이루게 해 달라는 경이었다. 천수경을 끝낸 유탕은 감히 스승님 앞에서 법문을 설하기는 민망하니 몇 가지 진언으로 대신하고 '반야심경'을 외웠다.

반야심경은 '대반야바라밀다경' 600여 권의 내용을 260여 자로 요약한 것으로, '색즉시공 공즉시색' '아제아제 바라아제'의 경구로 대중에게 널리 알려져 훗날까지 모든 법회에서 암송되는 경문이다. 종파에 따라 여러 번역문이 있지만 649년경 현장법사가 번역한 본이 주로 암송되며, 대승불교의 '공(空) 사상'을 터득하면 깨달음을 이룬다는 내용이었다.

유탕이 법석으로 눈길을 돌리자 교각은 불단 가운데로 와 미리 준비해 둔 그릇에서 팥 몇 알을 꺼내 불상을 향해 던졌다. 이때 유탕은 '항마진언(降魔眞言)'을 외우고, 성유는 불상을 가렸던 비단을 벗기니 마침내 목조 석가모니불이 모습을 드러냈다. 두 자 반 남짓한 높지 않은 크기였지만 황금빛으로 장식한 석가모니불은 실로 엄숙하고 장엄하니 법당 안을 메우고 밖을 둘러싼 모두는 저절로 신음 같은 탄성을 터트리며 두 손을 모아 합장했다.

불상에 팥을 뿌리고 항마진언을 외우는 것은 불상의 정결과 신성함을 위해 삿된 기운을 떨쳐내는 의식이다.

유탕은 다시 청사(請詞)를 외웠다. 이는 비로자나불을 비롯한 사방 여러 보살님과 동서남북 중앙의 일체 선신을 초청하여 함께 자리하자는 뜻이다.

이제 점안의 차례였다. 점안 이전에는 불상도 나무, 돌 등의 자연물이거나 그 조각에 불과하지만, 눈을 그려 넣어 개안(開眼)함으로써 성스러운 불성을 가진 성보가 되는 의식이니 교각이 직접 붓을 들었다. 불상에 눈을 그려 넣는 동안 유탕은 '개안광명진언(開眼光明眞言)'과 '안불안진언(安佛眼眞言)'을 외웠다. 교각이 붓을 내려놓고 법석으로 향하자 성유는 작은 나무 국자로 불상의 머리 위에 물을 부어 부처님을 목욕시키는 관욕(灌浴) 의식을 행했다.

법석의 교각은 주장자를 손에 쥐고 좌중을 돌아봤다. 교각의 첫 법문을 듣는 것이니 사람들은 모두 긴장한 채 조용히 귀를 기울였다.

"들으시오! 오늘 이름도 없이 작은 법당을 열고 존귀한 불상을 모신 것은 여러분 대중에게 부처님의 모습을 보여 믿음의 의혹을 벗기고, 믿음의 마음을 멈추지 않게 하자는 민양화 거사의 지극한 마음의 결실이오. 참으로 귀한 공덕에 깊이 감사하는 바입니다. 관세음보살."

불법을 배운 사람도, 배우지 않은 사람도, 열흘 전 들어온 어린아이까지도 저절로 두 손을 합장해 민양화에게 고개를 숙이며 명호를 따라 외웠다.

"부처님께서 이 세상에 오신 뜻은 오직 깨우치지 못해 어두운 눈으로 헛되이 삶을 살며 무수한 업을 쌓아 윤회의 고통에서 벗어나지 못하는 중생을 구제하려는 뜻이었소. 그러나 중생은 여전히 불법을 믿지 못하고 귀의하려 하지 않으니 세상은 온갖 환란으로 신음하고, 탐욕과 차별로 죄와 고통을 더하고 있소이다. 이로써 지옥은 비워질 날이 없고 살아가는 세상도 지옥이니 참담하기 그지없소이다. 여러 보살은 온갖 방편으로 구원에 나서지만 그 끝은 아직도 아득하기에 지장보살께서는 지옥이 텅 비워질 때까지 결코 홀로 성불하지 않겠다는 한량없는 서원을 세우셨으니 우리 중들은 기꺼이 그 길을 따르려 함이오."

그런 보살이 있었나. 처음 듣는 사람도, 이미 들은 사람도 모두 감탄하며 합장했다.

“경전은 어렵고 진언은 무슨 소리인지 알 수 없으니 의문이 들 것이오. 우리 중들도 읽고 또 읽어도 날마다 새로우니 공부를 멈출 수 없는 것이오. 더구나 세상을 살아가는 대중이 아니오. 부끄러워할 일이 아니니 굳이 외면하려 할 것도 없소이다. 어려우니 먼저 짧은 반야심경을 외우시오. 뜻을 알아야만 외우는 것은 아니니 잠깐씩 짬을 내어 외우도록 애써 보시오. 한 구절이나마 어렴풋하게 뜻을 깨치기 시작하면 언젠가는 눈이 떠질 것이오. 오늘 이 법당의 석가모니불도 마침내 개안하여 성보가 되셨소이다. 진언의 뜻도 굳이 먼저 알려 할 필요가 없소이다. 그저 외우시오. 마음이 답답할 때도 외우고 기쁠 때도 외우시오. 관세음보살과 여러 보살의 명호도 외우시오. 그 명호를 입으로 말할 때, 먼저 위로를 받는 건 여러 대중이 될 것이오.”

당최 알아들을 수 없는 독경과 진언에 슬며시 게을러지려던 사람들은 귀에 쏙쏙 들어박히는 법문에 다시 동그랗게 눈을 뜨고 귀를 기울였다.

“법당은 내 집이지만 마음에 여유가 생길 때 들르는 놀이터나 급할 때 속을 비우는 해우소 정도로나 여기시오.”

사람들은 와르르 웃음을 터트렸다.

“먼저 나를 살피고 자식과 부모 형제를 살피시오. 바로 옆에 있는 이웃을 돌보시오. 배고픈 이가 있으면 밥을 나누고, 아픈 이가 있으면 힘껏 보살피시오. 그게 부처님께 바치는 것보다 더 큰 보시고 공덕을 쌓는 것이니 그로 인해 악업을 씻고 선업으로 열반에 들 수 있을 것이오."

평생을 갖다 바치라는 소리만 듣고 살아온 사람들이었다. 나라가 그랬고 관리가 그랬고 도관의 도사까지 복을 받으려면 무엇이든 받치라고 했다. 그런데 자식과 부모와 형제와 이웃이 먼저라니, 믿어도 되는 것인가 싶기도 했다.

"먼저 떠난 부모 형제와 자식이 있어도 크게 염려하지 마시오. 그대들의 보시하는 마음이면 지장보살께서 그들을 지옥에서 건져 천상으로 데려갈 것이오…."

난생처음으로 듣는 희한한 법문에 사람들은 한숨을 내쉬기도 하고 고개를 끄덕이기도 하며 서로를 돌아봤다.

길지 않은 법문을 끝낸 교각은 주장자로 바닥을 세 번 내리치고 법석에서 일어나 동굴로 향했다.

잠시 뒤 다시 잿빛 승복으로 갈아입은 산이 하얀 쌀밥과 국수를 만 탕, 몇 가지 반찬을 차린 소반을 들고 성유와 유탕은 뒤를 따라 동굴로 갔다. 산이 소반을 내려놓자 성유는 웃음을 가득 머금고 말씀드렸다.

"스승님, 특별한 날이니 오늘은 대중과 같은 공양을 하시지요."

"대중은 공양하는 중이냐?"

"이제 막 시작할 겁니다."

교각은 환한 웃음을 지으며 수저를 들었다.

"그래, 같이해야지. 너희는?"

"저희는 내려가서 대중과 함께하겠습니다."

두부를 비롯한 여러 재료를 넣고 전분까지 더해 걸쭉한 국에 잡곡 섞인 밥이지만 양껏 퍼 담을 수 있었고 더러는 국수를 말기도 했다. 말린 두부포를 잘게 썰어 양념으로 무치기도 했고, 어떤 채소는 유채 기름으로 부쳤으니 육고기가 없어도 기름 냄새만으로 회가 동했다. 아이들은 얼른 배를 채우고도 밀가루를 찐 만두를 양손에 하나씩 쥐고 그새 무리지어 깔깔거리며 뛰어다니니 요란하지는 않으나 기쁘고 넉넉한 축제인가 싶었다. 무엇보다 감았던 두 눈이 활짝 갠 것 같은 밝음이니 개안의 축제였다.

33. 아비

죽은 아들에게 주겠다며 효명의 사인을 받은 4728번은 살인죄로 징역 3년을 선고받고 2년째 복역 중인 서충식이었다. 나이 일흔을 바라보는 노인은 서울 동북쪽 언저리의 방 두 칸짜리 13평 임대아파트에서 개인택시를 운전하며 아내, 아들 내외와 함께 살았다. 남쪽 어딘가의 고향에서 고등학교를 졸업하고 서울로 올라와 작은 카센터 종업원으로 자동차와 인연을 맺었고, 택시회사 운전사를 거쳐 나이 쉰 무렵에 개인택시 면허를 샀다. 성실했고 열심히 살아 변두리 작은 아파트 전세까지 마련했으나 개인택시 면허를 사느라 임대아파트로 옮긴 것이었다. 그가 전세금까지 빼내 개인택시를 산 것은 무엇보다 아들 내외 때문이었다.

노인에게는 1남 2녀의 자녀가 있었다. 맏이와 막내인 두 딸은 고등학교를 졸업하고 직장을 구해 열심히 살았고, 특히 막내는 방송통신대를 거쳐 대학원에서 석사까지 공부해 제법 번듯한 직장을 다니고 있고, 둘다 성실한 사위들과 결혼도 했다. 그런데 아들 성일은 달랐다. 중학교 때부터 주먹질을 해대더니 언제부터인가 소위 '일진'이라 불리며 파출소를 들락거렸다. 노인과 아내는 그런 아들을 바로잡으려 눈물을 뿌렸고, 결국 아들은 군대를 자원입대해 주먹패들과의 인연을 끊었다.

이제 되었다, 마음을 놓고 부지런히 아들 면회를 다녔는데 입대 1년 만에 헌병대에 잡혀갔다는 연락을 받았다. 사건은 단순했다. 상급 사병들의 일상적인 폭력이 있었고, 그날도 폭행을 당했는데 술에 취한 그들이 점점 가혹해지니 기어이 이성을 잃고 주먹으로 대항하다가 야전삽까지 휘두르게 된 것이었다. 주먹과 발길질로 한 폭행과 야전삽을 휘두른 상해는 엄청난 차이였다. 결국 상급 사병은 보름 영창으로 마무리되었고 성일은 상관 폭행 등의 죄목으로 징역 5년을 선고받았다.

감방살이를 다 마치고 집으로 돌아온 성일의 눈빛은 군대에 가기 전보다 더욱 사나워져 있었다. 다시 인연을 끊었던 패들의 조직이라는 데에 들어갔고 두어 차례 더 징역살이를 하며 결국 아킬레스건이 끊어지는 상해를 입어 한쪽 다리까지 불편해졌다. 조직은 쓸모없어진 성일을 외면했고 자포자기한 그는 술이 일상인 삶이 되었다. 노인은 그런 아들의 술값과 며느리를 지키고 손주를 건사하기 위해 개인택시를 장만하게 된 것이었다.

성일은 아버지를 원망했다. 그건 정당방위였다고 헌병대와 군검찰과 법원에 아무리 호소해도 외면하니 아버지에게 실력 있는 변호사를 구해 달라고 했다. 그러나 노인의 능력으로 선임한 변호사는 코웃음이나 칠 뿐이었다. 그때부터 노인은 이미 죄인이었다.

그날도 술에 취해 들어와 어머니와 아내에게 패악질하던 성일은 일을 마치고 돌아온 노인에게서 택시 키를 빼앗아 집을 나갔다. 음주 운전부터 말려야 했다. 주차장에서 벌어진 아버지와 아들의 실랑이는 한참을 이어졌고, 뒤늦은 귀갓길의 사람들은 그저 힐끔거릴 뿐이었다. 노인이 어찌 아들의 기운을 이길까. 기어이 운전석 문을 여는 아들을 밀쳐대던 와중에 무슨 일이 벌어졌는지도 모르게 성일이 머리에서 피를 쏟으며 쓰러졌고 병원 응급실에서 숨을 놓았다.

경찰은 상해치사죄를 적용하려 했다. 그러나 노인은 '진작부터 죽이고 싶었다'는 뜻밖의 살의를 분명하고 완강하게 주장했다. 불행하게도 현장은 CCTV 사각지대였고 택시 안 블랙박스도 실랑이 와중에 이미 부서져 메모리칩을 찾을 수 없었다. 경찰도 검찰도 그를 설득해 상해치사죄로 형을 덜어주려 했지만 그의 완강함에 판사마저 어쩔 수 없다는 듯 고개를 저었다. 그래도 집행유예는 불가능하지만 작량감경으로 선고할 수 있는 최소 형량인 징역 3년에 그쳤다.

형일로부터 전후 사정을 전해 들은 효명은 노인을 만나고 싶었다.

"무슨 마음인지는 알겠는데 만나봐도 할 게 아무것도 없을 거야. 구치소장님도 같은 마음이지만 할 수 있는 게 없다고 하더라. 재심은 본인이 자백하고 번복도 없으니 애초 불가능하고, 가석방도 자신은 아무것도 뉘우치지 않았다고 주장하니 어쩌지 못하고 있다는 거야."

"그날 다른 수용자들 반응으로 봐서는 그렇지 않은 것 같았잖아요?"

"그것도 소장에게 들었어. 입소하는 첫날부터 자기 사물함에 아들 사진을 붙여놓고 눈물을 쏟았대. 너는 죄가 없다, 모든 것이 내 죄다, 나를 원망해라. 매일 그렇게 눈물짓는 거로 시작하면, 하루씩 건너 부처님과 하나님께 아들의 극락왕생과 천국행을 종일토록 빈다는 거야. 부처님께 비는 날엔 절하고, 하나님께 비는 날은 무릎 꿇고. 그러니 같은 방 수용자들이 어떻겠어. 처음에는 구박을 주고 간혹 욕설과 발길질도 했나 봐. 그런데 무슨 짓에도 꿈쩍 않고 발길질에는 더하라는 듯 무릎을 꿇으니 오래지 않아 두 손 두 발 다 들었고, 이제는 구치소 수용자 모두가 노인을 자신의 아버지거나 죽은 아버지로 여기며 극진하게 대한다는 거야. 심지어 교도관들도."

"아내분과 따님들이 설득해도 그런 데요?"

"지금껏 일절 면회를 거절하고 있다더라. 영치금도 매번 넣어주지만 한 푼도 쓰지 않았고 구치소에서 제공하는 식사만 하는데 그조차 겨우 연명할 만큼만 한다니, 참."

형일은 안타까운 마음에 혀를 찼다. 그래도 효명은 마음을 거두지 않고 구치소장에게 전화해 변호사로서의 접견을 부탁했다. 선임된 변호사가 아니라서 불가능하다던 소장도 효명의 간곡함에 법무부와 상의해보겠다더니 승인이 났다는 연락을 해왔다.

"아니, 석효명 선생님이 저 같은 사람을 왜?"

교도관을 따라 접견실에 들어선 충식은 잠깐 눈을 찌푸려 상대를 확인하더니 효명임을 알아보고 화들짝 놀랐다.

"예, 석효명입니다. 앉으시죠."

교도관이 나가자 반대편 의자에 앉은 충식은 말없이 고개를 갸웃거렸다.

"서충식 선생님과 상의할…."

충식은 황급히 두 손을 내저으며 효명의 말을 막았다.

"당치 않습니다. 저는 죄인입니다, 이름이 없습니다. 사칠이팔로 불러주십시오."

"저는 교도관이 아닙니다."

"그래도 안 됩니다."

엉거주춤 충식은 벌써 일어날 기색이었다. 그 완강함에 효명도 어쩔 수 없었다.

"알겠습니다. 그럼 호칭은 생략하겠습니다."

충식은 다시 엉덩이를 의자에 붙였지만 의아한 눈빛은 거두지 않았다.

"사건에 대해서도 알아봤고 그간의 일들도 들었습니다. 제 생각에는 아무래도 사건이 아니라 사고였던 것 같고, 서성일 씨 군대 사건도 정당방위를 따져보는 게 옳을 것 같아서 왔습니다."

충식은 또 손을 내저었다.

"사고가 아니라 사건이 맞습니다. 생각해보세요. 어떤 아비라도 자식이 그 지경이면 한 번쯤 죽이고 싶다는 아니더라도 죽었으면 하는 마음은 들었을 겁니다. 그리고 저는 법정에서 진술한 그대로입니다. 또 처음부터 모든 게 저의 죄였습니다. 3년은 형이 너무 가벼워 출소해서 또 어떻게 벌을 더 치러야 하나 고심 중입니다."

"밖에 계시는 아내분과 따님들 생각도 하셔야죠."

"그건 아직 죄가 아니지만 이건 분명 죕니다."

어수룩한 노인이 아니었다. 필경 구치소에서 법에 밝은 여러 수용자로부터 상식적인 지식을 들어 마음에 굳힌 논리일 것이다.

"어르신이 이러시는 걸 아드님은 좋아하실까요?"

"마땅히 그럴 겁니다. 제가 그 아이의 인생을 그리 만든 것이나 다름없으니 지옥 구렁텅이에서 원망이 깊을 테니까요."

"어르신의 이런 정성으로 이미 구원되어 천상 세계로 갔을 겁니다."

"가서 보시었소?"

비웃음이 아니라 냉정한 말투였다.

"절에서 태어나 절에서 자랐다고 들었소만 그렇다고 가보지는 않았을 거 아닙니까. 죄의 근원은 여기 이렇게 버젓이 있는데 어떻게 구원을 받을 수 있겠습니까. 부처님도 하느님도 용서하지 않았을 겁니다. 그래서 날마다 비는 겁니다. 벌은 제게 주시고 그 아이는 용서해 달라고 말입니다. 제가 죽어 저승에서 부처님, 하나님, 염라대왕님을 만나 빌고 그 아이가 지옥에서 나오는 걸 확인할 때까지 죄를 청하고, 어떤 벌이든 감당할 거고, 해야 합니다."

"아닙니다. 어르신의 죄가 아니라 정당방위를 고려하지 않은 법의 죄입니다."

"법이 그렇다면서요?"

어린아이 같은 동그랗게 맑은 눈으로 묻는 충식에게 어떤 악감정 같은 건 비치지 않았다.

"예?"

"변호사가 그랬습니다, 법이 그렇다고요. 그러니 법에 죄가 있는 게 아니라 지키지 않은 그 아이와 그렇게 기른 제 죄가 맞는 거죠."

"법을 원망하십니까?"

"그럴 리가요."

"법이 원망스럽지 않습니까?"

"법은 지키라고 있는 것인데 원망할 수가 없지요, 안 되지요."

"어르신…."

효명은 말문이 막혔다. 이미 할 일이 없을 거라는 생각은 했지만 이처럼 요지부동일 줄은 몰랐다.

"석 선생님은 노랫말에서 희망과 내일을 말씀하시지 않습니까. 저는 거기에 크게 공감하고 존경하는 마음입니다. 과거는 거울이고 희망은 오늘 이 땅, 내일의 시간에 있지 않습니까. 설령 제 자식의 군대 재판이 잘못된 것이라 해도 그걸로 다시 살아오지는 못합니다. 그러니 지난 과거를 붙잡고 애를 쓰면 소용없는 갈등만 깊어지지 않겠습니까. 그래서 석 선생님도 내일과 희망을 노래하는 게 아닙니까. 그러니 그 길을 가십시오. 분명한 건 제 자식에게도 죄는 분명히 있고, 제가 잘못 기르고 보살피지 못한 게 원죄입니다. 전 제 죄 때문에 아무것도 따지거나 원망할 수 없습니다. 혹여 마음이 있으시거든 지금부터 주변을 살펴 바로잡는 데 힘을 보태셔서 희망이 있는 내일을 열어주는 게 옳습니다."

효명은 역시 자신은 아무것도 알지 못한다는 것을 또 한번 깨달았다. 삶이 얼마나 무거운 것이고 인생에서 책임의 크기와 그 무게는 또 얼마나 될지 짐작조차 할 수 없는 것이었다. 그럼에도 자신은 아직 한번도 책임이라는 걸 생각해본 적이 없었다. 과연 아무런 책임도 없었던 것일까, 그리 자유로울 수 있는 것인가…, 아득하고 캄캄했다.

"이번 캐릭터는 반응이 있나 보다. 추가 주문이 들어왔다."

전화기를 내려놓는 형일의 말에 동희는 어깨를 으쓱하며 반색했다.

"그렇지. 거봐, 내가 해낼 거라고 했잖아."

"그래 봐야 첼로 켜는 효명이 캐릭터잖아."

"그래도 거기에 자유, 희망 그런 이미지 살리는 게 뭐 쉬운 줄 알아!"

"그보다는 효명이 귀환 효과인 거 같은데…."

"그런 걸 꼭 꼬집어야 돼!"

형일은 서른을 넘긴 딸과의 토닥거림이 여전히 좋은지 수시로 자극했다.

"저작권료 문제가 있으니까."

"아유, 치사해. 그러니까 이제 여기 소속으로 월급 줘. 그럼 서로 편하잖아."

"그러다가 네 저작권료까지 날리게 되면?"

"아빤 올인 뜻 몰라? 내가 올인한다고 했잖아."

"올인 뜻?"

"전부를 걸 때는 전부를 잃는 것도 전제한다는 거야."

"완전 꾼 같은 소리잖아. 너 온라인으로 도박하냐?"

"아빠!"

둘의 도란거림에도 골똘히 생각에 잠겨 있던 효명은 형일을 돌아봤다.

"아저씨, 법률사무소를 열 수 있을까요?"

"뭐, 변호사 사무실?"

말은 새삼스러웠지만 효명이 서충식을 만나러 갈 때 형일은 이미 예상한 일이었다.

"예, 조그맣게 사무실을 열면 어떨까 해서요."

"사무실이야 여기 칸을 막아도 되고, 원하면 서초동에 얻지 뭐."

"서초동은 아니고 여기 광화문에서요."

"언제든 말만 해, 즉시 준비해줄 테니까. 그런데 석효명이 변호사 개업

했다고 하면 문전성시가 될지도 모르는데 괜찮겠어?"

"그러니까 제 이름 말고, 법률사무소 희망, 혹은 미래 같은 거로요."

"그럼 법무법인으로 해, 로펌."

"예?"

효명은 두 눈이 휘둥그레졌다. 그러나 형일은 이미 생각해둔 바였다.

"기왕 할 거면 제대로 해야 석효명이지."

"지금 우리에게 무슨 그만한 능력이 있다고 로펌을 해요?"

너무 터무니없다고 생각했는지 효명은 처음으로 형일에게 믿지 못하겠다는 눈빛을 보였다.

"효명이 네 생각이 그런 거 아니야. 부당하게 무시되는 정당방위, 정치적 거래로 만들어지는 터무니없는 법, 억울한 사람들을 외면하는 법, 뭐 그런 거로 눈물 흘리는 사람들 변호하겠다는 뜻이잖아. 그러려면 당연히 여러 분야의 전문 변호사가 모여야 할 거 아니야."

"그런 생각이 아니에요. 방금 말씀하신 그런 사건들 중에서 감당할 수 있는 걸 조용히 수임해서 판례를 만들어 고쳐보자는 정도죠."

"그게 되겠어? 한번 소문나면 노동, 대형 재해 등등 사고, 사건 자체를 넘어서는 정치, 이념을 외면할 수 없는 의뢰가 들어올 수도 있는데 그걸 선별하거나 거절할 거야? 일단 시작하면 어차피 정치적일 수밖에 없어. 그거 각오하지 않으면 비난을 감수할 수밖에 없는 게 지금 네 지명도의 무게이고."

효명은 손사래부터 쳤다.

“아저씨, 저 고등학교 1학년 때 정치를 하는 건 어떠냐고 묻지 않으셨어요?”

“그랬지. 그때 네 대답도 여전히 기억하고.”

“그런데 왜 그런 말씀을 하세요?”

“냉정하게 현실을 말한 거야.”

“아저씨, 전 정치에는 정말 관심도 없지만 기본적으로 아나키 쪽이라고 보시면 돼요. 그것도 까만 아나키보다 회색 아나키요. 전 묵자의 겸애사상이 불교와 다르지 않다고 생각했어요. 어쩌면 아나키즘의 뿌리가 아닐까도 생각하고요.”

“뭐, 묵자? 하동 말로 ‘밥 묵자’의 그 묵자?”

“에휴, 쯧쯧.”

형일이 혀를 차자 동희는 혀를 날름 내밀어 보였다.

“알아, 중국 춘추시대 사상가. 겸애까지는 몰라서 미리 자수한 거야. 그런데 회색 아나키는 뭐야? 원래 아나키즘 상징은 검은색이잖아?”

“투쟁을 뺀 아나키즘.”

“아나키즘은 원래 무장투쟁도 불사, 뭐 그런 쪽 아니야? 영화 같은 데서 보니까 옛날 독립투사 중에서도 그런 성향의 분들이 훨씬 용감하던데.”

“넌 역사를 영화로 배우냐?”

형일의 핀잔에 효명은 웃음을 머금었다.

"동희 말이 아주 틀린 건 아니죠. 아나키는 근본적으로 국가주의에 배척당할 수밖에 없잖아요. 더구나 공산이나 사회주의 계열도 무장투쟁을 수단으로 당당하게 주장하니 대척점이 되어 우선적인 격멸 대상으로 여겼고요. 그런 권력다툼의 분열이 빚어낸 결과가 오늘 우리가 목격하고 있는 현실이잖아요. 그렇지만 회색이라면 모두를 포용할 수 있지 않을까 싶어서 전 회색 지향이라는 거예요."

동희는 그제야 이병주문학관 가까운 식당에서 했던 효명의 말이 생각났다.

"넌 언제부터 그런 생각을 한 거야?"

"부처님의 평등사상을 들은 뒤로부터 줄곧 생각해 오던 거야. 인류가 위계와 국가를 용인한 건 어쩌면 차선이거나 차악의 선택과 수용이었을 거야. 고복격양의 격양가를 부르고 들을 수 있는 이상의 세계는 그야말로 요순의 신화에서나 가능한 게 인간의 현실이니까. 그렇지만 인간에게는 여전히 그런 이상의 꿈이 남아 있기에 아나키즘은 아름다운 거고. 그래도 현실에서는 실행 불가능이니까, 난 그 대안이 평등에 근거한 포용이라고 생각해. 어쩌면 싯다르타 석가의 말씀에도 그런 뜻이 숨어 있는 게 아닐까 싶기도 하고."

"아, 아쉽다. 아나키스트들이 멋있는 건 그래서인데."

동희는 객쩍은 소리로라도 매사에 팽팽한 효명을 늦춰주고 싶었다.

"성당에 나오시는 원로 법조인이 한 분 계셔. 대법원 판사 출신이라던데, 그분이 우리 관계를 의식해서인지 뜻깊은 젊은이가 있으면 이름을 빌려줄 수 있고, 원한다면 함께할 수도 있다고 말씀하시더라."

"개인 사무실을 하세요?"

"아니, 대형 로펌 대표이셔."

"그런 분이 왜요?"

"말년의 전향이거나, 포부와 달리 현실에 타협한 회한이거나 그러시겠지. 어쨌거나 로스쿨 제도로 변호사가 늘어나면서 그분 뜻에 동참하겠다는 젊은 변호사들도 있는 것 같고."

효명은 시큰둥했다.

"원로분은 몰라도 다른 분들은 얼마나 같이할 수 있겠어요."

"우리 효명이 여태도 순진하네."

형일의 입에서 '우리 효명'은 두 번째였지만 효명은 이번에도 의식하지 못했다.

"그럴듯한 명분은 우산이기도 하지만 양분이기도 해. 그렇게 성장해서 떠나는 건 인생의 섭리일 수 있고. 처음부터 끝까지 초지일관? 그런 것도 이상이야. 그걸 인정하고 수용하지 못하면 혼자일 수밖에 없고 아무런 결실도 얻지 못해. 그래서 회한이 생기는 것이기는 하겠지만, 젊은 변호사에게는 성장의 기회가 될 테지. 그렇게 성장해 떠나면 축하해주는 것도 인연을 대하는 한 방법이 아닐까?"

효명은 고개를 끄덕였다.

"맞는 말씀이네요, 제가 생각이 짧았어요. 한번 깊이 생각해볼게요. 그런데 서충식 씨와 아들의 인연은 무엇이기에 저처럼 질기고 아프게 하는 걸까요?"

"아버지라는 존재가 그런 걸 거야. 물론 그걸 알면서도 너무 두려워 슬며시 외면하는 아비들도 있겠지만."

"맞다. 이병주 어록에 '자기를 쳐다보는 처자식의 굶주린 눈동자가 안타까워 스스로 종으로 팔려 가는 사나이의 심리도 무시해서는 안 된다' 하는 구절도 있었어. 난 그게 무척 가슴 뭉클했어."

동희의 말에 효명은 움찔하는 기색이더니 생각에 잠겼다. 형일은 그 생각이 어떤 것인지 어렴풋이 짐작되었다.

서울 근교 교도소에서 형을 살고 있는 박준동은 수인번호 2324를 달고 있었다. 범죄단체조직과 살인교사, 마약 등 여러 혐의가 인정되어 징역 25년이 확정되었고, 죄질이 극악하니 가석방이나 감형은 기대하기 어려웠다. 살아서 출소하면 80세가 넘을 것이고 여차 주검으로 나올 수도 있었다.

"누군데 날 이렇게 특별히 만나러 온 거요? 보아하니 형사는 아닌 것 같은데?"

접견실에 들어선 박준동은 수감자의 위축된 기색은 전혀 없이 약간 거들먹거리기까지 하며 형일의 맞은편 의자에 앉아 다리를 꼬았다.

형일은 상훈 스님과 유스티노 신부와 머리를 맞대 효명의 생부를 먼저 만나보기로 정했다. 일반접견으로는 감당할 수 없는 일이라 특별면회라 불리는 장소변경접견을 신청했고 유스티노가 도왔다.

"혹시 석효명이라는 노래하는 변호사를 아십니까?"

"당연히 알지. 요즘 그 친구 모르는 사람이 있겠소. 왜, 날 위해 재심이라도 해보겠답디까? 아, 그럼 그쪽도 변호사요?"

형일은 범죄에 익숙해 큰 죄책감을 느끼지 못하니 반성의 여지도 없을 것 같은 생각에 이야기를 꺼내지 말까 망설였다.

"저는 변호사는 아니고 석효명 씨 소속사 대표입니다."

"그럼 변호사 일과는 상관이 없다는 건데, 용건이 뭐요?"

"아닙니다. 제가 사람을 잘못 찾은 것 같습니다, 죄송합니다. 그럼, 이만."

형일은 한숨을 감추고 의자에서 일어나 돌아섰다. 형일이 문을 향해 서너 발짝을 걷자 박준동은 고함쳤다.

"야! 너 뭐 하는 새끼야! 무슨 간을 보려고 온 거야! 아니면 효명인가 하는 그 새끼가 이쪽 사업에 관심이라도 있다는 거야!"

형일은 깊이 후회했다. 저런 방식이면 같은 방 수감자들에게 무슨 소리를 할지 몰랐고 여차 오해가 일어날 수도 있었다. 형일은 돌아서 걸음을 멈춘 채 물었다.

"혹시 젊은 시절 한 여자에게 임신시킨 적이 있습니까?"

박준동은 어이없다는 듯 코웃음을 쳤다.

"야, 내가 왜 이런 길로 들어선 거 같아? 아비라는 인간은 무능한 주정뱅이였고, 엄마라는 년은 사내만 보면 환장해 자식에게도 부끄러운 줄 몰랐어. 그래서 내 인생이 이렇게 된 거야. 그런데 내가 임신한 년을 버리기라도 했다는 거야? 야, 당장 내 마누라, 새끼 한번 찾아가 봐라. 어떤 남편이고 아버지인지. 내가 아무리 마약쟁이고 범죄꾼이라 해도, 천하의 어떤 개새끼도 자기가 걸어온 전철을 자식에게 밟게 하지는 않아. 알아!"

뜻밖의 말이었고 진심임을 읽을 수 있었다. 형일은 다시 의자에 앉았다.

"가, 이 새끼야! 사람을 어떻게 보고, 씨팔! 어이, 교도관!"

형일은 일어서는 교도관에게 기다려 달라는 사정의 눈빛을 해 보였다.

"잠시만 이야기를 더 나누죠."

"뭔 말 같지 않은 개소리를 지껄이려고!"

"그런 적이 있었습니다."

"뭐야! 그래도 이 새끼가!"

박준동은 당장 주먹이라도 날릴 기색이었지만 형일은 위축되지 않고 그를 정면으로 쏘아봤다.

"있습니다! 집에서 부모님 보석까지 들고 나왔던 여자."

"뭐?"

실눈으로 형일의 얼굴을 째려보던 박준동은 한참 만에 고개를 갸우뚱거리며 생각을 더듬는 듯했다.

"그 여자 이름이 뭐요?"

"모릅니다."

"지랄, 그게 말이 돼?"

"사정이 그렇게 됐습니다. 한번 저희를 찾아왔는데 엉뚱한 이야기만 하고 가는 바람에 이름조차 알지 못하게 됐습니다."

"난 어떻게 알고 찾아왔소?"

"그 여자분이 이름과 수감 중이라는 사실을 알려줬습니다."

"그럼 내 욕도 엄청나게 했겠구먼."

형일은 답하지 않았다. 다시 골똘히 생각하던 박준동이 고개를 갸웃거리며 혼잣말처럼 중얼거렸다.

"문자로 임신 어쩌고 한 년이 하나 있기는 했는데… 혹시 남자를 엄청 밝히게 생기지 않았소?"

"그거야 저희가 어떻게 알겠습니까."

"내가 약 팔고 돈 우려내느라 여자들을 많이 건드리기는 했소만 아무에게서나 자식을 얻지는 않으려고 엄청 조심했소. 그런데 임신 어쩌고 문자질을 해대니 내 물건에 환장을 하는구나 구역질이 나서 뭉개버렸지. 사실 그때 그년 돈도 다 떨어진 처지였으니 더 만날 생각도 없었고."

"30년쯤 전입니다."

"비슷하기는 하네. 그럼 그년이 진짜 임신했던 거요?"

"예, 생모인 건 분명합니다. 효명이 어디서 어떻게 자랐는지도 아십니까?"

"그거 모르는 사람이 어디 있겠소. 씨팔, 그 쌍년이…."

그리고 박준동은 오랫동안 침묵한 채 생각에 잠겼다.

너무 오래 조용하니 교도관이 또 일어서자 박준동은 그를 향해 소리쳤다.

"아, 귀찮게 하지 마! 지금 생각 중이잖아, 씨팔!"

교도관은 얼른 도로 앉았다.

"내 이야기를 그 아이에게도 했소?"

거의 30분쯤은 흐른 뒤였다.

"예, 한번 찾아왔을 때."

"그거 말고 여기 나 찾아온 거 말이오?"

"아직 안 했습니다."

"잘하셨소. 하지 마시오, 절대. 난 찾아와도 만나지 않을 거요."

"보고 싶지 않으십니까?"

"TV에서 볼 수 있지 않소. 뭐 보기 좋은 꼴이라고…."

또 한참이 흘렀다.

"그런데 석효명 씨는 어떻게 그리 잘 자랐답니까?"

“그건 저희도 놀라는 바입니다. 그런데 왜 갑자기 존칭을 쓰시는 겁니까?”

“이깟 놈과의 인연은 잘라야죠. 이제 나와는 상관없는 분이요. 이런 놈과 그런 년 사이에서 석효명 씨 같은 분이 태어났다는 건 있을 수 없는 일이잖소. 아, 씨팔. 이렇게 진짜 벌을 받네. 나 여기서 지내도 별로 불편하지 않은 사람이오, 빌어먹을….”

자책이 깊어 보였다. 그래도 형일은 해줄 말이 없었다.

“그년 이름도 알 것 없소. 그리고 만약에라도 오늘 일을 전해서 그분이 날 찾아오기라도 하면 만나지도 않을 거지만 당신도 무사하지 못할 거요. 나 여기 있어도 그 정도는 할 수 있는 사람이오.”

냉혹한 웃음을 머금은 그 말은 무서운 경고이고 헛말이 아닐 듯싶었다. 박준동이 먼저 자리에서 일어섰다.

“그만 가쇼. 괜한 짓으로 찾아와 내 속을 뒤집어놓기는 했소만 고맙게 여기리다.”

태연히 걸음을 옮기던 박준동은 문 앞에서 갑자기 휘청 다리가 꺾이는 듯 위태했지만 이내 곧은 걸음을 내디뎠다.

34. 서원

천보 11년(752년) 이임보가 죽었다. 이제 당 조정은 양국충의 세상이 되었으나 본디 학문에는 자질이 없고 젊어서 군사에 종사하기도 했으나 그 또한 뛰어난 역량은 아닌 자였다. 그럼에도 양귀비의 6촌 오빠라는 후광으로 현종의 총애를 받아 이임보와 암묵적 대립 관계를 형성했으나 이제 천하에 두려울 것이 없게 되었으니 국정을 농단하며 사익을 도모하는 데 혈안이 되었다. 한여름에는 금띠를 두른 얼음 조각으로 방을 채워 한기가 드는 가운데 잔치를 벌였고, 겨울에는 '육병풍(肉屛風)'이라 하여 자신의 비첩 중에서 통통한 자들을 골라 병풍처럼 둘러 바람을 막았다고 〈개원천보유사(開元天寶遺事)〉는 전할 지경이니 더는 일일이 거론할 필요조차 없을 것이다. 그런 양국충은 안녹산(安祿山)이 반란의 조짐을 보이자 모반으로 몰았다. 이에 안녹산은 기다린 듯 755년, 양국충 타도를 명분으로 거병하니 이른바 '안녹산의 난'이었다.

안녹산은 이란계 소그드인 아버지와 돌궐족 어머니 사이에서 태어났다. 그의 성 '안'은 오늘날의 우즈베키스탄 사마르칸트와 부하라 일대의 소그디안 왕국을 '안식국(安息國)'이라 불렀던 한자어에서 유래했다는 설이 유력하다.

안식국 인근 6개 부족의 언어에 능통했던 안녹산은 젊은 시절 통역 겸 무역관에 해당하는 호시아랑(互市牙郎)의 직에 임명되었다. 본디 상업에 발군이었던 소그드인 핏줄답게 그는 자신의 직책을 이용하여 한족과 이민족의 중계무역을 장악해 큰 부를 축적했다. 이 무렵 유주절도사였던 장수규의 눈에 띄어 군인으로 발탁되어 변방의 수비를 맡으며 제법 공도 쌓았다.

야심이 컸던 안녹산은 자신이 축적한 부를 활용해 조정 관료들과 인맥을 쌓아 장수규의 몰락 이후에도 승승장구할 수 있었다. 마침내 황궁에 들어가 현종의 마음을 얻어 평로절도사에 임명되었다. 이때 자신보다 16세 아래인 양귀비에게 양자가 되기를 청해 그녀의 마음까지 얻었다. 이후 현종은 744년 그에게 범양절도사를 더해 주고, 751년에는 하동절도사를 추가하니 당시 군사의 3분의 1을 장악한 최대 군벌이 되었다.

반란 한 달 만에 낙양을 점령하고 이듬해 장안까지 압박해 현종이 옛 촉의 수도였던 익주로 파천하자, 안녹산은 국호를 연(燕)으로 웅무황제(雄武皇帝)에 즉위하고 연호를 성무(聖武)로 하니 중국 역사에서 또 한번의 내전이 되었다.

내전 3년 만인 757년, 안녹산은 후계 문제로 갈등을 빚은 아들 안경서에 의해 살해되었다. 그러나 곧 휘하 군사인 사사명(史思明)이 안경서를 죽이고 소위 '안사의 난'이라 불리는 내전을 지속해 763년까지 8년 동안 이어졌다. 중국 역사에서 8년은 그리 긴 내전이라 볼 수 없겠으나 당시 호구의 3분의 1이 줄었다는 기록으로 보면 인명 피해는 엄청난 규모였다.

까닭이 있었다. 이미 보았듯이 안녹산은 이민족이었다. 사사명 또한 돌궐족이었다. 반란군 장수 중에도 이민족이 많았다. 안녹산이 국호를 연으로 한 것에서 알 수 있듯 그는 옛 연나라 땅인 하북이 거점이었고 그 지역 대부분이 반란에 협력했다.

당은 개국 초기부터 적극적인 개방과 포용 정책을 펼쳐 많은 인재를 확보해 나라의 번성을 꾀할 수 있었다. 그러나 황제가 정치를 방치하고 조정의 몇몇 실세들이 국정을 전횡하며 사익에 눈이 멀자 이민족을 차별했다. 변경의 방위를 맡긴 절도사와 군의 장수까지 대우에서 차별해 불만이 쌓여 있었다. 가뜩이나 관중(關中: 현재의 산시성 일원)과 농서(隴西: 현재의 간쑤성)를 본적으로 한 관롱세족(關隴世族)이 국정을 장악해 하북에 뿌리를 둔 산동세족(山東世族)의 반발이 끊이지 않았다. 즉 주류 세력과 변방 세력이라는 불화의 섶에 불이 댕겨진 것이니 피차 살육에 거침이 없었고 더욱 죽어나는 건 무고하고 힘없는 백성이었다. 포용의 정신을 지키지 못한 차별의 결과가 어떠한지 참으로 깊이 되새겨야 할 일이 아닌가!

구화산 한 칸 법당. 잿빛 승복에 붉은색 가사를 한쪽 팔에만 끼워 입은 교각은 불단 앞 한가운데에 정좌했다. 그 앞에는 산이 잿빛 승복만 입은 채 무릎을 꿇었고 성유와 유탕은 그 좌우에 교각과 같은 차림으로 서 있었다. 지난 3년간 유탕을 스승으로 불법을 공부한 산에게 구족계를 주려는 것이다.

유탕이 한 발 앞으로 나서 목탁을 두드리며 반야심경을 독송한 뒤 산을 향했다.

"산은 너를 낳아서 길러주신 아버님께 삼배를 올려라."

산은 일어나 돌아선 뒤 민양화를 향해 정성껏 세 번 절을 올렸다. 민양화는 합장하여 반 배로 아들의 절을 맞받았다. 이제 속세와의 인연은 끝나는 것이니 아버지여도 아버지가 아니고 아들이어도 아들이 아닐 것이다. 산이 돌아서 다시 불단을 향하자 민양화는 그제야 눈물을 지었다. 그러나 이별의 슬픔을 담지는 않았다. 본래의 자리로 찾아가는 거룩한 길이니 인연의 도리를 다한 기쁨의 눈물이었다.

산은 석가모니 불상과 교각에게 각 삼배를 올렸다.

"계를 지키겠느냐?"

유탕의 말에 산은 머리를 숙였다.

"지키겠습니다."

세 번의 물음과 약속이 끝나자 성유는 산의 뒤로 가 머리 위에 손을 얹었다.

유탕이 물었다.

"후회하지 않겠느냐?"

"예."

다시 두 번을 더 물어 같은 답을 들었으니 마음은 굳건한 것이다.

성유는 칼을 들어 산의 머리를 말끔히 깎았다.

유탕이 붉은 가사를 산의 한쪽 팔에 끼어 입히고 성유와 함께 앞에 섰다.

산은 일어섰다가 무릎을 꿇어 두 사형의 발에 세 번 절했다.

산이 다시 무릎을 꿇고 합장하자 유탕은 삼귀의(三歸依)를 하게 했다.

"저는 부처님께 귀의합니다. 저는 불법에 귀의합니다. 저는 승가에 귀의합니다."

두 번 더 삼귀의를 하는 동안 산의 두 눈이 촉촉이 젖어 눈물이 흘러내렸다. 기쁨의 눈물, 환희심의 따스한 눈물이었다.

산의 삼귀의가 끝나자 교각은 빙그레 웃음을 머금었다.

"이제 너는 수계를 받았으니 비구가 되었다. 너에게 길 '도(道)' 밝을 '명(明)'으로 이름을 주니 '도명'을 법명으로 하라."

산중 사람 중에서 조금이나마 불법을 배우고 신심을 일으킨 이들은 함께 기뻐하며 합장배례 했고, 그렇지 않은 자들도 '도명'이라는 이름에 크게 고개를 끄덕였다.

교각은 말을 이었다.

"너는 이제 부처님께 귀의한다 하였으니 수행과 정진을 멈추지 말아야 할 일이다. 허공도 다 헤아리고 바람도 가히 헤아릴 수 있지만 부처님 공덕은 헤아릴 수 없느니라. 그 공덕이 무엇이고 그 뜻이 무엇인지 깨우치려면 날마다 새로운 각성이 이어져야 할 것이다.

불법에 귀의한다 하였다. 부처님께서는 나 없는 세상에서 너희가 의지할 곳은 오직 자신의 본성과 나의 가르침인 계율뿐이니라, 너희들은 마땅히 계와 율을 스승으로 삼으라 하셨다. 모든 생명은 존엄하고 평등하다, 산목숨을 죽이지 마라. 성실하게 삶을 살라는 부처님의 가르침을 지켜 도둑질하지 마라. 스스로 마음과 육신을 청정히 지켜야 한다, 삿된 음행을 하지 마라. 진실만을 추구하라는 부처님의 가르침을 따라 거짓을 말하지 마라. 맑고 안정된 소견을 가지라는 부처님의 뜻을 따라 향락을 멀리하라.

승가에 귀의한다 하였다. 승가의 형제는 물론이고 모든 불자와 화합하라. 승려는 가장 낮은 곳에 임하여서 가장 높은 뜻을 펼치려는 자다. 게으르지 말고 탐하지 마라. 절집은 부처님과 불자를 위한 것이다. 그분들을 모시듯 날마다 청정하게 하라."

교각은 그쯤에서 멈추고 가사를 벗었다.

민양화가 앞으로 나와 도명에게 삼배를 올렸다. 불자로서 스님에게 올리는 절이나 도명은 같이 삼배로 예를 갖췄다.

교각이 법당을 나서자 도명이 뒤를 따랐다.

"무슨 서원을 세웠느냐?"

교각이 묻자 도명은 공손하게 답했다.

"저는 스승님만을 따르겠습니다."

"부처님을 따라야지."

"스승님을 따르고 모시는 것이 부처님과 모든 보살님을 따르고 모시는 것으로 여깁니다."

교각이 더는 말이 없자 뒤따르던 민양화는 흐뭇한 웃음을 지었다.

유탕은 못마땅한 기색이 역력했다. 기어이 금 한 냥을 받겠다고 찾아온 것인가. 참으로 맹랑하지 않은가. 부모님이 반겨 맞았다면 이제 오순도순 살면 될 일이지. 부모 형제는 왜 데려온 것인가. 반겨 맞아주지 않았어도 금 한 냥이 탐이 나 거짓이라도 말하게 하려는 것인가….

동굴 앞에 앉아 있던 선청이 꼬리를 흔들었지만 유탕은 전처럼 머리를 쓰다듬어주지도 않았다. 안으로 들어서자 교각 뒤에서 가부좌를 틀고 있던 도명이 얼른 일어나며 합장해도 건성 고개만 끄덕여 보이고 뚱한 음성도 감추지 못했다.

"스승님, 유탕입니다."

한참 만에 눈을 뜨고 고개를 돌린 교각이 무슨 일이냐는 눈빛으로 보았다.

“좀 내려가 보셔야겠습니다.”

교각은 전에 없는 유탕의 안색과 태도가 더 의아했다.

“뭐가 그리 못마땅한 것이냐?”

“아닙니다. 그저… 남릉의 그 난향이라는….”

교각은 반색하며 일어섰다.

“내가 내기에서 진 모양이구나, 허허. 가보자꾸나.”

유탕이 앞장서자 영문 모르는 도명은 어리둥절한 표정으로 교각의 뒤를 따랐다. 해가 저물 무렵이었다.

법당에는 난향과 그 부모로 보이는 늙은 부부와 동생인 듯한 두 남매도 함께 와 있었다. 교각이 들어가자 다들 자리에서 일어서며 공손하게 합장했다.

“부모님과 같이 왔으니 내가 내기에 진 것이겠다? 성유야!”

난향은 황급히 손사래를 치며 무릎을 꿇었다.

“아닙니다. 그런 뜻으로 온 것이 아닙니다.”

난향이 찾아오자 미리 초막에서 금편을 가져온 성유가 법당 안으로 들었다.

“약속한 금을 내주거라.”

성유가 건네는 금편에 난향은 더욱 난감해하며 고개를 숙였다.

“아닙니다, 받을 수 없습니다.”

그의 다른 가족들은 황금 조각에 놀라면서도 무슨 이야기를 하는 것인지 알지 못해 서로 어리둥절한 눈빛을 주고받았다.

"그럼 부모님이 반겨주지 않고 나가라 하더냐?"

난향은 기어이 눈물을 보였다.

"부모님은 저를 따뜻하게 보듬어주시고 아무것도 묻지 않았습니다. 따뜻한 음식으로 상을 차려주고 이제 다시 떠나지 말고 함께 살자고 하셨습니다."

"그럼 금을 받아 돌아가 더욱 오순도순 살면 될 게 아니냐?"

"아버지 어머니의 웃음과 눈물로 저는 더 바랄 것이 없었습니다. 내기는 그것으로 제가 진 것이기도 하니 스님을 찾아뵐 생각도 없었습니다."

"그런데 왜?"

"우연히 어떤 스님들이 선성에서 펼치신 공덕을 들었습니다. 아무래도 그때 남릉에서의 스님들인 듯하여 얼마 전 혼자 고전촌을 찾아 많은 이야기를 들었습니다. 참으로 부끄럽고 깨달은 바가 있어 부모님께 스님들의 공양주가 되겠다고 말씀드렸더니 또 헤어지기는 싫다며 함께 오겠다고 했습니다. 그러니…."

"하하하! 내기는 이겨놓고 진 벌을 받겠다?"

"아닙니다. 제가 진 것입니다."

"좋다, 그럼 이렇게 하자꾸나. 자꾸 네가 졌다고 말하니 진 것으로 하되 약속한 금은 받아라. 그래도 내가 명색 중인데 거짓말하는 죄를 지을 수는 없지 않느냐. 어서 받아라. 네가 이곳에서 공양주를 자청해 필요가 없게 된 거라면 부모님께 드리면 될 일이고. 그렇지 않으면 난 널 공양주로 삼을 수 없다."

교각의 단호함에 어쩔 수 없이 성유에게서 받은 금편을 난향이 내밀자 부모는 두 손을 절레절레 흔들며 몸을 움츠렸다.

"받으시오. 네 분은 아무 때고 돌아가셔도 무방하고, 따님 또한 돌아가겠다면 언제든 보내줄 것이오."

짐짓 엄한 교각의 기색에 부모는 금편을 건네받았지만 어찌할 줄 몰랐다.

"여기 초막마다 가족들이 머무니 따로 잘 곳이 없소이다. 오늘 밤은 이 법당에서 자고 내일 날이 밝으면 갈 사람은 가고 남을 사람은 남으시오. 유탕은 깔고 덮을 것을 내주고 저녁 요깃거리도 챙겨 보아라."

"법당에서 잠을 자게 하라고요?"

유탕은 더욱 못마땅한 기색이었다.

"그럼 네 초막을 내어줄 테냐? 부처님도 오늘 밤은 사람 온기로 훈훈하시겠구나, 허허."

교각이 일어서자 유탕을 남겨두고 성유와 도명은 뒤를 따랐다.

"어쩌실 생각입니까?"

성유의 물음에 교각은 그저 빙그레 웃기만 했다.

여명이 밀려드니 이제 막 사람들의 기척이 일기 시작하는데 난향은 벌써 동굴 앞으로 찾아와 무릎을 꿇고 있었다. 뒤늦게 쫓아온 성유와 유탕은 무릎을 꿇고 고개를 숙인 채 아무런 움직임이 없는 난향의 태도에 우두커니 지켜만 봐야 했다.

선청이 슬며시 동굴 안으로 들어가더니 도명과 함께 나오고 잠시 뒤 교각도 얼굴을 보였다.

"왜 그러고 있느냐?"

교각의 음성에 비로소 난향은 고개를 들었다.

"밤새 생각하고 부모님과 상의도 했습니다. 저만 남을 테니 부모님은 동생들과 선성으로 돌아가시거나, 산 아랫마을에 터를 잡으라는 애원도 했습니다만 여기서 살고 싶다고 하십니다. 헤어지는 슬픔도 아주 없지는 않겠지만 평생 짐승처럼 갱도를 기어 다니는 노동에 몸도 피폐해진 데다 이곳이 무릉천지 같다고 했습니다. 이미 선성의 전답과 작은 집도 정리한 터입니다."

교각은 동쪽 산등성이로 불쑥 솟아오르는 해를 바라보며 한바탕 웃음을 터트렸다. 영문을 모르는 유탕과 도명은 어리둥절했고 성유는 빙그레 웃음을 지었다.

"글은 깨쳤느냐?"

"그저 천자문 정도나 알 뿐입니다."

"여기 산중에 따로 공양주가 소용될 일은 없다. 그러니 불법을 배워보겠느냐?"

유탕은 기함하는 표정이 되었다.

"제게 그럴 자격이 있는지 모르겠습니다만 기꺼이 받들고 싶습니다."

"부모님께 네 지난날을 말했느냐?"

"어찌 그걸 제 입으로…, 하지만 세상살이라는 게 뻔한데다 소문도 없지는 않았을 테니 그저 모르는 척하시는 것이겠죠. 아무렇거나 저는 이제 난향이 아닙니다. 제 이름은…."

"됐다. 이제 너는 자명이다. 불을 '자(滋)' 그릇 '명(皿)'이니 그리 알아라. 성유와 유탕은 사람들과 힘을 모아 가족들이 머물 초막을 서두르고, 자명은 새벽에는 불단과 법당을 깨끗이 하고 낮에는 불법을 배워서 깨쳐라. 네 스승은 도명이니 승가의 예를 따라 받들거라. 밤에는 법당에서 예불하고 잠도 자라. 한시도 게으름이 없어야 할 것이다."

성유를 따라 도명과 자명이 내려가자 머뭇거리던 유탕이 따지듯 물었다.

"스승님, 비구니로 받으시겠다는 뜻입니까?"

"그렇다. 넌 비구로서 우바이를 마주하는데 가림이 있지 않더냐."

"그건 당연한 노릇 아닙니까. 그보다 저 여인은 음행에 길들어 있습니다."

"물어보니 길들었다 하더냐?"

이 무슨 말씀인가? 유탕은 아예 말문이 막힐 지경이었다.

"살아내느라 잠시 수단이었다면, 그 마음에서 음행을 지웠다면 이제 청정한 마음 아니더냐. 연꽃이 맑은 물에서 피더냐?"

"석가모니의 이모인 마하파자파티가 출가를 청했을 때도 거절하셨다가, 아난다께서 석가모니를 키웠던 공로를 들어 다시금 간청하자 오랜 고민 끝에 허락하였다 배웠습니다."

아난다는 석가모니의 사촌 동생으로 10대 제자 중 한 사람으로 꼽히며 다문제일(多聞第一)로 불렸다. 이는 가까이에서 시중들며 가장 많은 질문을 해 얻은 호칭으로, 이로 인해 석가모니 생전의 설법을 기록한 경장 집필을 주도할 수 있었다고 전해진다.

"석가께서도 처음에는 여성의 출가를 허용하여 뛰어난 비구니들이 영적 자유를 찬탄했다. 불교는 천축 땅에서 일어났지만 지금 그곳에는 불법이 거의 없고 동쪽과 남쪽 주변 국가들에서 꽃피우고 있다. 까닭이 무엇이냐?"

유탕은 선뜻 답하지 못했다. 천축은 석가모니 이전부터 다양한 신을 믿었고, 그중에서도 가장 교세가 큰 힌두교를 뛰어넘지 못했다. 이에는 오늘날 카스트로 불리는 신분제가 석가모니의 평등사상과 대립되는 까닭도 있었다.

"지금 황실을 비롯한 당의 많은 사람이 도가에 심취한다고 하지만 나라를 다스리고 집안과 부모를 모시는 근본은 유가입니다. 공자님 말씀 어디에도 여인의 평등은 없습니다."

"공자께서 직접 그리 썼다고 하더냐? 모두가 그 제자들이 제각각 해석하여 쓴 것이 아니더냐?"

"그렇지만…."

유탕이 여전히 볼멘소리를 하려 하자 교각의 호통이 터졌다.

"네 이놈, 유탕아! 여태 아무것도 내려놓지 못한 그 마음으로 불경을 읽고 불법을 익혔더냐! 이런 날 중 같은 놈! 당장 네 초막에 들어 한 발짝도 움직이지 말고 되짚어보아라!"

처음인 스승의 벽력같은 호통에 유탕도 더는 입을 열 수 없었다. 주눅 들고 잔뜩 억울한 표정으로 초막을 향하는 유탕에게 성유가 웃어 보였다.

"유탕 사제는 여태 남릉 그 기루에 있나 보네. 스승님과 나는 진작 나와서 기억조차 없는데 말일세, 허허."

유탕은 머리통에 큰 바윗덩어리가 떨어진 듯한 충격에 정신이 번쩍 들었다. 어릴 적부터 황궁에 머물렀기에 황실 구성원과 조정 고관대작들이 그 고귀한 명성과 달리 어떤 행태로 무엇을 하는지 생생히 보았고, 권문세족과 고매한 학자 문사들은 어떤 작태로 세상을 속이고 희롱하는지 그 가면 속을 보았기에 환멸이 깊었다. 그러나 그 과정에서 삶의 수단으로 함께할 수밖에 없었던 이들은 오히려 위로해야 한다는 것을 생각하지 못한 채 불경만 들여다본 것이 아니었던가…!

교각의 허락을 받고 법당에 잠시 들렀던 자명은 성유에게 어젯밤 받았던 금편은 물론 선성의 가산을 정리한 금전까지 부처님의 공덕을 펴는 데 써달라고 내놓았다. 성유는 진심 어린 보시의 마음이기에 기꺼이 받아 일단 보관하기로 했다.

분명 전란의 화에 쫓기거나 미리 피하고자 들어오는 사람들이 있으니 산중은 더욱 북적이고 양식은 턱없이 모자랄 것이라 생각해 방안을 고심하고 있었는데 전체적인 숫자에는 크게 변동이 없었다. 아직 불심이 일지 않았거나 뒤늦게 들어온 사람 중에 머지않아 이곳에도 전화가 미칠 것이라 두려움을 품은 이들은 서둘러 짐을 꾸렸고, 산중에서의 연명보다 더 먼 남쪽 옛 월나라 땅으로 내려가 새로운 기회를 찾자는 사람들도 있는 까닭이었다. 들고 나는 사람들이 저절로 균형을 이룬다는 것이 참으로 기이한 일이지만 또한 부처의 가피이리라 교각은 생각했다.

떠나는 사람들은 당장의 연명을 위해 제법 양식을 챙겼다. 남은 사람은 당연히 자신들의 어려움을 예측할 수 있음에도 곡물 한 바가지라도 더 퍼주며 잘 가라고 손을 흔들고 눈물을 지었으니 참으로 사람 사는 모습이었다. 교각은 그것이야말로 부처님의 가장 큰 가피이고 공덕이니 믿는 마음을 가진 이는 석가모니 불상 앞에 허리를 굽히고, 그렇지 않은 이들도 마음으로 교훈 삼으라 일렀다.

전란이 터지고 귀향한 자명과 산중으로 들어오는 이들을 통해 들은 참상은 상상하지 못할 만큼 참혹했다. 군사로 참여한 이들은 창검으로, 남아 있거나 피란을 나선 사람들은 굶주림이나 질병으로 목숨을 잃는 것이 대개의 경우였다. 그러나 출신과 지역을 기반으로 한 세력이 차별의 원한을 품은 데다 황실이 파천에 이른 지경이니 눈앞에 보이는 믿을 수 없는 목숨은 모조리 도륙했다. 그런 와중에 부모 형제를 잃은 백성은 살아도 산 목숨이 아니라 할 만큼 애간장을 녹이니 피눈물로 하늘을 가릴 지경이었다.

한편 황실은 촉의 땅 익주로 파천하는 도중에 근위병이 반란을 일으켜 국난의 원흉인 양국충과 양귀비의 세 언니를 죽였다. 그러고도 양귀비마저 죽이라 황제를 윽박지르자 어쩔 수 없이 환관을 시켜 목 졸라 죽이게 하였으니 안녹산이 난을 일으키고 채 1년도 되지 않은 756년의 일이었다. 겨우 서른여덟 살의 총애하는 비를 잃고 실의에 빠진 황제는 황태자인 이형(李亨)에게 양위하니 뒷날의 숙종이다.

교각은 세 제자를 법당으로 불러 모았다.

"대중의 목숨이 경각에 달려 있고 그들의 피눈물이 끊이지 않는다. 이대로 산중에서 수행만 해서는 부처님 볼 면목이 없겠구나. 성유와 유탕은 당장 길을 나설 수 있도록 행장을 꾸리거라. 도명은 여기 남아서 산중과 법당을 살피고 지켜라."

"굳이 살피고 지키지 않아도 모두가 알아서 잘할 것입니다."

도명은 간절히 같이 나서고 싶은 마음이었지만 교각은 눈을 부릅떴다.

"자명의 공부는 네 몫인 걸 잊었느냐!"

도명은 고개를 숙였고 자명은 성유에게 눈길을 주었다.

"스승님, 지난번 자명이 내놓은 금품을 유민을 구제하는 데 쓰면 어떨까요?"

교각은 고개를 저었다.

"이번은 밥과 죽으로 구제할 수 있는 일이 아니다. 모두가 효를 근본으로 배우고 몸에 익힌 사람들이다. 부모를 잃은 고통은 하늘이 무너지는 천붕지통(天崩之痛)이라 하는데 더구나 천명과 상관없는 무참함이라면 그 원통함에 피를 토할 것이고 구천을 헤매지나 않을까 노심초사에 애를 태울 것이다. 형제 또한 다르지 않고, 자식을 앞세운 고통은 창자가 끊어지는 단장지애(斷腸之哀)라 하였는데 어찌 한 끼 밥이 위로가 되겠느냐. 오직 불법만이 그들을 위로하고 희망이 될 수 있을 것이다."

"길은 어디로 잡을 것입니까?"

"장강을 건너올 포구 중에 우리에게 익숙한 곳은 선성이니 그 길목으로 하자꾸나."

교각 일행은 채 선성에 닿기도 전에 그들을 만났다.

남편과 아내는 무거운 등짐을 지고 어린 아들딸에게는 작은 보따리라도 지워 앞세운 이들이 있었고, 허리 구부정한 늙은 할아비와 할미가 힘겹게 총총걸음으로 앞서 걷는 자식을 따르는 모습도 있었다. 모두가 두려움을 감추지 못한 낯빛에 고단한 기색이 역력함에도 연신 사방을 두리번거리며 잠시 멈춰 불안한 걸음을 쉬지도 않으니 앞날 모르는 삶의 절박함이 여실했다.

그래도 그들은 나은 축이었다. 지나온 북쪽 하늘을 향해 우두망찰하는 남편의 눈에서는 눈물이 마르지 않았고, 어서 길을 서둘렀으면 하는 마음으로 초조하게 눈치를 살피는 아내의 품에 안겨 축 늘어진 아이는 생명의 기운이 있기는 한 것인가 의심스러웠다. 필경 남자는 부모나 형제를 잃어 하늘이 무너지거나 창자가 끊어지는 것일 테고, 그래도 품에 안은 자식은 살려야겠기에 여인은 모진 외면이나 억지 망각을 택했으리라. 그러다 문득 품 안을 내려다본 여인이 허둥대며 늘어진 아이를 추어올리더니 얼굴을 만지고 귀를 코끝에 갖다 댔다가 경악의 외마디와 함께 풀썩 땅바닥에 허물어지며 통곡을 터트렸다. 그제야 고개를 돌려 정신을 차린 남자는 가슴을 치며 고꾸라지듯 길바닥에 무릎을 꿇어 머리를 찧는 처절함이라니….

차마 눈 뜨고 볼 수 없는 참혹함에 성유와 유탕은 눈물을 지었고 교각은 하늘을 우러르다 염주를 굴리며 연신 부처님 명호를 번갈아 외웠다. 관세음보살, 대세지보살, 지장보살….

기어이 남자는 이마에서 쏟은 피와 길바닥 흙으로 뒤범벅된 야차의 얼굴로 정신을 놓았고, 여인은 그런 남편과 늘어진 아이와 한 품으로 뒤엉켜 목 놓아 통곡했다. 교각은 그들에게 달려갔다.

"이보시오! 정신을 차리시오! 사시오! 살아야 하오! 앞선 영가들에 밝은 길을 열어주시오, 자식을 외롭게 하지 마시오. 구천을 헤매도 같이 하고픈 그 마음이야 알겠소만 빛으로 천상의 길을 밝혀주시오…."

처절하기에 절박할 수밖에 없는 교각의 외침에, 너무 흔하게 보아온 참상이라 그저 힐끔거리거나 탄식 한 번으로 제 갈 길을 서두르려던 사람들이 걸음을 멈추고 교각의 주변을 둘러쌌다.

"나는 부처님을 모시고 따르는 교각이라는 중이오. 여러분에게 불법을 설하지도 부처님을 믿으라 하지도 않겠소. 세상이 이 지경인데도 아무것도 하지 않는다 하실 테니 어찌 믿으라 할 수 있겠소. 그러나 살아야 할 것이 아니오. 살려는 것이 아니오. 그럼 의지하시오. 무엇이라도 좋소이다. 하늘이라도, 산천이라도, 조상님의 영혼이라도, 하다못해 저기 요지부동 천년만년을 지키고 선 바윗덩어리에라도 의지하시오. 그렇게라도 의지할 것이 있으면 희망이 될 것이오. 그중에서 가장 의지할 수 있는 건 지금 바로 곁에 있는 사람이오. 나만 사는 것이 아니라 같이 살자는 마음이면 서로의 의지와 희망이 될 것이오. 같이 눈물 흘리는, 같이 낮은 곳에 놓인 여러분이 서로 말이오…."

사람들이 교각의 말에 귀 기울이는 사이 선청은 정신줄 놓은 사내의 이마를 혓바닥으로 핥아 뒤범벅된 피와 흙을 닦아내고 코와 코를 문지르며 온기를 불어넣었다. 호곡 소리와 따스한 온기에 천천히 정신을 되찾은 사내는 한 손을 들어 아내의 어깨를 어루만지며 두 눈을 감은 채 교각의 말에 귀를 기울였다.

"저승의 부모님에게도 어린 자식에게도 여러분의 눈물과 좌절은 슬픔이 될 뿐이오, 구천을 벗어나지 못하게 하는 미련이 될 뿐이오. 여러 대중이 의지를 가지고 희망을 품으면 영가들도 슬픔을 거두고 구천을 벗어나려 할 것이오. 아주 오래전, 사람이 숨을 쉬는 그때부터 이미 지장보살께서는 저승의 영혼들을 모두 천상으로 이끌겠다는 서원을 세우셨소. 하늘이 무너지고 창자가 끊어질 것 같은 슬픔을 삭이시오. 구천을 떠돌고 지옥에 떨어지지 않을까 하는 노심초사도 거두시오. 저승의 일은 지장보살에 맡기시오. 여러 대중은 그저 살아내시오. 바로 곁에 있는 이웃을 보살피는 마음 한 자락이면 부처님전에 바치는 공양보다 더 큰 보시가 될 것이오. 그렇게 살아만 내시면 여러 대중의 업도 씻어질 것이오…."

멀리서 달려온 수레가 가까이에서 멈추더니 민양화가 내려서 뛰어왔다.

"큰스님."

생각지도 않게 그를 보게 되자 교각은 환한 웃음으로 반겼다.

"민공! 어떻게 여길 아시고?"

"아무래도 큰스님이 그냥 계시지는 않을 것 같기도 하고, 저도 뭐라도 해야겠기에 이것저것 조금 준비해 선성으로 가는 중입니다."

"참으로 귀한 마음이십니다. 부처님도 귀하게 여기실 것입니다. 감사합니다."

주변을 둘러본 민양화는 한눈에 전후 사정을 알 수 있었다.

"주먹밥과 나물죽을 준비했습니다. 슬픔과 고통이 크더라도 모두 또

길을 나서야 하고, 갈 길이 멀 테니 한 덩이 주먹밥이 큰 힘은 안 되어도 잠시 요기는 되겠지요."

교각은 대중을 돌아봤다.

"여기 민공께서 요깃거리를 준비해 오셨습니다. 밥 한 덩이가 몇 리 길에 힘이 되겠습니까만 그래도 이런 마음을 의지로 삼고 희망을 품으십시오."

민양화와 성유 등이 팔을 걷고 주먹밥과 나물죽을 나누자 사람들은 길바닥에 퍼질러 앉아 허겁지겁 밥을 씹고 죽을 들이켰다. 이마가 깨졌던 사내도 한 손에 주먹밥을 쥔 채 나물죽을 후루룩거렸지만 여전히 눈물은 멈추지 않았고 피는 배어 나와 피눈물이 되었다. 숨을 놓은 자식을 떼어놓지 못하고 품에 안은 여인도 어깨를 들썩이며 밥을 베어 무니 목이 메어 금세 캑캑거렸다. 남편은 그런 아내의 등을 도닥이며 죽그릇을 입에 대어주니 또 목 놓아 통곡했다. 남편이 따라 통곡하고, 외면하려던 이들도 기어이 목멘 울음을 터트리니 저마다 손에 든 그릇에서 걸쭉한 나물죽이 튀어 흘렀다. 오, 산다는 것의 처절함이여! 살아내는 것의 위대함이여!

"내 반드시 지옥이 텅 비게 할 것이다! 온몸을 던질 것이다! 어떤 생명도 지옥에 남아 있지 않게 할 것이다! 그때까지 성불하지 않을 것이다! 천년이든 만년이든 억만년이든 지옥이 비는 그날까지 멈추지 않을 서원이다!"

벽력같은 교각의 고함에 모두가 움직임을 멈췄다. 눈물도 멈췄다. 통곡도 멈췄다. 교각의 등 뒤 멀리에 은은한 빛의 무리가 보이는 듯싶었다. 성유와 유탕을 뒤이어 민양화가 무릎을 꿇고 합장하여 명호를 외웠다.

"지장보살, 지장보살, 지장보살…."

얼결인 듯 다른 이들도 모두 무릎을 꿇고 합장한 채 명호를 따라 외웠다.

"지장보살! 지장보살! 지장보살…!"

35. 회색

하, 이런 오사리잡놈의 인생!

어릴 적 한때는 죽고 싶었다. 죽으려고도 했다. 그런데 그렇게 죽기에는 너무 억울했다. 태어나고 싶어 태어나는 것은 아니라 해도 태어났으니 살아는 봐야 할 것 같았다. 엿같이 태어났다고 꼭 엿같이 살다가 엿같이 죽으라는 법은 없지 않은가. 그럴수록 더욱 이를 갈아서라도 사는 것처럼 살다가 죽어서는 장례도 뻑적지근하게 치르게 하고 가야 할 게 아닌가. 그렇게 마음먹으니 두려울 게 없었다. 박준동의 인생은 어느 날 그렇게 정해졌다.

머리는 반짝거리지 못하니 공부는 길이 아니었다. 머리에 든 것 많은 걸로 번쩍거려 남들에게 존중받으면 돈은 조금 아쉬워도 제일 폼날 것 같은데 어쩔 수 없으니 다음은 결국 돈이었다. 사실 특별한 몇을 제외하면 잘난 놈, 못난 놈, 똑똑한 놈, 모자란 놈, 근엄한 놈, 촐싹거리는 놈, 가릴 것 없이 결국은 돈 아닌가. 배운 실력도, 타고난 능력도, 재주도, 결국은 돈에 충성하니 말이다. 돈만 있으면 못나도 잘난 척할 수 있고, 모자라도 똑똑한 거로 봐주고, 촐싹거려도 예쁘다 하는 세상. 그래 돈이다. 그런데 가진 거라고는 오직 몸뚱이 하나. 성실하게 노력하면 어쩌고? 지랄, 그건 팔월 염천에 개새끼 늘어지는 소리, 귀신 씻나락 까먹는 소리일 뿐이다. 개처럼 벌어서 정승처럼 쓰라 했던가. 정승은 모르겠고 개처럼 버는 건 해보자. 마침 번드르르한 낯짝이 있지 않은가. 그리고 그게 자산이 될 줄이야. 그렇게 벌었다. 몸 던지고, 거짓말하고, 파렴치하고, 약 팔고, 그러다가는 주먹질, 칼질까지 해대며.

강남에 버젓한 이층집을 짓고 얌전하고 잘 배운 똑똑한 아내까지 맞았다. 그런데도 돈에 대한 욕망은 멈출 줄 몰랐다. 날마다 배가 고팠다. 아내가 차려준 밥상이 아무리 거해도 그 허기는 채워지지 않았다. 자식이 태어나고, 이제 그만 점잔 떨며 내숭으로 우아한 척이라도 하고 살자 독하게 마음먹어도 눈앞에서 어른거리는 돈은 멀어지지 않았고 허기에 갈증까지 더해졌다. 그러니 손을 뗄 수 없었고 조직으로 키워갔다. 맞다. 그렇게 오사리잡놈으로 살았다.

그래도 아내와 자식에게는 끔찍이 잘하려고 애썼다. 주먹질은커녕 욕 한마디 내뱉지 않았고 눈도 부라리지 않았다. 그래서였는지 때때로 감옥을 드나들고 신문에도 이름을 올렸지만 탓하거나 원망하지 않고 덤덤히 맞아주고 모르는 척 입에 담지 않았다. 얼마나 고마운가! 나름 잘 산

인생 아닌가!

그런데 이게 뭔가. 느닷없이 날아든 이단옆차기에 대자로 쭉 뻗은 개꼬락서니라니! 내게 그런 훌륭한 분이, 아니다, 그처럼 훌륭한 분에게 계륵이 돼버리면 잘 살았다 소리는 그야말로 개 풀 뜯어 먹는 소리 아닌가. 오지게 걸렸다. 그러게 좀 착하게, 어지간히 독하게 살지. 하긴 그녀이 더 독하지. 내가 뭉갰으면 저는 군말 말고 떴어야지! 아니다! 이놈의 주둥이! 그랬으면 그건 진짜 날벼락 맞을 죄였다. 하, 정말 아래위가 꽉 막혀 싸지도 토하지도 못하는 형국 아닌가.

드러누워 갖은 생각에 연신 들썩거리던 준동이 벌떡 일어나 벽에 등을 기대앉으며 소리쳤다.

"야! 여기 누가 노래 제일 잘 불러?"

"사일오륙입니다. 형님!"

제비 노릇으로 여자들 등이나 처먹다 들어온 놈이었다. 마음에 안 들지만 어쩌겠나.

"너 석효명 님 노래 알아?"

"예, 압니다. 절에서 중이 키웠다는 석효명의 '바람처럼'."

"이 새끼야! 석효명이 아니고 석효명 님!"

"아, 예, 석효명 님."

"중이 뭐야 새끼야! 스님!"

"아, 예, 스님."

"앞으로 무조건 호칭 조심해!"

"예!"

"잘 부를 수 있어?"

"그게 좀 고음이 높아서…."

"죽기 싫으면 무조건 잘 불러. 석효명 님보다 더 잘 불러도 죽는 거고."

도대체 무슨 일인지 영문 모르는 감방 수용자들은 그저 쥐새끼처럼 준동의 눈치만 살필 뿐이었다. 면회를 나갔다가 오고 며칠 내내 혼잣말을 중얼거리며 좌불안석, 누웠다가, 앉았다가, 이리 갔다, 저리 갔다… 모두가 숨조차 제대로 쉬기 어려웠다.

"나는 나로 말미암아 우뚝 서는 사람, 세상에서 가장 존귀하고 자유로운 사람…."

그래, 스스로 우뚝 서는 분이시지. 존귀하신 분이시지. 눈부신 분이시지. 비교할 수 없는 분이시지. 희망이 넘치는 분이시지…. 젠장, 나도 그렇게 살걸. 그렇게 살 수 있었으면…. 아니지, 그분은 그렇게 살아내셨잖아. 빌어먹을, 어떤 핑계도 댈 수가 없는 거네…. 준동은 저도 모르게 눈시울이 젖은 채 눈을 감았고, 4156은 연신 눈치를 살피며 노래가 끝나면 다시 부르고, 고장 난 축음기처럼 또다시 부르기를 계속했다.

"가장 존귀한 나, 너, 우리 노래야. 우리 새 세상!"

몇 번을 불렀을까. 준동이 한 손을 들어 그만하라는 시늉을 하자 4156은 이마에 밴 땀을 훔치며 구석 자리에 가 앉았다. 뒤늦게 눈물이 두 볼을 적신 걸 의식하고 소매로 훔치며 벽을 향해 드러눕는 준동에게 2149가 말을 붙였다.

"형님. 듣자니 그, 아, 석효명 님이 지난번 서울구치소에서 강연하시고 노래도 부르셨답니다. 그러니 소장에게 이야기해서 우리도 한번…."

감방 내 서열 두 번째이고 제법 격의 없이 지냈으니 딴에는 분위기를 살리자고 꺼낸 말인데 벌떡 일어난 준동은 다짜고짜 그의 턱을 걷어차고 거센 발길질을 이었다.

"야, 이 사람 같잖은 새끼야! 그런 분이 이런 데를 왜 오셔? 그분이 우리 같은 놈들과 같아! 이 새끼가, 어디 더러운 주둥이에 그분 이름을 올려! 죽어! 죽어버려, 개새끼야!"

이성을 잃은 듯한 발길질이 멈추지 않자 결국 다른 수감자들이 나서 뜯어말리고서야 끝났다. 그러고도 한참 동안을 식식거리던 준동은 갑자기 맥 빠진 기색으로 어깨를 늘어트리고 다시 누워 등을 돌렸다.

아, 씨발, 왜 이렇게 감정 통제가 안 되지? 하긴 내가 언제나 꼴리는 대로 살았지 감정 억누른 적 있었나. 아니지, 집에서는 그랬잖아…. 그런데 정말 그분이 여기를 오시면 어쩌지. 에이, 그럴 리가. 딱 한 번이었겠지, 설마…. 이거 뭐야, 왜 이리 생각이 왔다 갔다 하는 거지….

25년. 후유우, 너무 길다. 감형이나 가석방 따위는 기대조차 할 수 없다. 아무리 행형 기록을 잘 써주고 인맥을 동원해도, 죄명이 워낙 더러운 데다 담장 바깥세상은 지금 마약 때문에 난리도 아니라지 않은가. 벌어

먹을 새끼들, 아무래도 아이들에게까지 약을 팔아먹지는 말아야지, 최소한의 상도덕도 없이….

어쨌거나 그럭저럭 지낼 만했는데. 수감된 놈들이야 내 이름만 들어도 기가 죽는 데다 비호하는 주먹들이 주변에 가득하니 해코지는 어림천만이고. 사람을 죽이지만 않는다면 교도관도 어지간해서는 고개를 돌리고 눈 감아 주는데. 가끔 아내가 특별면회를 올 때면 별식도 가져오고, 담배는 떨어지지 않고 술도 원할 때면 자리가 마련되는데. 살아 있는 한 바깥 거리를 못 누빈다 뿐이지 아쉬울 건 없는데. 죽어 나가도 장례식은 요란하게 치르라고 했으니, 치러줄 테니, 그조차 나름 폼 나는데….

강신효 대표는 꽤 오래전에 검사 출신으로 대법관에 임용되어 임기를 마치고 퇴임했다. 본인은 더는 법조계에 몸담고 싶지 않았지만 이런저런 인연에 의해 마지못해 국내 굴지의 로펌에 영입되었고 여러 명의 대표 중 한 사람으로 명함을 얻었다고 했다. 그는 자신의 법조 인생을 영욕의 세월이었다고 말했다. 하지만 영은 직을 앞세운 허울뿐인 명예였고 사실은 욕이 대부분이었다고 쓸쓸하게 웃었다. 그의 말이 진심인 건 자식들의 일로 알 수 있었다. 자녀들은 아버지의 뒤를 이어 법조인이 되고자 했다. 하지만 맏이의 대학 입학에서부터 기어이 법학 전공을 말렸고, 역사학을 전공으로 하면서도 사법시험을 준비하는 아들의 책상에서 법률 관련 책을 모두 꺼내 불사르기까지 했다는 것이다.

검사로 임용되자 마주치는 것은 대부분 죄와 죄인이었고 끝은 처벌을 요구하는 일이었다. 삶을 살며 교훈으로 삼을 만한 아름다운 많은 것을 버려두고 가장 험한 바닥과 사람을 마주하는 일상도 혐오스러웠고, 과연 나는 그들에게 법과 도덕의 잣대를 들이댈 자격이 있는가에 대한 회의가 깊어졌다. 그래도 성과가 있고 표창과 승진이라는 격려가 있으니 옳은 길일 것이라 스스로를 다독이며 살아왔다. 조금 더 솔직하자면 이미 익숙한 권력이라 할 수 있는 권한을 내려놓기가 망설여졌고, 그만두면 이도 저도 아닐 것이라는 현실적인 사정도 고려했기 때문이었다. 대법관에 임용되고는 임기를 마치면 다시는 법조계와 인연을 맺지 않으리라 결심했다. 그러나 그 또한 지키지 못했다. 로펌에서도 특별히 욕심내지 않고 그만두라는 통보를 내심 기다렸지만 전직 대법관의 효용은 지금껏 유지되고 있었다.

물론 당장이라도 단호히 결심하면 누가 강제할 수 없는 일이니 그 또한 변명이리라. 그러나 언제부터인지 그런 생각이 들었다. 자신과 같이 우유부단하지 않을 법조인이 있어 뜻을 펼치는데 욕되지만 이름과 도장이 도움 된다면 울타리가 되어주는 것으로 변명을 덜어보자는 노회함의 잔꾀 또는 수작 말이다.

"무슨 그런 표현을 하십니까. 듣기 민망합니다."

효명의 난처한 표정에도 강신효는 씁쓸한 기색을 거두지 않았다.

"그것 보게. 진실이 그렇게 민망하니 이건 내가 부탁하는 것일 수도 있네.”

형일은 효명의 생각이 길어지자 일단 만나 보라고 주선한 자리였다.

“사실 생각은 냈습니다만 제가 과연 감당할 수 있을지는 자신이 안 섭니다.”

“사건을 감당하는 것보다 수임을 거절하는 것에 따른 부담을 말하는 것이겠지?”

“예, 그렇습니다.”

강신효는 비로소 웃음을 보였다.

“바로 그걸세. 결정은 대표가 하는 게 아닌가. 사람들은 내가 가진 허울이면 로펌에서 독립한 욕심이라 생각할 테니 거절해도 당연한 것으로 여기지 그걸로 자넬 탓하지는 않을 걸세. 그게 내가 해줄 수 있는 울타리인 걸세.”

“그건 제가 너무 죄송해서 감히 받기가 어렵습니다.”

“잔꾀고 수작이라지 않았는가. 자넨 가장 무거운 짐이 뭔 줄 아는가?”

“무슨 말씀이신지 모르겠습니다.”

“남이 올려놓은 짐은 내려놓으면 그만일세. 나는 내일이라도 따로 로펌을 내겠소 하고 나오면 그만일세. 그런데 스스로 짊어진 짐은 가장 무거운 데도 쉽게 내려놓을 수가 없는 것이네. 그래서 내려놓을 변명을 만들려는 것이네.”

아주 이해되지 않는 것은 아니지만 효명은 여전히 부담스러웠다.

"김 대표, 내가 이미 자네들이 들어 있는 건물에 빈 사무실이 나오면 계약하겠다고 건물주에게 일러뒀네."

형일이 뭐라 하기도 전에 효명이 손사래를 쳤다.

"아닙니다. 사무실 문을 열더라도 그건 저와 아저씨가 해야죠."

그러나 강신효는 효명의 말에 아랑곳하지 않고 형일을 향한 시선을 거두지 않았다.

"내가 대표를 하는 것이니 내가 구하는 것이 맞고, 아직 내가 자네들보다 돈도 많을 것 같지 않나?"

형일은 난처한 낯빛으로 답했다.

"네, 그건 그러실 테죠. 하지만 그러면 저희가 너무 염치없는 일이 돼서, 더구나 아직 효명이 마음을 정한 것도 아닌데…."

"염치는 무슨, 그깟 몇 달 월세야 지금 로펌에서 내게 주는 한 달 치 대가의 10분의 1도 못 되는 것을. 그리고 석 변호사, 어차피 사건을 선택해도 아직 아무런 법정 경험 없는 자네 혼자서는 수월하지 않을 걸세. 자네가 하려는 사건들은 대부분 기존의 판례를 뒤엎거나 헌법재판소를 염두에 둔 것일 테니. 그래서 나는 자네가 사건을 결정하면 지금 로펌에서 날 따르는 중견 변호사들 중에서 마땅한 사람을 선발해 자네를 돕게 할 생각이네, 일종의 자원봉사 같은 형식으로. 물론 법정에는 당연히 자네가 나가야 하는 거고."

강신효가 효명을 변호사라고 칭한 건 이미 마음을 굳혔다는 뜻이리라.

"그렇게까지 하시려면 대표님이 그분들에게 부탁하시는 게 되는데 그 또한 너무 염치가 없습니다. 제가 너무 서두른 것 같습니다, 죄송합니다."

효명의 말에 강신효의 눈빛이 차가워졌다.

"석변, 자네는 기성세대에 대한 불신이 매우 깊은가 보네. 물론 대법관이라는 더할 수 없는 영예를 얻고도 청탁을 받아 재판을 오염시키고 뒤로는 이익을 도모한 자가 오늘도 있으니 더구나 할 말이 없기도 하지. 그렇더라도 한 시대를 살며 흐름에 적응했다고 모든 이를 무릎 꿇고 타협한 것으로만 여기지는 말게. 어른이 어른답지 못하다는 말도 굳이 부정하지 않겠네. 그래서 영보다 욕이 컸다는 것이고. 하지만 또 다른 변명을 내자면 우리는 사람을 지키고 싶었네. 사람이 희망이라 믿기에 회색의 삶을 살며 우리를 변명할 수 있게 해줄 사람을 기다려 지키고 싶었다는 말일세. 내가 말한 중견 변호사들도 그런 이들일세. 슬쩍 운을 뗀 것만으로도 반색하며 기뻐한 까닭은 모두 나와 같은 마음이기 때문 아니겠나. 시대의 흐름에 부딪혀 빛을 내는 사람도 있지. 하지만 그에 빌붙은 이들은 완전하고 온전했을까. 그들이 성공하지 못하고 또 다른 타협으로 기성이 된 건 결국 세상이 아니라 자신을 도모한 때문이 아니겠나. 그 부정직을 감추려고 어쩌면 더 억지스러워진 것 같기도 하고. 그래서 우리는 회색의 그늘로 숨은 걸세, 비겁하게. 하지만 회색도 두 가지일 걸세. 비겁한 이들이 그늘로 삼는 좀 더 어두운 회색, 세상을 끌어안아 빛을 밝게 하려는 좀 더 밝은 회색."

말을 멈춘 강신효는 더욱 밀려드는 회한을 가벼운 한숨으로 감췄다.

"늙은이가 너무 말이 많았지? 나이가 들수록 입은 다물고 지갑을 열라 하던데, 허허. 아, 그러고 보니 내가 지갑 여는 시늉은 한 것이니 오늘 말 많았던 건 그걸로 퉁 치세, 하하하."

형일은 어색한 웃음으로 대답을 대신했다.

"아, 효명이 자네 다음 곡은 어떻게 되나? 나이 든 내가 이렇게 기다려지는데 젊은이들은 오죽할까."

"지금 열심히 준비 중입니다."

형일이 대답하자 강신효는 다시 물었다.

"곡인가, 가사인가?"

"노랫말이 좀 더 어려운 것 같습니다."

효명의 대답에 그는 고개를 끄덕였다.

"그렇겠지. 아무튼 젊은이들은 어떤지 모르지만 난 메시지 강한 노랫말도 있어야 한다는 쪽이네. 자네 팬이라는 이야기일세, 하하."

여전히 어른은 있었다. 세상이 아무리 가물거리는 듯해도 희망의 불꽃이 사그라지지 않는 건 그런 발판이 튼튼한 때문일 것이고….

"아, 효명이 저거 또 속을 썩이네."

동희는 또 안달이었다. 별채로 꾸며진 제 방으로 들어간 효명이 이틀째 꼼짝도 하지 않고 있었으니 그럴 만도 했다.

"마지막 마무리에 집중하겠다고 했잖아."

"그래도 밥은 먹어야 할 거 아니야. 나오라는 것도 아니고 말만 하면 아무 때고 갖다 바치겠다는데도 이젠 카톡까지 씹어요."

"걱정 마. 하동 아주머니가 며칠 전에 누룽지하고 김치 보내주셔서 효명이 방에도 덜어 넣어뒀어."

이제 불락사 공양주는 하동 화개에 집을 마련해 살며 텃밭에서 기른 채소로 효명이 좋아하는 반찬을 만들어 수시로 보내주고 있었다. 공양주를 그만두었으니 호칭도 자연스레 아주머니로 바뀌었다.

"김치만 먹고 살아! 가끔 생각난다기에 붕어 어탕도 택배로 받아놨는데."

"뭐, 붕어 어탕? 그거 나도 좀 먹자."

거실 소파에서 법률사무소 준비에 골몰하던 형일이 반색하며 일어났다.

"기다려요. 효명이 나오면 다 같이 먹을 거니."

"근데 쟤는 어제부터 첼로 소리도 안 나던데 다 끝난 거 아닌가…."

동희가 고개를 갸웃거리자 형일은 별채가 보이는 창문가로 향했다.

"아마 또 노랫말 때문일 거야."

"쟤는 그쪽으로는 재주가 없어. 머리가 나쁜 거야."

풋! 동희의 말에 형일과 예원이 동시에 어이없다는 웃음을 터트렸다.

"정말이야. 쟤는 이성 쪽이지 감성 쪽 머리가 안 되는 거야. 그건 내가 더 잘할 수 있을 것 같은데…."

"아이구, 이젠 별걸 다. 그리고 감성이면 감성이지 감성 쪽 머리는 뭐냐."

"우리 동희가 한 감성하기는 하지. 어, 효명이 나왔다."

그 소리에 동희의 얼굴이 환해졌다.

"끝났어?"

형일이 문을 열고 들어서는 효명에게 물었지만 고개를 가로저었다.

"왜? 가사가 안 풀려?"

"예, 제가 어떤 선입견에 묶여 있는 것 같아요. 아무래도 이번 곡은 다른 사람 도움을 좀 받아야겠어요."

"내가 도와줄게."

동희의 말에 잠깐 고개를 갸웃하던 효명은 환하게 웃었다.

"그래, 네가 잘할 수 있을 것 같다. 내가 쓴 거 좀 고쳐봐. 아니다, 그냥 참고만 해서 다시 써도 좋아."

"와우!"

동희는 두 팔을 들며 환호했고 형일과 예원은 긴가민가 어리둥절했다.

예원은 얼른 붕어 어탕과 부추겉절이 등으로 상을 차렸다. 효명은 오랜만에 먹게 된 붕어 어탕이 반가운 모양이었다.

"어탕을 어떻게 구하셨어요?"

"내가 주문했지. 네가 전에 말했잖아, 아주머니가 데려가던 집이 있었다고. 그런데 아주머니가 상호를 기억 못 하시더라고. 그래서 인터넷 지도로 아주머니 기억을 현장 수색해 '강버들어탕'인 걸 찾아냈지. 전화했더니 냉동 포장으로 보내줄 수 있다기에 너 좋아하는 방아잎하고 제피 가루도 특별히 부탁했고. 게다가 너 이름까지 팔았더니 들깻가루도 듬뿍 보내주셨더라."

"고마워. 방아잎은 더욱더."

"그런데 넌 그 냄새 이상한 걸 왜 그렇게 좋아하냐?"

"동희 네가 샹차이 좋아하는 거와 같아. 나도 그거 처음에는 어릴 적 절에서 고수라며 권하기에 먹었다가 토하는 줄 알았는데 곧 익숙해지더라. 너도 방아 몇 번 먹어보면 금방 좋아하게 될 거야."

음식을 찾아 먹지 않는 효명이었지만 가끔 하동과 그 일대의 음식을 그리워했다. 음식은 누구라도 엄마 손길과 함께 고향을 떠올리게 하는 것이니 헛헛한 마음에는 위로가 될 터였다.

"난 서울에서 붕어매운탕이나 찜은 먹어봤어도 어탕은 말로만 들었다."

"하동과 진주 쪽에서는 붕어를 푹 고아 건더기는 완전히 걸러내고 맑은 탕으로 즐기는 사람들이 많아요. 아주머니께서 가끔 제 몸 챙겨주신다고 하동과 사천 경계에 있는 진양호 상류 쪽 식당에 데려가 주셨어요. 비린내가 전혀 없으니 어릴 적부터 좋아했어요."

"그런데 소금으로 간해서 먹는 거 아니야?"

주문은 했어도 먹는 건 처음이니 동희가 애매한 표정으로 물었다.

"부추겉절이를 넣어서 간을 맞춰. 내가 해줄게."

효명은 동희의 그릇을 당겨 겉절이를 먼저 넣어 간을 본 뒤 들깻가루와 제피를 더해 다시 맛을 봤다.

"이제 됐어. 좋아하면 들깻가루나 제피를 더 넣어도 되고, 방아는 나중에 조금 넣어서 한번 맛봐."

처음인 효명의 자상함에 동희는 감동한 얼굴이었고 형일과 예원도 눈이 동그래져 말을 못 했다. 동희는 그 어정쩡함을 금방 눈치채고 얼른 그릇을 당겨 한 숟가락 떠 입에 넣었다.

"와우! 이거 예술인데. 아빠 엄마도 얼른 먹어봐, 아주 죽여."

동희의 호들갑에 효명은 눈치를 채지 못하고 흐뭇한 미소를 지었다.

"아저씨, 저 이번 주말부터 몇 주 동안 거리 공연 다시 했으면 하는데 어떠세요?"

"가사 때문에?"

"그건 동희한테 맡겼잖아요. 노랫말 없이 곡에 대한 반응을 보고 싶어요."

"이젠 기성 가수인 셈인데 신곡을 그렇게 발표해도 될까?"

"그래서 기획사 대표님께 묻는 거잖아요."

"뭐? 하, 이럴 땐 여지없이 대표네. 책임은 내가 져라?"

"그건 뜻은 아니고요."

"맞네, 아빠가 책임져야지."

변함없는 동희의 역성에 다들 웃음을 터트렸다.

출근해 신문을 펼쳐 읽던 형일은 두 눈이 휘둥그레지며 가슴이 철렁 내려앉았다.

-A교도소에 수감 중인 마약사범 P씨, 의문의 자살-

박준동, 분명 그였다. 죄책감은커녕 거침없는 욕설과 막말을 내뱉던 그가 자살이라니… 믿기지 않았다. 형일은 서울구치소장을 떠올려 그에게 전화로 사실 확인을 부탁했다. 잠시 뒤 구치소장은 자필 유서 내용을 확인한 경찰도 자살로 단정해 부검을 원치 않는 유족의 뜻에 따라 이미 시신을 인도했다고 전해왔다. 형일은 그가 남겼다는 유서를 볼 수 있게 해달라고 다시 부탁했다. 구치소장은 단번에 거절했지만 형일은 자신과 박준동의 개인적 인연 때문이며 보는 즉시 폐기해 유출이 없도록 하겠다며 간청해 구치소장실에서 겨우 읽어볼 수 있었다.

효명과 관련된 내용은 아무것도 없었다. 자녀들에게 죄인인 아버지가 앞날에 걸림돌이 될 것 같아 너무 미안하다는 말과 아내에게 부끄러운 죄책감과 고마웠다는 마지막 인사를 남겼다. 감춰뒀던 자신의 재산을 찾아 이렇게 저렇게 유산 정리를 하라는 내용까지 있으니 진실함을 믿을 수 있었고, 또박또박 쓴 글씨는 타의는 개입되지 않았다는 것이니 경찰의 판단이 틀리지 않았음을 알 수 있었다.

형일은 놀란 가슴을 쓸어내리면서도 여전히 머리는 멍하고 개운하지 않은 느낌도 가시지 않았다. 문득 '이렇게 진짜 벌을 받네'라던 그의 말이 떠올랐다. 형일은 다시 구치소장에게 박준동의 장례식장을 물어 찾아갔다.

서울 최고 병원 장례식장에 마련된 그의 빈소는 요란했다. 입구부터 즐비하게 늘어세우고도 리본만 떼어 붙인 조화까지 합하면 수백 개는 넘을 듯했다. 모두가 형일은 들어보지 못한 기업 회장이거나 호텔, 유흥업소로 짐작되는 이름이기는 했지만 웬만한 능력으로는 그렇게 끌어모으기도 어려울 것 같았다. 검은색 양복을 갖춰 입은 문상객도 줄을 이었으니 언뜻 보기에는 대단한 정치인이나 대기업 총수의 빈소 같았다.

형일이 조의금 봉투를 내놓자 고인과 유족의 뜻에 따라 받을 수 없다고 정중하게 거절하며 방명록을 내밀었다. 형일은 잠시 생각하다 아직 문을 열지 않은 '법률사무소 미래'라고만 적었다. 사실 '미래'도 아직 확정된 건 아니었으니 효명의 흔적을 남기지는 않은 것이다.

문상객을 대접하는 테이블 끝자리에 혼자 앉아 형일은 유족과 오가는 이들을 유심히 살폈다. 안내하는 검은 양복의 사내들과 문상객 대부분은 범죄의 흔적이 엿보였지만 유족은 망인의 말처럼 단정했다. 미망인과 2남 1녀의 자녀. 진정한 슬픔이 가득했고 특히 딸은 거의 넋이 나간 모습이었다. 귀동냥으로는 아들 둘은 저마다 회사를 운영하나 범죄나 유흥과는 관계없는 IT 관련 기업이었고 딸은 대학원에서 교육학을 전공

했다.

"아따, 우리 형님 장례식 요란해서 하늘에서 소원 이뤘다 하시겄소."

"신소리 말고, 대전, 그 호텔 안 회장은 왜 여태 소식이 없어?"

"조화는 방금 도착했고, 안 회장도 밤에 들리겠답니다."

"들리기는, 여우 같은 새끼. 오면 밤새우라고 해!"

"당연하지라."

"다른 놈들도 빨리빨리 튀어오라고 연락 넣어! 그냥 낯짝만 비치고 가려는 놈들은 조인트를 아작내고."

알 만했다. 본인이 평소 거창한 장례식을 입에 달고 있었으리라. 그렇더라도 죽은 뒤에도 저처럼 적극적인 부하들이 있다는 것은 물론 돈의 힘이겠지만 뜻밖이었다. 그런데 이처럼 으스대고 삶에 거침없었던 사람이 자살한다는 건 아무래도 이해되지 않았다.

"형수님이 장지는 결정하셨답니까?"

또 다른 부하가 묻자 지휘하던 사내가 인상을 찌푸리며 고개를 저었다.

"화장해서 봉안당에 모시겠단다."

"그건 평소 형님 뜻이 아니실 텐데요?"

"혹시라도 경찰이 딴소리하며 부검이니 뭐니 할까 봐 그런 거니 옳은 결정 같다."

"그러게 형님은 왜 이런… 뭐 이상한 낌새는 없었답니까?"

"그쪽 빵에 있는 애들 이야기도 들어봤는데 아무런 일 없었다. 한 달쯤

전에 잠깐 우울해하며 안 하던 행동을 하셨다는데 금방 괜찮아지셨고. 그날 밤에도 저녁 잘 드시고 텔레비전 연예 프로 보시며 마냥 웃으셨다는데. 유서는 언제 써두신 건지, 참…."

"아직 나이도 많지 않으신 양반이…."

"아무튼 오일장 치르는 동안 문상객 끊어지면 안 된다."

"예, 거기에 맞춰서 각각 문상 날짜 정해줬습니다. 그런데 저기 재철이는 왜 아무것도 안 하고 돌부처처럼 버티고 앉아 있는 겁니까?"

그가 고개를 돌리는 쪽에 검은 가죽 점퍼 차림에 머리카락이 목덜미를 가리고 날렵한 체격이지만 강단 있어 보이는 사내가 두 눈을 감은 채 목석처럼 앉아 있었다.

"그냥 둬라. 형님 별동대나 다름없었으니 감정이 남다르겠지."

한 달. 자신이 찾아갔던 그 무렵이라는 말에 형일은 더욱 생각이 많아졌다. 어쩌면 효명의 일에 대한 충격이거나, 효명을 위한 선택이었을지 모를 일이다 싶었지만 형일은 고개를 저어 스스로 부인했다. 그보다 이 일을 효명에게 알려야 하는지 아닌지 판단할 수 없었다. 결국 형일은 상훈과 유스티노에게 만나 뵙자는 청을 하고 약속을 잡았다.

36. 화성사

제갈절(諸葛節). 구화산 일대에서 제법 명망 있는 부호인 그는 가문 대대로 도가를 숭상하여 신선이 되려는 욕망에 금단(金丹)을 구하는 데에는 재물을 아끼지 않았다. 한참 전부터 구화산중에서 한 중이 유민을 거두며 불법을 펼친다는 소리가 들려왔지만 대수롭지 않게 여겼다. 깊은 산중에서 먹을 것을 구하면 얼마나 될 것이며, 사람은 배고프면 떠나기 마련이니 드는 놈보다 나는 놈이 더 많을 것은 뻔한 이치. 기껏 수십이나 되는 처량한 신세들이 웅크리고 있을 테니 가소로운 노릇이었다. 거부 민양화가 드나든다는 이야기도 있지만 그거야 산 주인으로서 돌아가는 형세를 살피려는 것일 터.

불법이라고는 하지만 이미 불교의 교세는 기가 꺾였고 애초 불로장생의 논리 같은 것도 없는 데다 복을 약속하지도 못하니 알아듣지 못할 염불로는 끝내 사람의 마음을 얻지 못할 것이었다. 이 땅의 사람들이 재물과 건강, 장수, 가족의 번성만을 염원하는 것에는 그만한 까닭이 있었다. 사람은 누구라도 태어나면 한 번쯤 큰 꿈을 펼치고자 하는 포부를 갖는다. 그러나 이 나라의 황제는 예로부터 하늘이 내리는 '천자(天子)' 즉 하늘의 아들이었다. 그러니 그동안 수많은 나라가 세워지고 망하며, 천하 쟁패를 다투는 살육이 끊이지 않았지만 결국 황제의 자리를 차지하는 자는 하늘이 내린 천자였다. 그렇지 않고서는 분명 항우가 더 뛰어난 영웅이고 유비는 민심을 얻었는데 어찌 유방과 조조가 천하를 얻을 수 있는가 말이다.

천자의 눈에 들어 권세를 휘두르는 길도 있다. 하지만 그 또한 언제나 바람 앞의 촛불이지 온전하게 천수를 다하는 이가 얼마나 되던가. 대개는 자신이 지은 죄든 억울한 누명이든 모가지가 댕강 잘리거나 귀양살이에 골골거리다가 죽기 십상이었다. 드물게 이임보처럼 천수를 누리는 자도 있지만 천하의 간신이라는 오명을 들으니 귀신이 되어서도 쥐구멍을 찾을 것이고, 무엇보다 그 자손들은 조상의 멍에를 평생 원망할 테니 실로 허망하기 이를 데 없는 노릇 아닌가.

학자와 문사의 길도 있다. 그러나 그들 또한 공부가 깊을수록 남의 시기와 질투에 제 자리를 찾지 못하니 은둔하여 술이나 마시며 시를 짓는데, 세상의 찬사는 높아도 뜻을 펼치지 못하는 그 실의의 절망은 어떻겠나. 게다가 그 또한 하늘이 내린 머리와 재주가 아니면 흉내나 내며 빼기다가 바닥이 드러나 개망신당하거나 제풀에 좌절하니 어지간해서는 들어설 길이 아니었다. 그러니 결국 재물이다.

재물은 호사를 누리게 하며 목숨을 지켜주기도 한다. 후손도 재물을 물려받으면 원망하는 마음을 품을 수 없고 제사에 정성을 다한다. 저승에서 편안하시라고 도관에게 부탁해 빌어주기도 한다. 물론 많은 재물은 온전한 방법으로 쌓기 어렵다. 그래서 부를 쌓은 사람 쳐놓고 권력에 결탁하고 속임수를 쓰지 않는 사람은 드물었다. 그런데 그게 뭐? 어때서? 왕후장상은 바르기만 하던가? 그들의 영화를 위해 얼마나 많은 백성이 뜯기고 빼앗겨 소리 없는 원망을 퍼붓는가. 쥐꼬리만 한 권한이라도 손에 쥐면 오만 부정을 태연히 저지르고도 아무런 죄의식 없는 세상인데 기껏 결탁이나 속임수가 무슨 대수인가 말이다.

세상이 그러하니 도사는 더 큰 부를 위해 복을 빌어주고 신선이 되는 단약도 파는 것이며 사람들은 그에 의지하는 게 아닌가. 그런데 세상은 평등하다느니, 서로를 보살피라느니, 보시하라느니 같은 허황한 소리를 불법이라고 지껄인다. 무엇보다 하늘의 아들이 따로 있고, 권력을 좇고 부를 쌓는 모두가 군림하며 살려는 것인데 평등이라니! 역심이라 해도 무방하지 않은가. 어쩌면 한 시절 황실의 후광으로 번성했으나 도가에 밀리며 기세가 꺾인 이면에는 그런 연유도 있지 않을까 싶었다.

그렇지만 제갈절의 단단한 신심에 틈이 생기고 있었다. 교각의 벽력 같은 서원 이야기를 듣고서였다. 억만년이 걸려서라도 지옥을 비게 하겠다니, 그게 말이나 되는 소리인가. 그런데 그 소리에 자리에 있던 모두가 믿음을 일으켜 지상보살인가 뭔가 하는 명호를 외웠다니 어이가 없었다. 지장이면 '땅 지(地)'와 '감출 장(藏)'이니 지하 세계를 말함이 아닌가. 도무지 간땡이가 배 밖에 나와도 유분수지, 그런 터무니없는 소리를 지껄이다니! 사기꾼이라면 천하에 다시 없을 테고 진심이라면 필경 광인일 터. 일단은 찾아가 보자, 그런 뒤 그냥 둬서는 안 되겠다 싶으면 도관의 힘을 업어 불 싸지르고 쫓아내면 될 일이다. 사실 진작부터 그러고 싶었지만 나라의 환란으로 민심이 뒤숭숭해 참아왔을 뿐, 이전에 장씨 성의 단이라는 중도 쫓아낸 적이 있지 않던가.

잔뜩 벼르고 산중을 찾은 제갈절은 산등성이 아래에 펼쳐진 광경에 어안이 벙벙했다. 수십이나 될 줄 알았는데 족히 수백 명은 될 듯싶지 않은가. 게다가 산중에서 밭도 아닌 농지를 일궈 벼를 심었다니. 마음이 바빠졌다. 걸음을 서둘러 마을로 들어서니 먼저 한 칸 오막살이가 눈에 들어오는데 그 안에 불상을 모셨으니 법당일 터. 열어둔 문 앞으로 다가서 보니 불단 앞에 젊은 중이 자리 잡고 앉아 불경을 가르치고 빼곡히 들어앉은 사람들은 등이 꼿꼿한 채 흔들림이 없으니 제법 열중인 것이다. 둘러보니 또 다른 젊은 중은 사내들과 어울려 땅을 개간하고 있었다. 나이 든 중은 어디 갔지? 동굴에 틀어박혀 있다고 했던가.

제갈절이 동굴 앞에 이르렀으나 기척 없이 고요했다. 개가 한 마리 있다더니 그도 보이지 않았다. 슬그머니 동굴 안을 들여다보니 건장한 중의 등판이 보였다. 듣던 그 나이 든 중일 터. 제갈절은 얕은 기침 소리로 인기척을 냈지만 미동도 없었다. 슬며시 동굴 안으로 들어서 눈이 어둠에 익숙해지자 왼쪽에 놓여 있는 작은 가마가 보였다. 몇 발짝 걸어 안을 들여다보니 한 움큼의 죽이 담겼는데 곡물 알갱이는 숫자를 셀 수 있을 정도였다.

"누구신지요?"

소리에 돌아보니 빛을 등지고 서서 얼굴은 알아볼 수 없으나 젊은 중과 털이 길고 덩치가 사자만 한 개였다. 얼른 밖으로 나온 제갈절은 어린 중의 얼굴을 보고 흠칫 놀랐다. 분명 민양화의 하나뿐인 아들 산이었다.

"자넨 민공 아들 산이 아닌가?"

"전에는 그랬으나 이제는 출가한 몸이고 도명이라 합니다."

그 귀한 아들이 출가를? 민공마저 정신이 어떻게 된 것인가? 제갈절은 놀란 빛을 감추지 못했다.

"나는 제갈절이라고 하네."

직접 얼굴을 마주하지는 않았으나 상당한 부호라고 들은 적이 있는 이름이었다. 도명이 합장하고 허리를 숙이자 제갈절도 얼결에 따라 했다.

"여기까지는 어쩐 걸음이십니까?"

"이런저런 이야기를 들어서 한번 와봤네."

"누가 왔느냐?"

동굴 안에서 소리가 들려왔다. 둘의 두런거림에 선정이 흐트러진 모양이었다.

안으로 들어갔다가 나온 도명은 제갈절을 동굴 아래로 안내했고 선청은 동굴 앞에 궁둥이를 붙이고 앉았다.

점심을 먹고 있었다. 아이들은 제법 곡식알이 보이는 걸쭉한 나물죽을 먹었고 사내들과 함께했던 중은 낱알은 드물고 나물이 대부분인 멀건 죽을 먹고 있었다. 법당 안에 있던 중과 잿빛 승복을 입은 여인은 이미 먹은 것인지 그조차 먹지 않는 것인지 불단을 향한 채 기도를 드리고 있었다.

"아이들과 어른의 음식이 다른가?"

"아이들은 자라야 하니 곡물을 넉넉히 넣고 어른들은 양식이 부족하니 백토죽을 먹습니다."

"백토죽?"

"예, 산에서 나는 부드러운 백토를 섞어 끓인 것인데 제법 요기가 되고 탈도 없습니다."

제갈절은 눈으로 보고도 믿기지 않았다. 아니, 그러니 더욱 심사가 뒤틀렸다.

"불교는 모두가 평등하다는 것으로 들었네만?"

도명이 빙긋 웃었다.

"평등은 무조건 같은 것이 아니라 형편에 맞게 고루 나누는 것입니다. 아이들의 성장과 부녀자의 사정, 사내의 근력을 고려해 나누는 것이지요. 누군가를 배려하고 양보하는 보시이니 균형이 맞지 않더라도 평등입니다."

"동굴 안에 있는 그분도 같은 죽을 먹는 건가?"

"스승님은 더 묽은 죽을 드시는데 어제 가져다 둔 그대로이니 오늘도 끼니를 거르시고 선정에만 드실 모양입니다."

제갈절은 점점 울화가 치미는 듯했다. 뭔가 헤집을 구석이 있을 줄 알았는데 바윗돌처럼 견고하니 자신의 모든 것이 온통 흔들리는 듯해서였다.

"저 중은 먹는데 법당 안 두 사람과 자네는 왜 안 먹는 건가?"

도명은 또 빙그레 웃음을 머금었다.

"저쪽 사형은 땀을 흘리셨으니 드시는 것이고 법당 안 두 분과 저는 힘을 쓰지 않았으니 점심은 거르는 겁니다. 저희는 원래 하루 두 끼를 소식하여 정신을 맑게 하고 사형도 노동을 하지 않으실 때는 같습니다."

"저 여인도 중인가?"

"스님이 되시려 공부하는 중입니다. 제가 가르칩니다."

갈수록 태산인 격이었다. 저만한 미색이면 어디서 무얼 하든 호의호식하고 부호의 소실로 들어앉으면 평생 밥걱정 안 할 텐데 잿빛 승복에 백토죽이라니….

교각이 동굴에서 나와 마을로 내려오는 것이 보였다.

"스승님께서 내려오십니다. 인사라도 나누시렵니까?"

제갈절은 두 팔을 휘저었다.

"아닐세. 나는 그만 가겠네."

쫓기듯 허둥지둥 등성이를 오르는 그의 모습에 다가온 교각이 물었다.

"저자는 어찌 저리 허둥거리는 것이냐?"

"죄를 깨우친 모양입니다."

도명은 쓴웃음을 지으며 답했다.

"깨우쳤으면 된 것이지 뭘 저렇게 도망치듯 하는가."

"도가에 둔 신심이 깊다고 들었으니 그럴 만한 게 아니겠습니까."

"신심이 깊은 자였다면 근기는 있는 것이니 크게 깨우친 만큼 발심이 크겠구나."

"그런데 스승님은 어쩐 일로 나오신 겁니까?"

"선정이 흐트러져 가마를 비웠으니 나도 땀을 흘려야 할 거 아니냐."

교각은 팔을 걷어붙이고 개간 중인 터로 가 곡괭이를 들었다. 뒤늦게 교각을 본 유탕도 법당에서 나와 그리로 뛰어갔고, 자명은 설거지 중인 여인들에게로 향했다.

집으로 돌아와 방바닥에 벌러덩 드러누운 제갈절은 멍하니 천장에 눈길을 둔 채 연신 혼잣소리를 중얼거렸다.

"다들 미친 게야. 하나같이 제정신이 아니야. 뭐, 흙으로 죽을 끓여 먹어? 보지나 않았어야 믿지를 않지. 더구나 스승이라는 그자의 죽은 죽이라 하기에도 민망하지 않았던가. 일을 안 하면 하루 두 끼를, 그것도 소식? 그래, 그건 저희 중들 일이니 그렇다 치자. 아이들을 더 잘 먹이는 것도 평등이라 치자. 그런데 제 것을 빼앗기면서도, 아니 스스로 내줬다 하더라도 평등이라는 허울에서 빠져나오지 못하는 저런 머저리들이라니!"

제갈절은 벌떡 일어나 방 안을 서성거렸다.

평등. 해괴하기 이를 데 없는 소리다. 세상에 어찌 평등이 있을 수 있다는 말인가. 요순시대에도 없던 말이고 도가와 유가에도 나오지 않는 말이다. 기껏 묵자라는 자가 그런 비슷한 말을 했다지만 결국 아무것도 이루지 못하지 않았는가. 꿈이야! 망상이야! 되지도 않을 소리로 사람을 현혹하는 거야! … 그런데 목적이 있어야 할 게 아닌가. 하다못해 무당처럼 굿판을 벌이거나, 도관의 도사처럼 단약을 팔거나 해서 재물이라도 챙겨야 할 게 아닌가. 고작 백토죽이나 먹자고 하는 짓은 아닐 테고, 뒷날 큰 이득을 보려면 가진 자들을 상대해야지 빌어먹고 사는 처지나 다름없는 이들을 상대로…. 요령부득한데다 기어이 마음을 놓지 못하게 하는 것은 지옥이 텅 빌 때까지 성불하지 않겠다는 그 서원이었다. 지옥이 있기는 한 것인가. 정말 있더라도 어떻게 할 수 있다는 것인가. 그래서 유가나 도가와 달리 그들은 불교라 하는 것인가…. 그래, 오용지 그자가, 오 촌장이 일찍부터 그와 교류했다니 뭔가 들을 수 있을 거야.

제갈절은 걷어차듯 방문을 열어젖히고 신발을 꿰신었다.

사흘 뒤 제갈절은 쭈뼛거리며 산중 마을을 다시 찾아왔다.

그를 먼저 본 성유가 다가가 합장하고 허리를 굽히니 제갈절도 따라 했다.

"며칠 전에도 오셨던 것 같은데 또 어쩐 일이십니까?"

"스승님이라는 그 스님을 뵙고 싶어 찾아왔습니다."

"여기서 기다리시면 모셔 오겠습니다. 그리고 큰스님이라 하시면 됩니다."

제갈절은 법당 근처를 서성대며 주변을 둘러봤다. 사내들은 여전히 또 다른 중과 땅을 일구고 여인네들은 밭에 흩어져 김을 매고 있었다. 재잘거리며 천방지축 뛰어다니는 아이들의 모습은 다락논에서 한껏 자라고 있는 연둣빛 벼잎과 잘 어울리는 듯도 했다.

성유의 뒤를 따라온 교각을 보자 제갈절은 먼저 합장으로 예를 표했다. 법당으로 들라는 손짓에 교각을 따라 들어서니 평상을 가운데 두고 잿빛 승복 여인과 마주 앉아 불경을 가르치던 도명이 일어나 두 사람에게 고개를 숙여 합장했다. 자명이 일어나 밖으로 나가려 하자 교각은 그대로 앉아 있으라는 손짓을 했다.

교각이 잠시 불상에 예를 올리는 사이 성유와 유탕도 찻상을 들고 들어왔다.

"그래, 어쩐 걸음입니까?"

교각의 물음에 제갈절은 잠시 머뭇거리다가 입술을 뗐다.

"말씀을 들으려고 왔습니다."

"그럼 궁금하신 걸 말씀하시지요."

"평등이라는 게 정말 실현되리라 믿으십니까?"

"그거야 사람이 하기 나름이겠지요."

"세상은 어차피 통치자와 피통치자로 나뉠 수밖에 없지 않습니까?"

"그건 질서를 위한 제도일 뿐이지요. 태초에 사람이 태어났을 때부터 정해진 제도가 아니라 필요에 따라 만들어진 제도입니다. 또한 제도에 따른 통치자라고 군림하라는 건 아니니 평등이 아주 실현되지 못할 건 아니겠지요."

"망상일 따름일 것 같습니다."

"그럴 수도 있겠지요. 그렇다고 마음에서마저 내버려야 되는 건 아니지 않을까요. 현실이 어렵더라도, 그럴수록 더욱 마음에 담아 전하고 퍼트려야지요. 그래야 언젠가는 바뀌고 실현되지 않겠나 생각됩니다. 부처님이 태어나고 불법을 펼칠 때도 그런 세상은 아니었습니다. 그럼에도 말씀을 하신 건 바로 그런 뜻이었을 겁니다."

"진정 그분은 신입니까?"

"신이라 말하는 스님들은 없습니다. 선각자로 우매한 우리에게 진리를 깨치게 해주신 분이지요. 그분 스스로도 그 깨침을 얻기 위해 고행을 하셨고요. 그래서 우리도 수행을 멈추지 않는 것입니다."

"그 깨친다는 것은 무엇입니까?"

"나 자신을 바로 아는 것이지요."

제갈절의 물음과 교각의 대답이 오랫동안 이어졌다. 제자들을 모두 법당에 모이라 한 것은 함께 듣고 생각하라는 뜻이었다. 제갈절이 마침내 마음에 품었던 가장 큰 의문을 꺼냈다.

"지옥이 있습니까?"

"글쎄요. 저도 가보지 않았으니 알 수 없는 일이지요."

태연한 교각의 대답에 제갈절은 뜻밖이라는 눈빛이었다.

"그런데 어떻게 지옥을 말씀하시는 겁니까?"

"공께서는 제사를 왜 받드십니까? 영과 혼백을 믿습니까? 보셨습니까?"

"그거야… 그렇지만 효는 기본적인 도리고 예로부터 그렇게 해왔으니…."

제갈절은 더듬거렸다.

"그 보십시오. 보지 못했고 믿을 수 없지만 효이기에 행하는 겁니다. 마찬가지로 죽어서 다시 산 사람은 없으니 지옥이 있는지 알 수 없습니다. 죽음 뒤 그 자체를 알 수 없는 겁니다. 그럼 죽으면 모든 것이 사라진다고 단언할 수 있는 사람은 있습니까? 모르기에 두려운 것이고 그래서 천상과 지옥을 믿으며 자신을 다스리는 것이 아닐까요?"

"그럼 어떻게 지옥이 텅 빌 때까지 성불하지 않겠다고 하신 겁니까?"

"죄를 짓지 않게 하는 것입니다. 죄를 짓지 않고 보시로 공덕을 쌓으면 스스로 나는 지옥에 가지 않을 것이라고 믿을 테니 지옥은 비게 될 테지요."

"그래도 지옥에 떨어지면 어떻게 구원합니까?"

"내가 죽어서 저승에 가면 그렇게 해야지요. 할 것입니다."

말장난 같은 데도 너무 진지하고 단호하니 믿어야 하나 말아야 하나 헷갈렸다.

"억만년이라도 그리할 것이라 하셨다던데, 그때까지 사실 수 있다는 것입니까? 죽어서도 다시 태어난다는 것입니까?"

"공께서는 어떻게 부모님의 자식으로 태어나셨습니까?"

"그건… 아버님의 씨를 받아 어머님의 배 속에서 태어났으니까요."

"그걸 공께서 결정하셨습니까, 부모님이 꼭 집어서 공으로 정하셨습니까?"

제갈절은 말문이 막혔다. 아니, 질문이 질문 같아야 답을 할 것이 아닌가.

교각은 빙그레 웃음을 지었다.

"그거 보십시오. 부모님도, 공께서도 그걸 정하지는 못했습니다. 그럼에도 공께서 부모님의 몸으로 태어난 건 반드시 그렇게 될 까닭이 있었기 때문입니다. 그걸 우리 불법에서는 연기라 합니다. 마찬가지로 내가 죽으면 반드시 그런 연기에 의해 다시 지장보살의 소임으로 태어날 것입니다. 그게 진실한 서원의 힘이라는 겁니다."

"정말 그걸 믿습니까?"

“내가 그리 서원했는데 어찌 믿지 않겠습니까.”

제갈절은 크게 한숨을 내쉬고 한참 동안 눈을 감고 침묵했다. 교각도 눈을 감았고 제자들은 숨소리를 죽였다.

다시 눈을 뜬 제갈절은 일어섰다가 교각 앞에 무릎을 꿇었다.

“큰스님, 불사를 일으켜주십시오.”

“여기 법당이 있지 않습니까.”

“더 크고 번듯한, 제가 사는 집보다 열 배는 더 크게 일으켜야겠습니다.”

“도가와의 인연은 어쩌시고요?”

“대를 이어온 믿음을 어찌 하루아침에 외면할 수 있겠습니까. 그래서 더욱 큰 절을 보고 싶습니다.”

“도관을 보고 도가에 의지하셨습니까? 꼭 절집을 봐야 발심하실 수 있겠습니까?”

“반드시 그런 건 아니지만 제 눈으로, 제 마음을 보고 싶어서입니다. 마음이 헛헛합니다. 지난날 단이라는 스님이 머물던 땅을 사서 희사하고 불사를 위한 재물도 제가 감당하겠습니다. 보시가 아니라 욕심이라 해도 그리하고 싶습니다.”

“하하하!”

교각의 앙천대소에 제갈절과 자명은 움찔했으나 성유와 유탕과 도명은 웃음을 머금었다. 웃음을 멈춘 교각은 성유를 돌아봤다.

"성유야, 들었느냐?"

"예, 비로소 때가 온 듯합니다."

"유탕아, 너는 지금 곧 민공을 찾아뵙고 뜻을 전하여 땅을 허락하실지 여쭤라."

유탕은 자리에서 일어나 법당을 나갔다.

그 무렵 파천 도중 양귀비를 잃은 현종은 조정 대신들의 주청에 따라 황태자 이형에게 분조(分朝)를 조직해 난을 진압하라 명하고 자신은 익주로 들어갔다. 분조는 조정을 둘로 나눈다는 것이니 이미 권력의 추가 옮겨가고 있다는 의미였다. 과연 한 달 뒤인 756년 7월, 이형은 영무(靈武 : 지금의 닝샤후이족자치구 링우시)에 이르러 금군의 추대로 황제에 올라 연호를 지덕(至德)으로 선포했다. 익주에서 소식을 들은 현종은 어쩔 수 없이 제위를 양위하고 태상황(太上皇)으로 물러났다.

한걸음에 달려온 민양화는 구화산 일대 자신의 산지 모두를 불사에 내놓겠다 했으나 교각은 대중이 드나들기 편리한 산 아래 가까운 곳에 절터를 정했다. 불사의 전체적인 소임은 성유가 맡았고 유탕은 불상을 비롯하여 불단을 조성할 일체를 마련하기 위해 다시 남릉으로 떠났다.

소식이 알려지자 인근 마을 사람들까지 제 발로 찾아와 힘을 보태니 일은 일사천리로 되어 갔다. 나무를 베고 땅을 고르게 하여 축대를 쌓아 터를 잡고 성유의 지시에 따라 보전(寶殿)을 비롯한 몇몇 전각을 지었다.

절 앞 산마루에는 큰 바위를 우뚝하게 세우고, 뒤쪽 영마루에는 소나무와 전나무가 가지런히 울창했다. 절 마당 곳곳에는 느릅나무, 매화나무, 예장나무 등을 심어 엄숙했고 전각은 색색의 단청으로 아름답게 꾸몄다. 절 근처에는 도랑을 파고 물을 끌어들여 또 다른 수전(水田)을 개간하고 저수지를 팠다.

"산중 마을의 법당은 어떻게 할까요?"

"여전히 사람들이 살 것이니 기와를 갈고 단청을 입혀 그들의 의지처로 삼게 하는 것이 좋지 않겠느냐."

성유는 교각의 말을 받들었다.

전각이 마무리될 때쯤 유탕이 돌아왔다. 보전 법당의 불단에는 석가모니불을 중심으로 좌우에 관세음보살과 문수보살이 협시했고 뒤쪽에는 화엄경 내용을 묘사한 후불탱화가 걸리니 실로 아름답고 장엄해 성유를 비롯한 도명과 자명은 가슴이 뭉클했다.

마침내 모든 불사가 마무리되어 불상과 탱화의 점안을 앞두게 되었다. 그 모든 과정을 지켜본 민양화는 가슴이 벅찬 것을 넘어 서늘한 영기(靈氣)를 느끼며 저절로 발심이 일었다.

제갈절은 자신이 얼마나 우물 안 개구리였는지 회한의 눈물을 지었다. 신선이 될 수 있을 것이라는 기대는 사실 없었음에도 단약에 집착한 것은 결국 어리석은 미련이거나 쌓은 죄에 대한 자각을 감추기 위한 스스로의 기만이었다. 재물로 더 큰 복을 얻기를 바라는 그 욕심이 부추기는 거짓의 충동에 복종하고 의지하게 했으니 누구를 탓하기 이전에 자신의 사악함이었다. 어리석음이 죄를 더하는 그 굴레의 우물을 벗어나면 이처럼 환희 가득한 새로운 세상이 있는 것을. 손바닥만 한 하늘만 볼 수 있는 높고 높은 우물의 벽은 기껏 눈 한번 크게 뜨면 부숴트리고 뛰어넘을 수 있는 허상이었던 것을. 움켜쥐었던 것을 놓아 공이 되면 비는 것이 아니라 오히려 자유로 가득한 공이 되는 것을….

"스승님, 절이 완공되었으니 이름을 지어 편액을 걸어야 하지 않겠는지요?"

유탕의 말에 교각은 지그시 눈을 감고 한참 생각하다가 눈을 떠 붓을 들었다.

'화성사(化成寺)'. '천지만물의 생육을 이루는 부처님 보전'이니 실로 거룩한 이름이요 뜻이었다.

예법의 절차를 따라 불상과 탱화에 점안한 교각은 법회의 마지막 법문을 위해 법석에 정좌했다.

"경전에서 이르기를 '일체중생실유불성(一切衆生悉有佛性)'이라 하였소. 이는 모든 중생은 여래가 될 수 있는 불성을 지니고 있다는 뜻으로 우리 인격의 무한한 가능성을 선언하신 것이오. 다만 금은보화도 광산의 광맥에서 캐어내 갈고닦아야 보석이 될 수 있듯이 각자는 마음속 번뇌를 제거하고 부처님의 가르침에 따라 갈고닦음으로 그 불성이 제빛을 내 여래가 될 수 있는 것이오. 유념할 것은 여러분 마음속에 있는 그 불성은 항상 있고 변하지 않으니 마음 밖에서 부처를 구하려 애쓰지 말라는 것이오. 스스로의 마음법에 따라 행하면 그것이 곧 보살행이니, 그 공덕이면 능히 보살이 되고 여래가 되어 지옥에 떨어진 중생들까지 구할 수 있을 것이오.

또한 '초발심시변성정각(初發心時便成正覺)'이라 하였으니 이는 맨 처음 먹은 그 생각으로 마침내 깨달음을 이룰 수 있다는 뜻이오. 여러 대중의 주인은 여러분 자신이고 각자의 보리심을 낸 바로 지금의 그 초심을 지켜감으로써 이룰 수 있다는 것이나 언제나 흔들리는 것이 또한 마음이오. 아침에 먹은 마음이 저녁이면 흐트러지고, 크게 세운 서원도 요령이 붙고 권태로움이 생기면 흐지부지되기 십상이오. 그러니 초발심을 지켜 깨달음을 얻고 큰 뜻을 이루려면 최후심(最後心)도 함께 가져야 할 것이오. 오늘이 나의 마지막이다, 지금 일이 마지막 일이다, 이 사람을 대하는 것도 마지막이다 하는 생각이면 초심을 잃지 않을 것이오. 날마다 공부하고 깨우침에 게을리하지 말라는 것이 바로 그것이니 마음 깊이 새겨야 할 것이오."

교각의 법문에 모두가 귀를 기울였다. 누군가가 무엇을 대신해주고 저절로 되는 것이 없음을 당당히 말하니 이제껏 산천과 조상과 여기저기에 복을 빌어 구했던 일은 모두 무색해졌다. 모든 것은 스스로 행하여 얻고 쌓는 것이니 쉽지 않은 일이나 마음속에 든 불성을 일깨워 지키고 이뤄내라는 뜻이었다. 그럼 부처는 무엇이고 중들은 무엇인가 하는 의

문이 꿈틀거렸으나 법당의 장엄한 불상을 바라보면 숙연해져 다독거릴 수 있었다. 이에 합장하며 들릴 듯 말 듯 작은 소리로 어떤 명호를 외우는 사람도 있었고 불상과 교각을 향해 절을 하는 사람도 있었다.

"세상 모든 것에 불성이 있고 여러 대중 모두가 부처인 것이오. 부처의 세상에 귀천과 차별은 없소이다. 민초가 따로 있고 왕후장상이 따로 있는 것이 아니오. 여러 대중이 바로 민초이고 왕후장상인 것이오. 모두가 그러하니 서로를 존중하고 보살피는 것을 초심으로 삼으시오. 여러 대중 한 사람 한 사람의 바른 희망과 서원이 세상을 구원할 것이니 더욱 큰 마음을 품으시오. 여러 대중 모두가 보살이 되고 부처가 되어 지옥을 텅 비게 하는 것이 지장보살의 서원이오!"

교각은 주장자를 들어 바닥을 크게 세 번 내리쳤다. 사람들은 저절로 지장보살의 명호를 외우며 합장하고 절했다.

법회가 끝나자 교각은 자명에게 구족계를 내렸다.

수계를 받고 잿빛 마의 승복에 노란색 가사를 덧입은 자명의 민머리가 파르스름했다. 이전 도명이 구족계를 받던 때와 같은 예법을 따라 머리를 자르는 동안 자명은 어깨가 들썩이도록 눈물을 흘렸고 스승인 도명에게 삼배를 할 때는 기어이 울음소리를 감추지 못했다. 나이 어린 비구에게 삼배를 올리는 비구니의 모습이 대중에게는 낯설었겠으나 자명은 진심으로 감사하고 행복했다.

스물몇, 그 짧은 생을 사는 동안 참으로 많은 간난(艱難)이 있었다. 어릴 적에는 내내 배가 고팠고 이웃의 천대를 받았다. 철이 들면서는 하루도 피멍과 상처가 사라지지 않는 아버지의 고단한 신음에 눈물지었고 어머니의 거친 손마디에 마음 쓰렸다. 이대로는 사는 게 아니다. 어떻게든 사람 꼴로 살게 하자. 그렇게 세상에 몸을 던졌고 해어화(解語花)가 되었다. 황제께서 양귀비를 어여삐 여겨 말을 알아듣는 꽃이라 했다니 돈을 가진 자들은 그렇게 하룻밤 황제 흉내라도 내고 싶은지 기루의 여인을 해어화라 불렀다. 노래를 부르고 춤을 추고 웃음을 팔고 몸을 던졌다. 그들의 눈에는 화사한 꽃송이로 보였겠으나 봉오리가 꺾이는 순간마다 드는 피멍은 영원히 사라지지 않을 줄 알았다. 그렇게 시들다가 말라비틀어지면 드넓은 장강에 던져져 흔적도 남김없이 사라지리라 생각했다. 그래도 서럽지는 않으리라 했다. 꽃 한 송이 꺾여 부모와 형제가 사람으로 살 수 있다면 어차피 피지도 못하고 시들었을 한 생이 무슨 대수이랴.

이제 이전 모든 것은 사라졌다. 새 세상의 문을 들어서며 그 많은 설움의 업을 끊었으니 새 몸, 새 생명으로 공덕만 쌓아 아름다운 보살이 되리라. 가벼웠다. 날 수도 있을 듯싶었다. 기쁨이고 희망이었다. 가슴이 벅찼다. 그 환희에 어찌 눈물이 아까울까.

"서럽더냐?"

교각이 앞서 동굴을 향하며 물었다.

"기뻤습니다."

"무엇이 기쁘더냐?"

"비워져서 기뻤습니다."

"공이라… 더 비워야 할 것이다. 날마다 비워야 할 것이다."

"예, 그렇게 날마다 보살의 길만 가겠습니다."

"네 부모님과 형제들의 흐느낌은 어떻더냐?"

"아직 불심이 깊지 않으니 서럽고 슬펐을 겁니다. 여전히 부모 형제일 것이나 이제 제게는 인연이었으나 인연은 없습니다."

교각은 고개를 끄덕였다. 이미 자신을 던져 가족을 구하려 한 아이였다. 던진다는 것은 자신을 버린다는 것이니 비우는 공을 이룰 총명함도 갖춰 대기(大器)가 될 것이었다.

"불문에 눈길을 주는 여인들이 늘어나고 있다. 아이를 낳고 자식을 기르고 가정을 지켜야 하니 모두 비구니가 될 수는 없고, 그리해서도 안 될 일이다. 그러나 마음에 부처님을 품고 신심을 키우는 우바이로서 보살도를 실행하면 그들 또한 보살이 될 것이다. 우바이를 보살이라고도 칭하는 것에는 그런 뜻도 있음이다. 단청을 칠한 법당이 중생을 불자로 이끄는 징검다리이듯 너는 그들의 돌다리가 되어 잘 인도하고 구제하는 데 전력을 다하거라. 유가의 윤리가 있어 여인들이 비구와의 교류에 머뭇거리니 네 소임이 중하다."

뒤를 따르던 성유가 돌아보자 유탕은 새삼 겸연쩍어하며 어색한 웃음을 지었다.

곁을 걷던 민양화가 걸음을 멈추고 교각을 향했다.

"큰스님, 이제 저도 불문에 들려 하니 받아주십시오."

교각은 빙그레 웃었으나 도명은 조금 놀란 기색이었다.

"보아오셨지만 쉽지 않은 고단한 길입니다."

"제게는 환희의 길이 될 것입니다. 도명 스님을 스승님으로 모시고 싶습니다."

서릿발 같은 불가의 법도에서 아들이었던 도명을 스승으로 삼아 아버지가 제자가 되겠다니 다들 놀라움을 감추지 못했다. 그러나 교각은 다른 일로 고개를 저었다.

"그건 아니 될 듯싶습니다. 도명은 진작부터 소승을 따르고 있으니 유탕에게 불법을 배우시지요."

민양화는 망설임 없이 유탕을 향해 합장배례 했다.

"그럼 소승이 머물던 동굴에서 수행하시고 불법은 그 아래 법당에서 공부하십시오."

"그럼 스승님은 이제 화성사에 주석하시는 겁니까?"

성유가 묻자 교각은 또 고개를 저었다.

"화성사의 제반 소임은 네가 관장하고 유탕은 모든 예불과 법문을 주관하거라."

"스승님은 또 어디로 가시는 겁니까?"

놀란 유탕의 물음에 도명은 빙긋 웃었다.

"아니다. 이제 화성사가 세워져 많은 불자가 드나들 테니 여기도 소란을 피하기는 어려울 듯해 보아둔 곳이 있다. 멀지 않으니 염려치 말거라."

멀지 않다는 말에 모두가 마음을 놓기는 했으나 또 어떤 고행에 나서려는 것인지 안타까운 한숨도 저절로 새 나왔다.

37. 낮은 목소리

이번에는 주로 토요일 초저녁이었다. 막 해가 지고 거리에 어스름이 번지면 하나둘 조명이 켜진다. 어둠이 명멸하는 시간, 가족이든 연인이든 친구든 주말 밤을 즐기기 위해 집을 나선 사람들 마음은 대부분 설렌다. 그때 상가 주인에게 잠깐의 공연을 허락받은 잘 꾸며진 쇼윈도 앞에서 첼로를 꺼냈다. 생각지도 않았던 효명의 등장에 사람들은 환호하며 모여들고 두 곡의 첼로 연주에 이어 '바람처럼'을 노래한 뒤 '낮은 목소리로'를 연주했다. 사람들은 아직 마지막 곡이 효명의 두 번째 곡이라는 걸 알지 못한 채 귀를 기울이고 반응했다. 20여 분에 이르는 공연이 끝나면 곧바로 현장을 떠나니 사람들은 아쉬워하며 '번개공연'이라 이름을 붙이기도 했다.

"이제 그만해도 되는 거 아니야?"

자동차를 에워싸기도 하는 여고생 무리에서 겨우 벗어나 안전하게 속도를 높일 수 있게 되자 동희는 비로소 안도하는 숨을 내쉬며 긴장을 늦췄다.

"힘들게 해서 미안."

"다른 건 다 괜찮은데 공연 장소 떠날 때마다 사고 날까 봐 조마조마해서 심장이 쪼그라드는 느낌이다."

"알아. 그래도 이삼 주만 더 하자."

"왜? 다들 괜찮아하잖아. 그럼 되는 거 아니야?"

"앞에 두 곡 연주는 매번 바꾸지만 뒤에는 같은 노래이고 곡인데 마지막이 신곡인가 하는 의문도 아직 없어. 더군다나 '낮은 목소리로'는 내가 매일 조금씩 변화를 주는 데도 알아채지 못해."

"그게 뭐?"

"사람들은 그저 나를 듣는 거야, 무조건 좋아라는 선입견으로. 인기는 거품 같은 거잖아. 그 환상에 젖어 곡의 생명력을 소홀히 하면 내가 전하려는 메시지는 금방 잊혀질 거야. 그럼 나는 그냥 가수일 뿐인 게 되는 거고."

"그렇네. 이제 어디로 모실까요?"

동희는 여전히 밝고 통통 튀었지만, 점점 부드러워지고 있었다. 하지만 효명은 미처 느끼지 못했다.

"오늘은 그만 들어가자. 아저씨 또 곤욕을 치르고 계시겠다."

그랬다. 효명이 다시 거리 공연을 시작하자 때로는 실시간으로, 늦어도 10여 분 뒤면 벌써 SNS를 통해 동영상이 퍼졌다. 그런 세상임에도 사전에 아무런 예고가 없으니 소위 '물 먹는' 건 대중매체였고 기자들은 형일에게 전화해 다음 공연 장소와 시간이라도 알려달라고 아우성이었다. 하지만 거리를 지나다가 맞춤한 장소다 싶으면 즉석에서 효명이 결정하니 동행하지 않으면 형일도 알 수 없는 노릇이었다. 그래도 기자들의 원성은 수그러들지 않았으나 다행히 동영상에 따라붙는 댓글이 호평 일색이니 매체도 대놓고 효명을 비판하지는 않고 있었다.

형일이 거리 공연에 따라나서지 않는 건 워낙 동영상이 흔한 세상이니 따로 촬영할 필요가 없기도 했지만 박준동의 죽음에 따른 마음의 번잡함 때문이었다. 하동까지 내려가 상훈과 유스티노를 만났지만 그들 역시 난감한 한숨만 내쉴 뿐 뭐라 결정을 내려주지는 못했다.

생모보다 더 못한, 어쩌면 아무것도 아닌 존재로 치부할 수 있는 생부와의 끈이었지만 문제는 그가 죽었다는, 그것도 자신의 선택이라는 사실이었다. 외부에는 아무런 여지도 남기지 않았지만 그게 효명을 위한 선택이었다는 짐작은 이제 형일에게 확신이 되었다.

효명이 자신의 존재조차 모르기를 바라는 박준동의 마음은 진심이었음이 죽음으로 확인된 셈이었다. 그러니 그의 뜻을 따르는 것이 맞는 일일 수 있었다. 하지만 그토록 처절하게 여지를 남기지 않은 건 책임이기도 하겠지만 다른 가족에 대한 깊은 마음과 다르지 않은 것이기도 할 터였다. 형일은 '이렇게 진짜 벌을 받네'라던 그의 말이 자꾸 생생하게 떠

올라 마음을 닫지 못하고 있는 것이었다.

한 사내로서 그를 추모할 뜻은 없었다. 그러나 아버지, 더구나 효명의 아버지로서는 추모하지 않을 수 없는 게 형일의 마음이었다. 그렇더라도 인연의 고통을 굳이 효명이 또 겪는 건 너무 가여운 일이 아닌가 하면서도 '아버지'라는 말을 입에 올리지 못한 채 살아왔고 그 무게도 가늠할 수 없는 삶 또한 가여운 것이 아닌가 하는 생각도 들었다. 다른 이라면 이도 저도 다 모른 채 그냥 살아라 하고 싶지만 효명이 아닌가, 다른 누구도 아닌 효명….

봉안당도 남달랐다. 중앙 로비 천장의 채광창으로 들어온 햇볕이 가장 오랜 시간 비치는 곳을 다른 이들보다 네 배나 크게 차지해서 두 배는 커 보이는 유골함을 안치했다. 날마다 누가 찾아오는 것인지 관리소에 부탁해서 매일 갈아두는 것인지 알 수 없지만 생기가 반짝이는 꽃들도 수북했다. 그렇게 화려한 치장 가운데 박준동의 영정이 지나치게 유별나다고 형일은 생각했다.

촬영한 지 10년은 될 것 같은 젊은 모습에 소위 얼짱 각도로 옆으로 살짝 비켜 찍은 얼굴은 번듯한 생김새를 더욱 뽐내게 해 형일은 하마터면 실소를 지을 뻔했다. 무엇보다 환하게 미소 짓는 그의 얼굴 어디에도 범죄나 악의 흔적은 보이지 않는 천진한 모습이어서 형일은 당황스럽기까지 했다. 그의 본래 모습인지 쌓아온 죄의 무게를 가리기 위한 억지 미소인지는 모르겠으나 그 밝은 표정만은 누구도 의심하지 못할 것이었다. 남다른 납골함도 평소 그가 원했다 하더라도 마지막에 그걸 거두라는 것까지는 미처 생각할 수 없었을 테니 가족보다 검은 양복의 사내들이 더 설쳤을 것으로 짐작되었다.

형일은 효명에게 자신의 느낌이나 감정은 철저히 배제한 채 본 그대로를 건조하게 전하고 결정을 기다렸다. 효명은 오래지 않아 봉안당을 찾아보겠다고 했고 오는 내내 차창 밖만 내다봤다.

낯설지만 낯설지 않을 수도 있는 그 기이한 첫 만남에 효명은 한참을 무표정인 채로 영정에 시선을 고정했다가 한 방울 눈물도 비치지 않고 말없이 돌아섰다. 그러나 쓸쓸하고 모호한 표정은 남다른 감회일 테니 형일은 뭐라 말을 붙일 수 없었다.

집이 거의 가까워져서야 형일은 말을 건넸다.

"괜찮아?"

"예, 아버지라는 인연이 참 무겁네요."

형일은 처음으로 듣는 아버지라는 말에 용기를 냈다.

"효명아, 내가 그동안 두어 번 우리 효명이라는 말을 했는데 넌 아무런 느낌이 없는 것 같더라?"

효명은 어리둥절한 눈빛으로 되물었다.

"그런 적이 있었어요?"

"네게 가족이라는 의식이 없어서 그랬을 수도 있을 테지. 그런데 이제 방금 네 입으로 아버지라는 말도 담았으니 나에 대한 호칭도 좀 바꾸면 어떨까? 우리가 함께한 지 벌써 몇 년이고 나한테 모든 걸 맡겨두고도 여태 아저씨라니 서운하기보다 뭔가 어색한 느낌이 자꾸 들어서."

"그래도 아버님은 좀…."

생각하고 있었던 듯 대답이 너무 빨라 형일은 놀라웠다.

"그래, 아버님은 동희가 떠오를 수 있지. 그러니 동희처럼 아빠, 아니면 아버지라 부르면 어떨까? 이미 우린 가족이기도 하지만 난 네게 선물이 될 수 있겠다는 마음이야."

"생각해볼게요."

또 너무 선선한 대답이라 형일은 더 이야기를 잇지 못했다. 그러나 효명은 다시 별채 문을 걸어 잠갔다.

또 난리를 치는 동희 때문에 형일은 두 사람을 불러 앉혀 박준동에 관한 일을 모두 들려줬다. 예원은 안타까운 눈물을 비췄고 동희는 슬며시 제 방으로 들어갔다가 저녁 무렵 나올 때는 두 눈이 퉁퉁 부어 있었다.

이틀 만에 다시 별채 문이 열리고 효명이 현관에 들어섰다.

"동희야, 가사 다 됐어?"

아무 일도 없었던 듯 평소 얼굴 그대로니 조심스러워 '어서 와'라는 인사도 못 꺼낸 식구들이 오히려 허둥거렸다. 역시 동희가 재빨랐다.

"당근이지. 근데 너 너무 많이 지적하면 나 삐친다."

"삐치면 다행이지. 난 두들겨 맞을까 봐 겁난다."

"좋았어, 그런 마음가짐!"

모두가 유쾌한 웃음을 짓게 하고 제 방을 들어갔다 나온 동희는 쭈뼛거리며 가사 적힌 종이를 내밀었다.

효명은 입속으로 노랫말을 우물거리기도 하고 손끝으로 무릎을 가볍게 두드려 박자를 셈하기도 하며 한참 동안 가사를 들여다봤다. 동희에게서 마른침 삼키는 소리가 들릴 때 효명은 고개를 들었다.

"좋네, 이대로 가자."

"뭐? 정말?"

동희는 펄쩍 뛸 듯 기뻐했다.

"응, '낮은 목소리로' 작사자는 김동희 너야. 네 이름으로 발표하자."

"야, 뭐 그렇게까지. 난 네가 쓴 거 보고 조금 고치며 몇 줄 바꾼 것뿐인데."

"끝을 내지 못하면 시작은 의미가 없어. 네가 마무리했으니 네가 쓴 노랫말이 맞아."

동희의 얼굴이 드물게 부끄러운 빛으로 발그스름해지자 형일과 예원은 짓궂게 놀리기까지 했다.

"일주일 정도 연습하면 될 것 같아요. 그때쯤으로 녹음 날짜 잡아주세요, 아버님."

다른 세 사람은 모두 휘둥그레진 눈으로 서로를 바라봤다. 그러자고 권한 형일도 놀랐으니 예원이나 동희는 말할 것도 없었다.

"야, 야, 너…."

더듬거리며 말을 잇지 못하는 동희를 향해 효명은 멋쩍은 웃음을 지었다.

"생각해보니 다른 애들은 친구 아버지에게 아버님이라고 부르는 것 같더라, 그래서."

"그럼 넌 여태 친구 아버지도 본 적이 없었어?"

"그러게. 어떻게 하다 보니 친구 집을 가본 적이 없더라고."

"칫, 친구는 있고?"

효명은 대답 대신 어깨를 으쓱해 보였다.

내내 아빠나 아버지는 자신과 상관없는 이름이라고 생각했다. 하지만 아니었던 모양이다. 의식하지 못한 채 마음속 깊이 숨겨두었던 것은 두려움이었다. 그리움이 그처럼 두려웠던 것은 처음부터 자신에게는 없는 것이기에, 기다릴 수 없어 그리워도 할 수 없으니 슬픔보다 무서워 지우려 했던 모양이다. 더구나 낳아줬다는 사람의 그 기막힌 행태에 인연의 다른 끈마저 모두 끊으려는 마음이었다. 그런데 그는 볼 수 없는 끈이었음에도 그마저 스스로 끊어 자유를 주려 했다. 책임감이었나 하는 생각도 들었다. 책임감이었다면 돌아보지 않으면 될 것이니 목숨까지 끊지는 않았을 것이다. 사랑이었을까…. 그렇다 하더라도 그도 사랑은 생각하지 않았을 듯싶었다. 어떤 마음이었든 이제 효명은 그립지 않을 것 같았고, 되돌아보지도 않을 것 같았다. 무엇보다 이제 두렵지 않으니 가벼워졌고 바람이 될 수 있을 것 같았다.

강신효 대표는 약속 시각에 정확히 맞춰 사무실에 들어섰다. 그가 원한 방문이었다.

"우리 효명 군 신곡 준비 끝났다고?"

"예, 이번 주말에 녹음합니다."

"좋네. 그럼 이제 정신없이 바빠지는 건가?"

"그렇게까지는 아닐 겁니다. 우리 효명이 자기 관리에 더 엄하니까요."

"우리 효명이? 그거 듣기 좋네."

"그렇죠? 허허. 그런데 어떻게 시간을 정확히 맞추셨습니다."

"바로 아래층에서 오는 거니 정확할 수밖에."

"아래층에 들를 일이 있었습니까?"

"며칠 좀 수선스럽지 않았나? 빈 사무실이 나왔다기에 얼른 계약하고 이런저런 집기들도 들이라고 시켜둔 터라 일찍 와서 둘러봤지."

"아니, 벌써 그렇게까지…."

강신효의 발 빠른 조처에 형일은 효명의 눈치를 살폈다.

"아, 그리 신경 쓸 거 없어요. 사무실이 나왔다기에 계약한 거니까. 그리고 석변."

형일을 향해 이야기하던 그가 효명에게 눈길을 돌렸다.

"자넨 요즘 사회적 쟁점이 되고 있는 갑질에 대해서 어떻게 생각하나?"

"진작 논의돼야 했을 문제인데 많이 늦었다는 생각입니다."

효명의 여지없는 대답에 강신효는 흐뭇하다는 듯 고개를 끄덕였다.

"내가 자네와 이야기를 나눈 뒤부터 의욕이 생겨서 별 관심 두지 않던 신문을 다시 꼼꼼히 읽기 시작했어요. 갑질이라는 그거, 참 사회 전반에 번져 있더군. 먼저 되돌아봤지. 과연 나는 그런 적이 없었나 하고. 검사 시절 피의자 중에 나이 어린 사람에게는 더러 사적 충고를 하며 반말을 했지. 그렇지만 검사와 피의자 신분으로 마주하면 아무리 어려도 존대를 했어요. 그만큼 조심하려 한 거지. 그런데 다른 직원, 특히 내 소속 수사관이나 실무관에게도 그랬던가 생각해보니 자신이 없는 거야. 업무니까 질책할 일도 있었겠지. 그때 별생각 없이 내뱉은 반말, 짜증, 혹은 고함이 그들에게는 얼마나 모멸감이 되고 상처로 남았을까 생각하니 새삼 부끄럽더군. 문제는 그런 정도를 뛰어넘는 일들이 사회 전반에서 불거지기 시작했다는 것은 감정과 모멸을 넘어서 어떤 근원이 된 게 아닌가 싶은 걸세."

말을 멈춘 그의 눈길을 받은 효명이 조심스레 입술을 뗐다.

"감히 말씀드리자면 희망을 포기하게 하는 첫 번째 단초가 아닐까 싶습니다."

"그렇지, 내 생각도 다르지 않네. 한두 곳에서, 어쩌다 일어나는 일이면 개인의 문제라 할 수 있겠지. 그러나 그게 사회 전반이라면 희망을 포기할 수밖에 없을 듯싶어. 어디에서도 내가 나로서 바로 설 수 없고, 한 사람으로서 존재하며 인정받고 존중받을 수 없다면 희망을 품을 수 없는 게 당연한 노릇이지. 참 넓게도 퍼져 있고 행태도 너무 저급하고 치졸하더군. 작은 영업장에서부터 무슨 금고, 무슨 회사…. 그런데 자세히 살펴보니 대부분 규모가 작은 곳이야. 비하하는 것은 아니니 오해는 말고 들어보게. 그나마 대기업이나 공무원 사회의 중앙 부처 같은 곳은 확실히 덜해. 사람들의 교양도 그만하겠지만 불이익의 두려움을 아니까. 물론 대학 같은 곳에서도 횡행한다니 일반화할 것도 아니지만 일터에서 생살여탈권이 한 개인에게 있을 때는 더욱 흔한 듯싶어. 결국 대부분 사람은 그런 낮은 곳에서부터 시작하는데 그 지경이니 희망이 없다는 절규에 할 말이 없게 되더구먼."

"그럼에도 그 다양한 행태는 일일이 법으로 보호해주기도 어려울 정도이니 참 답답한 일입니다."

"그렇네. 모욕, 명예훼손, 직권남용 따위의 형사법이 있기는 하지만 그게 과연 큰 실효를 거두고 경종이 되겠는가. 민사법의 보상을 청구하는 방법도 있겠지만 그 또한 쥐꼬리만 하니 가진 이들로서는 코웃음 칠 정도이고. 오히려 형사건 민사건 법 절차가 진행되는 동안 가해자 대부분은 돈이든 무엇이든 가진 이들이니 변호사를 기용해 조롱하듯 시간을 끌고, 피해를 본 사람들은 거기에 또 한번 지치고 절망하게 되니 말일세. 더구나 우리 법원은 징벌적 보상에 아주 인색하니 뭔가 특별한 방법으로 길을 찾아야 해."

"특별법 제정 같은 걸 말씀하십니까?"

형일의 물음에 강신효는 고개를 저었다.

"김 대표는 법률사무소를 염두에 두니 벌써 돈 벌 궁리부터 하는 모양이오."

"예? 제가 그럴 리가요. 무슨 말씀입니까?"

"우리나라 사람들은 무슨 일만 생기면 특별법이니 뭐니 법 제정에 목소리를 높이는데 원래 법은 단순하고 적을수록 살기에 좋은 거요. 법이 많으면 많을수록 결국 자신의 발목을 잡고 목을 죈다는 건 왜 생각하지 않는지, 원. 물론 좋은 사람들이 있지, 변호사들 말이오. 허허허."

강신효의 농이었음을 알아들은 형일은 고개를 끄덕였다.

"저는 광고 일을 하느라 다방면의 사람을 만날 수 있었는데 일터뿐만 아니라 사회 전반이 그런 것 같았습니다. 특히 지방으로 내려가면 의식하지도 못하게 일상화되어 있는 모양입니다. 인구가 적으니 대부분 안면이 있는 데다 한 다리만 걸치면 이리저리 엮이니 부당한 요구에도 감히 뭐라 대응할 수 없고, 대꾸라도 할라치면 고함이 터지니 눈물을 삭일 수밖에 없는 구조인 거죠. 그럼 억누른 사람은 그게 자신의 권위인 양 되짚어 생각할 여지는 더욱 없고, 그렇게 일상이 되니 떠나게 되고 어쩔 수 없이 남은 사람들은 어느새 익숙해져 반복하게 되는 무의식의 지속으로 말입니다. 아마 지방 소멸화의 우려에는 그도 한 원인이 될 겁니다."

"나이가 들수록 너그러워지고 내려놓아야 하는 건데, 꼰대 소리가 달리 나오겠나. 소홀히 들어 넘길 말이 아닌 젊은이들의 절규인데 그걸 우스개쯤으로 여기니 세대 갈등은 더욱 깊어지고 희망은 사그라드는 거지, 쯧쯧…. 이보게 석변. 어떤가, 사회적 갑질의 표본을 찾아 그걸 로펌 첫 사건으로 하면 어떻겠나? 민사든 형사든."

효명은 고민하는 눈빛인 채 선뜻 답하지 않았다.

"그래, 내가 자넬 이용하려는 걸세. 사실 아주 중대한 문제임에도 사건 자체가 왜소하니 어지간해서는 주목받지 못하고, 또 금방 묻혀버리는 것이 여태까지의 현실이었으니 근본적으로는 아무런 변화도 얻지 못하는 게 아닌가. 하지만 자네라면 다를 걸세. 이미 자네의 노래나 몇 번의 강연으로 사람들은 자네를 특별히 주목하고 있지 않은가. 그런 자네가 법률사무소를 열어 나선다면 수임료가 의미 없다는 것은 세상이 다 알 테니 희망을 위해 나선 것이구나, 언론부터 주목하지 않겠나. 특히 자네에게 기대하는 청년들을 중심으로 공론화된다면 많은 것이 달라질 수 있을 듯싶네. 법정에서의 자네 변론은 한마디 한마디가 주목받을 것이고, 그렇게 여론이 더욱 달아오르면 분명 법원도 달라질 수 있을 거라 믿네. 일단 한 번의 파격적인 판결을 끌어내면 아무리 견고한 벽이라도 균열이 생길 것이고, 난 그렇게 희망의 불씨를 되살리는 게 자네 본래의 의도와도 일치한다고 믿기에 감히 이용하겠다고 털어놓는 것이고. 어떤가?"

효명은 두 손을 모아 자세를 바로 하며 대답했다.

"예, 변호사회에 등록하겠습니다."

강신효가 벌떡 일어나 한 손을 내밀어 효명에게 악수를 청했다.

"됐네. 고맙네, 정말 고마워. 하하하!"

강신효는 눈자위까지 벌게져 악수한 효명의 손을 연신 위아래로 흔들며 흔쾌한 미소를 지었다. 다시 자리에 앉은 강신효는 안도감에 조금 기운이 빠진 듯했지만 형일을 향해 말을 이었다.

"내가 그래도 법정을 믿는 건 거기서는 누구도 고함치지 않기 때문일세. 검사는 고함으로 논고하지 않고 변호사도 조용한 목소리로 변론하지. 어떻든가, 거리를 나가보면 어찌 그처럼 소리치는 사람들이 많은지. 저마다 사연이 있고 사정은 있겠지. 오죽 절박하면 저럴까 싶기도 하고. 그렇지만 요란한 고함에는 당최 귀를 기울일 수가 없잖은가. 귀가 따갑고 정신이 어질어질할 정도니 우선 피해야지 뭘 듣겠나. 눈살까지 찌푸려지면 그건 무소용이고 외려 반발심을 일게 하지. 고함에는 진정성보다 선동이 더 많이 담긴 것 같은 의심이 생기지. 어쩌면 사실이 그럴지도 모르고. 법정에서도 고함치는 사람은 감추는 게 많은 경우가 대부분인 듯싶더군. 진정은 조용한 음성으로 설득하는 게 아닌가. 하물며 부모가 자식을 혼내도 소리치면 이미 자신의 감정이 담긴 것이라 하지 않던가. 조곤조곤, 조용히 말하면 참된 반성의 눈물을 빼게 하지. 범죄에서의 협박도 조용한 목소리가 더 두려운 법이거든."

"이번 효명이 신곡이 '낮은 목소리로'입니다."

형일의 말에 강신효는 반색했다.

"그런가? 역시 우리 석변일세. 파급 효과가 크겠는걸, 허허허."

효명은 길거리 집회 현장을 볼 때마다 그런 생각을 했다. 저들의 아우성이 아무리 처절한 사연으로 절박하다 해도 귀를 틀어막게 하는 확성기 음악과 지나가는 내게도 적의를 품은 듯한 저 살벌한 고함에 누가 얼마나 귀 기울이고 동의할까. 게다가 같은 복장을 하고서도 주변에 퍼져 앉아 버젓이 술판까지 벌이는 이들을 보면 아하, 저건 거짓이구나, 위악이구나, 선동이구나 하는 생각은 누구라도 하게 될 터였다.

차라리 침묵하지. 1시간이든, 몇 시간이든, 하룻저녁이든, 몇 날이든, 자신의 처지와 원하는 바를 짧은 두어 줄로 축약해 펼쳐놓고 아무 말 없이 앉아만 있다면. 어쩌면 지나가던 이들도 잠시나마 침묵의 시위에 동참하며 응원할 수 있고, 그런 고요가 적막이 되면 참으로 두렵고 무서울 텐데. 그런 수백 명의 침묵은 수만 명의 고함과 행진보다 훨씬 더 아픔과 분노를 진실하게 할 텐데….

38. 황제의 금인

지덕 2년(757년), 안녹산이 아들 안경서에 의해 죽임을 당하자 반란의 기세는 수그러들어 그해 9월 숙종은 장안으로 돌아올 수 있었다. 그사이 구화산 일대에서 교각이 불법을 펼치면서 행한 유민 구제와 장강 이남 여러 현의 주민들이 불가에 귀의한 일 등에 관한 상주(上奏)가 있었다. 분명 크게 치하할 행적이기는 하였으나 조정 대신 중에는 다른 의견을 내는 이도 있었다. 천하 만민이 평등하다는 불교 사상은 애초 불순하여 당장은 반란의 무리를 진압하지 못해 어찌할 수 없다 해도 장차 위험할 수도 있으니 묵인하며 지켜볼 일이지 치하는 불가하다는 것이었다.

일리는 있었다. 그러나 지금 천하의 형세는 숙종이 제위에 올라 장안과 낙양을 회복하고 태상황제 현종도 귀환길에 올랐으나 하동과 하북은 여전히 반란군의 기세가 등등하여 쉽사리 낙관하여 안심할 상황이 아니었다. 게다가 회하와 장강 이남 방어를 위해 동생인 영왕(永王) 린(璘)을 강남절도사로 제수해 내려보냈으니 민심이 그를 선택한다면 여차 천하 삼분이 될 수도 있었다.

황자라면 누구라도 재위에 욕심이 있는 데다 영왕은 총명했다. 숙종은 황태자의 지위로 제위에 오르기는 했으나 난으로 인한 분조 과정에서 스스로 황제를 선포하고 연호를 정해 파천한 황제가 어쩔 수 없이 옥새를 내놓고 태상황제로 물러난 것이니 정당성의 흠결을 아주 부인할 수도 없는 노릇이었다. 한쪽은 반란군이지만 영왕의 입지는 달랐다. 숙종은 교각이라는 승려의 행적을 치하하여 그에게 민심이 흘러 모이지 않도록 하는 게 유리하다고 판단했다.

"그에게 지장이생보인을 내려라!"

황제의 명이었다. 이로써 교각은 국법조차 함부로 할 수 없는 황실에 버금가는 지위를 얻은 것이니 불법을 펼치는 데 아무런 제한도 받지 않게 된 것이다.

구화산 동쪽 한 봉우리에 깎아지른 암벽이 정상을 이루었고 가운데에 부처와 보살이 나란히 선 듯 기이한 형상의 바위 두 개가 형형했다. 그 바위 아래 평평한 암석이 제법 너른 바닥을 이루니 그곳을 후세 사람들은 '고배경대(古拜經臺)'라 일렀다.

화성사의 편액이 걸린 뒤로 교각은 고배경대를 수행처로 삼았다. 이에 도명은 보살 형상의 바위 아래에 작은 초막을 지어 시봉했고 선청은 여전히 교각의 곁을 잠시도 떠나지 않았다.

산 아래 화성사에서 고배경대까지는 만만찮은 거리에 길도 가팔랐다. 성유는 그 길을 한달음에 올라온 듯 12월 찬 기운에도 땀을 뻘뻘 흘렸다.

"스승님! 스승님!"

벌써 저 아래쪽에서부터 들려오던 고함이 가까이에서는 더욱 쩡쩡했다.

"신중하지 못하고 무슨 경망이냐!"

교각의 질책에도 성유는 싱글벙글 들뜬 기색을 감추지 못했고 마중한 도명은 빙그레 웃었다.

"스, 스승님, 그게, 그게 아니라…."

흥분해서인지 숨이 차서인지 말을 제대로 잇지 못하는 성유의 모습에 교각도 웃음을 지었다.

"아니고 뭐고 숨이나 고르고 말해라. 왜, 오다가 호랑이라도 만났더냐?"

"아유, 그게 아니라 스승님. 황제께서 스승님께 금인을 내렸습니다."

황제의 금인이라는 소리에 도명도 눈이 휘둥그레졌으나 교각은 무슨 소리인지 모르겠다는 듯 의아한 표정이었다.

"새 황제께서 스승님의 공덕을 들으시고 지장이생보인이라는 금인을 내리라 명했답니다. 조금 전 태수가 직접 받들어 화성사에 가져왔는데 크기가 사방 다섯 치(12센티미터) 정방형에 무게는 일곱 근(4.5킬로그램)이나 됩니다. 금과 구리를 섞어 만들었다는데 무엇보다 손잡이의 용 머리가 근사합니다. 마치 황제의 현신 같습니다."

"그래서?"

"가보셔야지요."

"금인이 왔으면 화성사에 보관하고, 보는 거야 나중에 내려갈 일이 있으면 그때 보면 될 거 아니냐."

"그래도 태수와 현령이 기다리고 있는데 가보시는 게 좋지 않겠습니까?"

잠시 생각한 교각은 도명에게 말했다.

"자, 우리는 십왕봉이나 둘러보자꾸나."

교각이 걸음을 내딛자 선청을 이어 도명은 합장해 성유에게 인사하며 웃음 지어 보이고 뒤를 따랐다. 성유는 잠깐 난처한 기색이었으나 이내 고개를 끄덕였다. 스승님은 이미 십왕봉으로 향했으니 고배경대에 계시지 않아 만나 뵙지 못한 것이었다.

'지장이생보인(地藏利生寶印)', '김교각이 지장으로 널리 중생을 이롭게 한다'는 뜻을 담은 황제의 보인은 엄청난 파급 효과를 일으켰다. 태수와 현령을 비롯하여 인근 주민 대부분이 불가에 귀의해 화성사의 신도가 되었고 강남의 여러 현인이 찾아와 교각을 알현하고 말씀을 듣고자 했다. 그러나 교각은 고배경대에서 내려오지 않아 언제나 성유가 그들을 맞아 유탕의 법문을 듣는 것으로 대신했으니 목마름이 컸다.

곧 강서(江西) 지역 사람들까지 찾아와 비단과 금전을 희사하고 덕을 베풀기를 빌었고, 다른 여러 고을의 호족과 부호들이 화성사에 예배하고 땅을 사 희사했다. 그런 여러 인사 중에는 당대의 시성(詩聖)으로 불린 이도 있었다.

이백. 자는 태백(太白)이요 호는 청련거사(青蓮居士)로 열한 살 아래인 두보(杜甫)와 함께 훗날 중국 최고 시인으로 추앙받으며 시선(詩仙)으로도 불리게 되는 이다. 아버지는 서역과 거래하는 호상(胡商)으로 본래 집안은 감숙성 롱서(隴西)였으나 촉 땅 창명(彰明)에서 태어난 것으로 알려진다. 어려서부터 문무에 출중했고 도가에 깊이 심취했다. 두보를 비롯하여 맹호연(孟浩然), 원단구(元丹邱) 등 당대 시인들과 교류가 깊었고 대륙 여러 곳을 유랑하며 수많은 시를 지었다.

742년 43세의 나이로 현종의 부름을 받아 한림공봉(翰林供奉)이라는 관직을 제수받았다. 그러나 자신의 정치적 포부는 실현할 수 없었고 현종과 양귀비를 위한 시를 지어 받치는 게 고작이었다. 결국 예부시랑(禮部侍郎) 등을 지낸 하지장(賀知章) 등과 어울려 '취중팔선'이라 불릴 정도로 술에 빠져 방약무인하다가 환관 고력사(高力士)에 의해 쫓겨나 또다시 유랑했다.

안녹산의 난이 일어나던 해 55세의 그는 선성에 머물고 있었다. 강남절도사에 제수되어 반란군 무리를 치러 동쪽으로 향하던 영왕의 발탁으로 막료가 되었으나 그가 황제로 등극한 형인 숙종과 대립하다 패하게 되자 심양(尋陽: 현재의 장시성 장현江縣)의 옥중에 갇혔다가 야랑(夜郎: 현재의 구이저우성)으로 유배되어 가던 도중에 반란군 토벌에 공을 세운 곽자의(郭子儀)의 구명으로 사면되었다. 오랜 방랑과 술에 젖은 삶인데다 옥고까지 치러 나이에 비해 쇠약해진 그는 남릉과 선성 언저리를 배회했다.

"스승님, 유탕입니다."

오늘도 고배경대에서 가부좌를 틀고 선정에 든 교각을 깨우는 목소리였다.

"네가 어쩐 일이냐?"

유탕은 기쁘고 들뜬 기색이 완연했다.

"화성사에 이백이 와 있습니다. 스승님 뵙기를 청합니다."

"이백? 그가 누구냐?"

"시성으로도 불리는 명망 높은 시인입니다."

"그런 이가 나를 왜?"

천하의 이백이라도 교각은 알지 못하니 유탕은 난처했다.

"말씀을 듣고자 합니다."

"네가 이렇게 온 걸 보니 대단한 시인이기는 한 모양이구나. 불자더냐?"

"일찍부터 도가에 심취한 것으로 들었습니다."

"도가에 심취하고 시로 유명하다니 유랑과 술에 익숙하겠구나?"

유탕은 마치 제가 방탕한 듯 민망하여 답을 하지 못했다.

"시성이라 불리는 문재(文才)라면 출사도 했을 테지. 뜻을 펼치지 못하는 현실에 울분하여 술에 기대며 주유천하했을 테고. 그런 이들에게는 도가의 신선이 이상향이 될 수 있겠지만 불문은 오직 자신의 수행과 중생의 구제만 있지 않느냐. 그처럼 다른 이들이 마주 앉아 무슨 할 말이 있겠느냐."

유탕을 뒤따랐던 듯 뒤늦게 어린아이가 밭은 숨을 색색거리며 올라왔다. 교각은 눈빛으로 누구인지 물었다.

"아, 예. 화성사 아랫마을에 사는 여덟 살 먹은 고아입니다. 이름은 석이라는데 맡아 보살피는 이가 없어 저희가 거두었습니다."

그새 예법을 익혔는지 아이는 교각에게 합장배례 했다. 파르스름한 민머리가 서글픔을 일게 해 교각은 아이의 손을 끌어 옆에 앉혔다.

"머리는 왜 깎아주었느냐?"

"더벅머리가 성가신지 깎아달라고 하기에 그리했습니다."

교각은 아이의 민머리를 새삼 어루만지며 따뜻하고 정겨운 눈빛을 보였다.

"넌 절에서 뭘 하고 지내느냐?"

"유탕 스님에게 글을 배우고 자명 스님은 그림을 가르쳐주십니다."

아이가 제법 또박또박 대답했다.

"무엇이 제일 재미있더냐?"

"그림 그리는 것이 좋습니다."

"그렇구나. 올라오는데 힘들지 않더냐?"

"괜찮습니다. 그런데 스님, 저 여기서 며칠 있어도 됩니까?"

말하며 아이는 도명에게 눈길을 보냈다.

"허허, 도명이 너와 함께 지내고 싶은 모양이구나. 그렇게 하려무나."

아이는 기쁜 듯 팔짝 일어나 선청을 쓰다듬은 뒤 도명에게 가 합장하고 허리를 굽혔다. 도명도 환하게 웃으며 아이의 머리를 쓰다듬었다.

유탕은 자신의 모자람을 새삼 느꼈다. 이백이 찾아와 이름을 밝혔을 때 마음속으로 얼마나 들뜨고 영광스럽다는 생각까지 하지 않았는가. 불문에 몸을 담고서도 여전히 세속의 명성에 들떠 스승님에게 자랑스러운 듯 말했으니. 한 생의 영광은 아무리 빛나도 결국은 사그라드는 순간의 섬광 같은 것을. 설령 청사에 길이 이름이 남아 후세의 교훈이 된다 해도 그 또한 명성에 기댄 추종이거나 영욕에 따른 나눔에서는 허명이 되기 십상인 것을. 천진한 아이의 모습에 거두지 못하던 스승님의 정겨운 눈빛은 또 다른 가르침일 것이었다.

"승속이 다르다 하십니다."

유탕은 이백에게 그렇게만 전했다.

이백은 하룻밤을 더 묵으며 깊은 생각에 잠겼다. 승속이 다르다 하셨다지만 그것은 처음부터 나뉜 것이 아니라 길이 달랐다는 가르침일 것이다. 재주를 믿고 포부를 품었다지만 결국은 세상을 희롱하여 좌절의 울분을 삭인 것이고, 기회가 오면 또 기대를 품었던 그 마음은 과연 세상을 향한 대의의 포부이고 희생이었을까. 눈을 감고 병든 몸뚱이를 채찍 삼아 고요히 되돌아보니 비로소 허당의 길 위에서 제멋에 겨워 눈을 감은 채 허우적거린 낯 뜨거운 버둥거림일 뿐이었으니 참으로 오욕의 회한이 깊었다.

새벽, 그가 떠난 방 안에는 교각을 지장보살로 보는 시 한 수가 남아 있었다.

'석가모니 열반하니 일월이 부서져 내리는데/
오직 부처님 크고 밝아 생사의 눈을 녹이네/
보살의 자비력에 의탁하여 무량한 고통을 구제하네/
홀로 광겁의 윤회에서 나와 생사의 강을 건너니/
지장보살이 되고 미래의 부처가 될 것이네'

이백은 그 후 당도(當塗: 안후이성 소재)의 친척 이양빙(李陽氷)에게 병든 몸을 의지하다 향년 61세를 일기로 세상을 떠났다. 그의 죽음에 대해 술에 취해 강물에 비친 달을 잡으려 물속으로 뛰어들었다는 등의 이설도 전해진다. 여전히 대붕의 꿈을 놓지 않으려는 허망을 그렇게 전설로라도 남겨 의지하려는 뜻이겠지만 과연 그가 원하는 바였을까….

성유는 막 화성사로 들어서는 두 사람을 연신 고개를 갸웃거리며 뚫어져라 바라봤다. 분명 낯이 익은데 선뜻 떠오르지 않더니 얼핏 그분들인가 생각이 들었지만 고개를 가로저었다. 말이 되는 생각인가. 그럴 리가… 하지만 점점 가까이 다가올수록 분명 그분들이다 싶으니 눈자위가 뜨거워졌다.

놀라운 눈빛으로 연신 사방을 두리번거리며 걸음을 내딛던 그들도 법당 앞에 우뚝 서서 자신들에게 눈길을 주고 있는 한 승려를 보더니 멈칫했다. 설마….

"중신 서방님, 영신 도련님…?"

성유가 조심스럽게 입술을 떼자 두 사람은 화들짝 놀라며 소리쳤다.

"자네, 후, 후봉이!"

더는 말이 필요 없었다. 성유는 구르듯이 계단을 달려 내려와 두 사람을 한꺼번에 부둥켜안았다. 김원태 어르신의 두 아들. 성정왕후의 동생 중신과 영신. 교각 스님의 외삼촌. 그들이 신라 땅 그 먼 곳에서 찾아온 것이다. 아무도 말을 내뱉지 못한 채 서로의 얼굴을 들여다보고 어깨와 손을 어루만지며 눈물만 흘리기를 한참. 그래도 먼저 말을 꺼낸 것은 중신이었다.

"자네가 여태 수충 왕자님을 호위하고 있었던가?"

"예, 이제는 왕자님이 아니라 교각 스님입니다."

"그래, 교각 스님. 이미 왕자님 이야기는 신라 땅에도 알려져 많은 이들이 흠모하고 있네."

"예, 신라 승려들이 다녀가기도 하고 여기 화성사에 머물기도 합니다."

"그런데 자네도 승려가 되었는가?"

"보타사에서 스승님의 첫 번째 제자가 되었습니다. 이제 후봉이 아니라 성유입니다."

"성유? 그래, 성유 스님."

그제야 두 사람은 성유를 향해 합장하며 허리를 굽혔다.

"아닙니다. 이러시지 않아도 됩니다."

성유는 몸 둘 바를 몰라 하며 손사래 쳤지만 두 사람은 진심이었다.

"아닙니다. 아무리 고매한 스님이라 해도 한편 저희에게는 조카인데 그분을 위해 머리를 깎으시고 여태껏 지켜주시니 그 은혜만으로도 수만 번 절을 올려도 부족한 지경입니다. 거듭 감사드립니다, 성유 스님."

성유는 두 사람을 요사채에 머물게 하고 혼자서 교각을 모셔 오려 했으나 기어이 함께 가겠다니 어쩔 수 없었다. 숨은 턱에 찼지만 파릇파릇 봄날의 생기가 일렁이는 산중은 고국의 산천과 크게 달라 보이지 않으니 정겨웠고 조카님이 아주 외롭지는 않았겠구나 하는 위안도 되었다.

마침내 성유의 뒤를 따라 고배경대에 오른 두 사람은 거대한 암석 정상 아래 다시 절벽을 이룬 바위 바닥 끝에서 가부좌를 틀고 앉은 교각을 보자 그만 털썩 무릎을 꿇고 울음을 터트렸다. 두꺼운 삼베 승복으로 몸피를 가렸지만 대쪽같이 마른 몸피는 여실하고 얼굴 또한 반쪽이 된 듯

하니 가슴이 미어지는 슬픔을 참지 못한 것이었다. 그 흐느낌에 교각은 고개를 돌렸으나 엎드린 그들이 누구인지 알아보지 못했다. 그들 옆에 서서 안절부절못하던 성유가 얼른 다가왔다.

"중신, 영신 두 어른입니다."

교각은 깜짝 놀라 가부좌를 풀고 그들에게 다가갔다.

"외숙님들이 맞으십니까?"

그제야 고개를 든 두 사람은 기진맥진 몸을 일으켜 교각을 부둥켜안았다.

"왕자님! 어찌 이런 몰골로… 오는 도중 고고중(枯槁衆)이라는 소리를 듣기는 했습니다만 차마 이런 정도일 줄이야, 흐흐흑…."

'몸이 마른 장작 같은 대중'이라는 소리 그대로였으니 두 사람의 눈물은 그칠 줄 몰랐다.

"육신이야 아무려면 어떻습니까. 정신은 맑고 몸은 병 없이 가뿐하니 염려치 마십시오. 그런데 이 먼 곳까지 어쩐 걸음이십니까?"

"왕후마마께서 왕자님을 찾아서 모셔 오라 분부하셨습니다."

실로 30여 년 만에 어머님의 소식을 듣는 것이다. 교각도 솟구치는 눈물을 어쩌지 못했다.

그동안 신라에도 많은 변화가 있었다. 승경이 태자가 되고 교각이 신라를 떠난 그해 12월 소덕왕후가 죽었으나 대왕은 사가의 성정왕후를 궁으로 들이지도 않고 새 왕비를 맞이하지도 않았다. 10여 년 뒤 성덕왕이 승하하여 승경이 왕위를 이었으나 6년의 재위를 끝으로 세상을 떠났으니 효성왕이다. 지금은 승경의 동복아우인 헌영이 왕위에 올라 나라를 다스리고 있었다.

"그러니 이제 왕자님의 안위는 염려할 바가 못 되니 돌아오시라는 것입니다."

"외조부는 어찌 되셨습니까?"

"이미 오래전에 돌아가셨으니 왕후마마의 고적함이 크고 이제 의지할 곳은 상신 형님뿐입니다."

그리되었구나, 교각은 감회가 새로웠다. 그러나 이미 출가하며 모두 베어버린 인연이었고 굳게 세운 서원은 변할 수 없으니 그 태중으로 낳아주신 어머니라 할지라도 뜻을 받들 수는 없었다.

"외숙들께서도 부처님께 귀의하는 결심을 모르시지 않을 테니 이만 돌아가셔서 왕후마마를 지켜주십시오."

조용하나 단호했으니 두 사람은 외숙이라도 나이는 어린 터라 더는 말을 꺼내지 못했다. 이미 지장보살의 서원을 세웠고 황제는 금인까지 내렸으니 결코 가볍게 처신할 수 없는 일임도 이미 알고 있었다. 두 사람은 망연히 주위를 둘러보다 도명이 서 있는 뒤쪽의 초막이 눈에 띄자 그리로 향했다.

안에는 교각이 사용하는 나무로 만든 비좁은 침상이 있었고, 갈대를 엮어 만든 발로 가려진 옆에는 도명의 침상과 바닥에 무릎 높이의 항아리 둘, 크고 작은 가마 둘이 놓여 있었다. 항아리는 이른 새벽 물을 길어 하루를 재웠다가 찻물이나 죽을 끓일 때 하루씩 번갈아 쓰기 위해 둘이었고 큰 가마로는 죽을, 작은 가마는 찻물을 끓였다. 크다고 해야 어른 머리통만 한 가마 속을 들여다본 두 사람은 또 눈시울이 붉어졌다. 말로 듣기는 했지만 이처럼 곤궁할 줄이야.

밖으로 나온 두 사람은 성유에게 물었다.

"정말 내내 저렇게 드신다는 말입니까?"

성유는 고개를 끄덕이며 한숨만 내쉬었다.

"화성사에 있는 승려들도 모두 그러합니까?"

"예, 모두 비슷합니다."

"논까지 일궈 양식이 부족한 형편은 아니라고 들었습니다."

"절을 드나드는 불자들에게는 밥과 반찬을 성의껏 대접합니다."

두 사람은 새삼 성유의 위아래를 살피며 못 믿겠다는 표정이었다. 조금 여위기는 했어도 성유의 몸피는 여전히 탄탄한 근육으로 강건하게 보인 까닭이었다.

"외숙, 성유는 절집 살림을 위해 날마다 힘을 쓰고 번잡하게 움직여 생긴 근육입니다. 땀을 흘리고 노동을 하면 당연히 백토죽이나마 조금 걸쭉하게 먹어야 하는 것이고, 수행하는 자는 배가 부르면 수마에 방해를 받기에 그런 것이니 괜한 오해는 마십시오. 자, 이제 그만 내려가십시다."

오늘은 교각도 산을 내려가지 않을 수 없었다. 선청까지 교각의 뒤를 따르자 홀로 남은 도명은 교각이 앉는 그 자리로 가서 가부좌를 틀었다.

사흘이 지난 뒤 두 외숙은 성유를 앞세워 교각을 찾아 법당 안으로 들었다.

“이제 떠나시렵니까?”

교각은 아쉬운 마음이 없지는 않으나 보내야 할 이들이니 전송하려고 화성사에 머무는 참이었다. 그러나 두 외숙은 고개를 내저으며 교각 앞에 무릎을 꿇었다.

“아닙니다. 오는 동안에도 많은 이적(異蹟)의 이야기를 들었고 직접 눈으로 보고서는 더욱 느낀 바가 많았습니다. 사흘의 결정이 아니라 이미 불심을 품은 터였으니 저희 형제도 이곳 화성사에서 출가하자고 결정을 봤습니다.”

교각은 화들짝 놀랐고 성유는 아예 입을 딱 벌렸다. 그럴 분들이 아니었다. 어쨌거나 계림에서 부러울 것 없는 신분이었고 남부럽지 않은 가산으로 제법 흥청거린 삶이었을 것이다. 그런데 이 궁벽한 산속으로 들어와 머리를 깎겠다니….

“왕후마마를 그리 두시겠다는 것입니까. 아니 될 일입니다.”

“저희도 그 때문에 사흘간 고민이 깊었습니다. 하지만 계림에는 상신 형님이 아직 강건하시니 왕후마마를 지키는 데는 문제가 없고 또 저희보다는 말벗도 될 것입니다.”

"정히 그러시다면 일단 돌아가셨다가 왕후마마와 상의하셔서 다시 마음을 정하십시오. 이대로 남으시면 소식을 기다리는 마마께서는 애가 타실 게 아닙니까. 서둘러 돌아가십시오."

"그건 염려 마십시오. 호종으로 따라온 사람들에게 서찰을 써 이미 돌려보냈습니다."

"벌써요?"

"예, 이러실까 싶어서 어제저녁에 마을로 내려보냈고 이미 말을 구해 달리고 있을 겁니다. 기왕 소식을 전하려면 서두르는 게 나을 것도 같아서요."

나름 배수의 진을 친 것이고 결심을 굳힌 게 분명했다. 그러나 과연 호화롭고 거칠 것 없는 삶에 익숙한 저들이 엄격한 불법을 지키며 궁벽함을 받아들일 수 있을지 믿기 어려웠다. 교각은 엄한 기색을 드러내며 말했다.

"이미 사사로운 인연이 없습니다만 불문에 들면 오직 사제의 관계로 더욱 엄격할 텐데 감내하시겠습니까?"

"예, 당연히 그리할 것입니다."

"계율을 어기실 때는 즉시 파문할 것입니다."

"군말 없이 따르겠습니다."

"성유를 스승으로 모시겠습니까?"

옆에 있는 성유는 기함할 듯한 표정이었지만 두 사람은 환한 낯빛으로 답했다.

“아버님도 성유 스님을 내내 염려하셨고 다시 보게 되면 신분을 떠나 스승이자 형님으로 모시라 하셨습니다. 저희가 바라던 바입니다.”

“당장 머리를 깎겠지만 불경을 아는 것만으로 구족계를 내릴 수 없으니 사미의 신분으로 성유를 따르십시오.”

“그리하겠습니다.”

교각은 성유를 돌아봤다.

“성유 너는 이제 이들과의 옛 인연은 없는 것이다. 오직 네가 가르치고 이끌어야 할 사미로만 엄히 대하거라. 따로 법명은 내리지 않을 것이니 이름 그대로 부르고.”

성유는 차마 입을 열어 대답하지 못했으나 고개를 깊이 숙였다.

중신과 영신은 한동안 계율을 잘 지키며 성유를 따라 농사일을 하고 백토죽도 묵묵히 견뎌냈다. 그러다 달포가 넘어가자 슬슬 다른 낌새를 보이기 시작했다. 우선은 배가 고팠다. 환갑이 가까운 이날까지 주지육림은 아니어도 하루 한두 끼는 기름진 음식으로 배를 채워왔는데 그새 쌓였던 기름기마저 다 빠져버린 것인지 백토죽으로는 도무지 속이 헛헛했다. 아니, 그 백토죽조차 배불리 먹기에는 눈치가 보였으니 숟가락 놓기가 바쁘게 허기가 밀려왔다. 수중에 재물은 넉넉했다. 집에서 준비한 재물도 두어 상자인데 아들을 찾아 머나먼 길을 떠나는 동생들에게 성정왕후가 챙겨준 금붙이며 진귀한 보석도 한 보따리였다. 게다가 생전해보지 않았던 농사일에 저녁이 되면 허리는 끊어질 듯 아팠고 법당에서 절을 하느라 무릎도 다 닳을 지경이었다.

처음에는 저녁 예불이 끝나면 고단한 몸은 곧바로 잠에 빠져 새벽까지 코를 골아대는 무아지경이었지만 고단함에 익숙해져 잠이 오지 않게 되자 꼬르륵거리는 배 속 요동을 견딜 수가 없었다. 기어이 성유와 다른 스님들의 눈을 피해 산문을 벗어나게 되었고 마을 주점에 들어가자 지지고 볶는 음식 냄새에 환장한 듯 닥치는 대로 주문해 아귀처럼 구겨 넣었다. 하루 이틀 그렇게 배를 채우다 보니 며칠 못 가 술이 당겼다. 에라 모르겠다. 딱 한 잔씩만, 시작한 게 아침까지 술 냄새를 풍기게 되었으니 피한다고 피해도 성유의 눈에 띄었다. 아니, 성유도 진작부터 이야기를 듣고 속을 끓였지만 저러다가 나아지겠지 기다린 것이었다.

"중신, 영신 사제. 이게 무슨 짓입니까! 스승님과 약속하신 걸 잊으신 겁니까?"

두 사람은 무릎이라도 꿇을 듯 몸을 굽히며 사죄했다. 그러니 어쩌겠나. 성유는 경고하고 주변을 단속하며 속을 끓였다. 하지만 하루 이틀 뺀하다가 또다시 반복되니 기어이 고배경대에 있는 교각의 귀에까지 들어갔다. 교각도 예상하지 못한 일은 아니니 도명을 내려보내 성유에게 질책을 전했다.

만만한 건 아니지만 교각이 듣고서도 질책을 전하는 데 그치자 중신과 영신은 조심할 뿐 멈출 기미를 보이지 않았다. 성유는 속을 끓이면서도 한편 안쓰럽고, 그래도 농사일에는 더욱 힘을 쓰고 법당 예불에도 성실하니 말이 번지는 걸 단속하는 데만 마음을 썼다.

오래지 않아 불쑥 화성사에 내려온 교각의 호통이 터졌다.

"성유야, 당장 중신과 영신을 데려오거라!"

삼베로 지은 잿빛 승복의 팔다리를 걷어붙인 채 농사일에 열중하던 두 사람은 몸에 묻은 흙도 털어내지 못하고 허둥지둥 성유의 뒤를 쫓아 들어왔다. 이마에서부터 줄줄 흘러내리는 땀방울을 맨손으로 훔치면서 연신 눈치를 살피는 모습이 한편 안쓰러웠다. 애초부터 당치 않은 일이었다. 평생 남의 수발을 받으면서 신발조차 제 손으로 꿰지 않은 이들이 아닌가. 그래도 성유를 스승으로 깍듯이 모시며 온 힘을 다하는 것은 가상하나 불문에서 있을 수 없는 일을 멈추지 않으니 결단을 내려야 했다.

"중신과 영신은 당장 산문에서 나가라! 성유는 당장 저들의 승복을 벗기고 다시는 발을 들이게 하지 마라!"

추상같이 시퍼런 호통에 중신과 영신은 무릎을 꿇었다.

"용서해주십시오. 다시는 저지르지 않겠습니다."

"지키지 못할 약속이다! 습(習)이 업(業)이 된다 했음에도 습을 버리지 못하니 이미 업이 된 것이다! 나가라!"

"예, 이미 습이 되어버려 더는 업이 되지 않게 하려고 머리를 깎은 것입니다. 이제 노동은 힘들지 않습니다. 예불하고 경을 읽을 때는 즐겁습니다. 다만 콧구멍과 목구멍, 배 속 밥통과 창자가 원망스러울 따름입니다. 전심을 다해 애쓰겠습니다. 조금만 더 지켜봐주십시오. 저희가 스스로 우리 자신을 구원해 지옥에 빠지지 않게 해주십시오…."

눈물 콧물까지 쏟는 머리가 허옇게 센 사미승이라니…. 교각은 호통을 멈춘 채 물끄러미 두 사람을 내려다보며 고민에 빠졌다.

"스승님."

나란히 선 교각과 도명을 향해 예를 갖추는 이는 민양화였다. 그도 이미 구족계를 받았고 부르던 호칭 그대로 민공을 법명으로 삼았으니 교각은 스승이고 도명은 사형인 것이었다.

"저는 불문에 귀의하겠다 말씀드리기 전에 이미 오랫동안 마음과 몸을 함께 준비하고 단련했습니다. 그런데도 막상 시작하니 한참 동안 힘이 들어 갈등했습니다. 중생들의 근기가 하루아침에 두 분 스승님과 여러 사형들에 어찌 미칠 수 있겠습니까. 일가권속이라 특별히 대하시라는 말씀이 아니라 가여운 중생에게 베푸는 너그러움이라 여겨주시면 아니 되겠습니까?"

정중한 그의 청에 중신과 영신은 더욱 어깨를 떨었다.

그래도 마음을 정하지 못하는 교각에게 성유가 다가갔다.

"스승님, 참으로 먼 길을 온 이들이 아닙니까. 힘을 쓰고 공부하는 데는 진심이니 기회를 주십시오."

"절집의 청정함을 버리라는 것이냐!"

교각은 완고했지만 성유는 생각해둔 바가 있었다.

"그럼 두 사제를 산문 밖으로 내보내겠습니다."

교각은 무슨 소리인가 의아한 눈빛으로 성유를 돌아봤다.

"스승님 말씀대로 어쩌면 끝까지 버리지 못할 습인지도 모르겠습니다. 그러나 화성사를 드나드는 많은 이들과 너무 편하게 소통하니 모든 이들이 좋아하고 찾습니다. 산문을 지키는 일을 맡기시고 그 옆에 방을 얻어 기거하게 하시면 어떻겠습니까?"

"산문을 지켜 뭣하게?"

"들고 나는 사람들을 편안하게 대하면 대중들은 더욱 불문과 친숙해져 스승님 말씀에 귀를 기울이고, 뜻을 펼치시는 데 도움이 될 겁니다."

"그럼 승복을 벗고 산문에는 들지 못하게 하라."

"스승님, 예불에 지극정성이고 불경 공부에도 진심으로 전념합니다. 몸이 청정할 때만 산문에 들라 하시면 되지 않겠습니까?"

성유의 잔꾀이기는 했다. 그러나 말의 앞뒤가 제법 그럴듯하니 교각은 한숨을 내쉬면서도 고개를 끄덕였다.

39. 포옹

효명의 두 번째 곡 '낮은 목소리로'는 음원을 공개하고 일주일 만에 다운로드 1위를 기록했다. 바이올린과 비올라에 피아노를 추가하고 현악기 몇을 더해 서정적인 곡을 완성했다. '바람처럼'과는 완전히 구별되는 곡이기에 형일은 내심 조마조마했지만 사람들의 반응은 변함이 없었다.

형일은 공영방송의 음악회를 시작으로 이전과는 달리 몇몇 음악 프로그램의 출연 요청에도 응해 일정을 조율하고 한숨을 돌리는 참에 동희가 굳은 얼굴로 들어와 신문을 내밀었다. 이틀 전 신문이었다.

"지난 신문은 왜?"

형일은 효명의 기사가 실렸다는 것인가 싶어 자세히 살폈지만 없었다.

"효명이 기사 없잖아. 내가 매일 체크하는데 빠트릴 리가 없지."

그러자 동희는 사회면을 펼쳐 5단 기사를 손가락으로 가리켰다.

-대원투자 옵티멈펀드, 3조 원대 손실.

이주란 대표 잠적으로 고의적 사기 의심-

기사 제목을 훑어본 형일은 여전히 무슨 이야기냐는 듯 의아한 눈빛을 하자 동희는 가방에서 명함을 꺼내 내밀었다.

-대원투자 대표 이주란-

"이 사람이 누군데? 누가 여기 투자했데?"

"그날, 효명이 죽던. 사무실에 아무도 없어서 전화했더니 중국 식당에서 효명이 앞에 두고 아빠 혼자 마시고 있었잖아. 그때 테이블 위에 명함이 놓여 있기에 뭔가 해서 가방에 넣었고, 나중에 그 사람 이야기 듣고 아무래도 버리기가 찜찜해서 가지고 있었어."

형일은 불에 덴 듯 경악했다.

"이 명함이 그 사람 거야?"

그러고 보니 투자회사 대표라고 했던 말이 떠올랐다.

"이제 막 신곡 발표하고 방송 출연 앞뒀는데, 효명이 어떡해?"

안타까움에 동희는 울상이 되었지만 형일은 눈앞이 캄캄했다. 만약 그 여자가 효명의 생모라는 것을 밝힌다면? 설마 그렇게까지 하지는 않더라도 찾아와 돈을 요구하거나 변호사로서 구명이라도 요청한다면…. 자신이 살기 위해서는 무엇이든 거리낌이 없을 것 같지 않았던가. 3조 원이란다. 몇억 원 정도라면 효명 몰래 내줄 수도 있겠지만 물경 3조….

작정한 사기는 아닐 수도 있었다. 기고만장한 자신감과 욕망이 눈을 어둡게 해 일어난 실수일 수 있었다. 아니, 두 가지 모두가 더해져 벌어진 사태일 것이다. 탐욕에 눈멀고 돈에 모든 것을 건 자라면 사기를 계획하고도 사기가 아니라고 저 자신을 속일 수 있었다. 어쩌면 하는 요행을 바라는 마음도 없지는 않았을 것이다. 하지만 그 마음이 바로 사기를 어쩔 수 없었던 불행으로 위장하려는 의도인 것이다.

3조라는 돈을 정말 전부 날렸을까? 아니면 빼돌렸을까? 도피했다는 것은 수습할 의지가 없다는 뜻이리라. 두려워서 일단 도피부터 하는 경우도 있겠지만 그 사람은 그럴 성품으로 보이지 않았다. 차라리 벌써 해외로 도피했다면 다행이지만 그렇지 않다면 효명에게 불똥이 튈 여지는 충분했다. 형일은 분노가 치밀었다. 세상의 모든 신이 원망스러울 지경이었다. 하필이면 효명에게 저처럼 파렴치한 끈을 이어줘서 치욕과 절망의 시련을 준비한 것인지. 또한 이렇듯 그 사람에 대한 일말의 기대도 하지 못하는 자신의 인간에 대한 환멸도 서글펐다.

"동희야, 이건 일단 우리 둘만 알자. 신부님께도 스님께도 말하지 말자."

"어떡하려고?"

"그 사람이 찾아오더라도 우리 사무실일 거야. 그러니 여긴 내가 지킬 테니 넌 효명이 될 수 있는 한 여기 오지 않게 동선을 짜."

"얼굴이 다 알려졌는데 여기 아니면 어디? 집에 묶어둬? 아래층 로펌 사무실?"

형일은 단박에 고개를 저었다.

"안 돼, 거긴 더구나. 변호사회에 등록만 했지 아직 법무법인 설립 발표를 안 하길 정말 다행이다. 어쩌면 그것도 한참 미뤄야 하는 게 아닌지 모르겠다."

"그럼 어쩌라고…."

동희는 기어이 눈물을 지었다. 가여웠다. 그게 세상에 태어난 대가라면 너무 가혹하고 잔인하지 않은가. 모두가 행복하게만 태어나지는 않고 개중에는 자신의 출생을 원망하는 이도 있겠지만 누구도 이처럼은 아닐 것이다. 외롭게 크고, 홀로 뜻을 세워 절망의 세상에 희망을 나눠주려는 효명이 아닌가. 축복과 성원만이 가득해야 할 그 바탕이 이처럼 살얼음판이어서야….

상훈과 도응은 쌍계사 인근 화개면의 '지리산 날다람쥐'라는 별명이 붙은 사진작가의 집 텔레비전 앞에 앉아 음악회가 시작되기를 기다리고 있었다.

"도응, 이제 우리 절집에도 텔레비전을 들여놔야 할까 보네."

"왜요, 효명이 핑계로 아예 속세와 인연을 이어보시려고요?"

"효명이 출연 때 말고도 자연 다큐멘터리는 좋지 않은가, 역사물도 좋고."

"그러다 드라마에, 의미 없는 웃음으로 생각할 시간을 빼앗는 연예 프로그램까지 보게 되면요?"

"하하, 설마 그러겠나. 무엇보다 뉴스 보기 싫어서라도 안 들일 거네."

"그러게 왜 괜한 말씀을 하십니까."

"자, 이제 시작이네."

상훈은 텔레비전 볼륨을 높이며 바짝 다가앉았다.

첫 곡은 신곡 '낮은 목소리로'였다. 마치 산사에 물이 흐르는 듯 청아한 오케스트라 전주를 효명이 첼로 특유의 묵직한 저음 독주로 이어받아 노래를 시작했다. 첫 소절은 오직 첼로와 효명의 음성으로만, 이어서 오케스트라의 장중한 반주가 어우러지니 청중은 지그시 눈을 감은 채 노랫말을 음미하며 조용히 귀를 모았다.

카메라가 객석을 보여주자 무대 양쪽 대형 모니터에 사람들의 모습이 비쳤다. 대부분, 아니 제각각 표정은 달라도 모두 노래에 빠져들었다. 어느 순간 동희의 얼굴이 비치더니 잠깐 멈췄다. 두 손을 가슴에 모은 채 지그시 눈을 감은 뺨 위로 눈물이 흐르고 있었다. 감동이겠지만 서러움도 비치는 그런 눈물….

앙코르 곡이자 두 번째 곡은 '바람처럼'이었다. 참, 음악의 힘이란! 금방까지 깊은 공감으로 고요하던 이들이 전주가 시작되자 설렘과 환성으로 들떠 이내 손뼉으로 박자를 맞추더니 1절 마지막 부분에서는 소리쳐 떼창을 했다.

효명이 무대에서 내려가고도 상훈과 도응은 박수를 멈추지 않았다.

"참 잘난 우리 쌍계의 아들 아닌가."

상훈의 흐뭇한 자부심에 집주인이 거들었다.

"에이, 아입니더. 하동의 아들입니더."

"하하, 그래. 하동의 아들이지, 쌍계총림의 아들이고."

"그런데 동희는 좀 서러워 보이던데요?"

도응의 말에 상훈은 고개를 끄덕이며 웃음을 지었다.

"그래 보였지? 이보시게 도응, 내가 삼국사기 성덕왕 조를 앞뒤로 꼼꼼히 다시 읽어봤는데 말일세."

"그런데요?"

상훈이 말을 멈추자 도응은 눈빛을 반짝이며 추임새를 넣듯 재촉했다.

"교각 지장왕보살로 추측되는 성덕왕의 첫 번째 왕자 김수충을 낳은 분이 성정왕후이시거든. 그런데 어쩌면 동희가 그분의 인연이나 연기로 태어난 게 아닌가 싶은 생각이 들어."

"성정왕후요?"

"그분의 수충 왕자에 대한 사랑이 끔찍하셨거든. 기록은 없지만 구화산 인근에서는 성정왕후께서 만년에 바다를 건너 교각 스님을 찾아왔다는 이야기와 관련된 설화가 전해지고 있다는구먼. 그건 일반적인 모성을 뛰어넘는 게 아닌가. 그런데 동희 저 녀석이 내게 이런 말을 한 적이 있어. 무술 실력이 있으면 효명이 기절 좀 시켜달라고. 그럼 병원에 데려가서 정자를 도둑질해 아기를 갖고 싶다는 거야, 허허."

도응의 눈이 휘둥그레졌다.

"예? 그건 엉뚱하거나 단순한 연심으로만 보기는 어려운데요. 동희의 근기도 여간 아닌 것 같고요."

"도응 생각도 그러시지. 나도 처음에는 참 깜찍한 발상이구나 생각만 했는데 아무래도 아닌 듯싶어. 그 마음이야 당연히 간절한 진심이겠지. 하지만 그게 여인으로서의 사랑만은, 또는 잘난 녀석에 대한 욕심이나 집착은 절대 아닌 듯싶네."

"아까 그 눈물이 서럽게도 느껴졌던 데는 그만한 까닭이 있었습니다. 어쩌실 겁니까, 참으로 깊은 인연인 듯싶은데요?"

"내가 뭘 어쩌겠나. 인연은 유스티노 그 양반이 맺어놓은 것을."

"아니지요, 큰스님이 먼저지요."

상훈은 씁쓸한 웃음을 지었다.

"그런가…."

"효명인 어떻습니까?"

"그 녀석이야 그저 목석이지. 아예 연심 같은 건 모르는 게 아닌가 싶기도 하고."

"스님이 풀어야 할 숙제가 또 하나 늘었습니다. 어쩌면 세상이 워낙 진창이라 지장보살께서 이 땅에 더 오래 머물도록 하려는 뜻인가 싶기도 합니다."

도응의 말에 상훈은 고개를 끄덕였다. 태어나 문득 불가에 마음이 기울어 머리를 깎고 승려가 되어 범패에 뜻을 두었다. 범패 본래의 뜻을 살려 음악으로 불법을 퍼트리려 했고, 더러는 원효선사의 파격을 흉내 내 보기도 했지만 언제나 아쉬움을 떨칠 수 없었다. 이제사 생각하면 효명을 거둔 것이 아니라 찾아왔던 것이고, 키운 것이 아니라 지키는 소임이었다면 저리 우뚝 섰으니 중으로서의 한 생도 아주 덧없지만은 않으니 흐뭇했다.

상훈이 염주를 굴리며 조용히 지장보살 명호를 외우자 도응도 따랐다.

하동군 화개면에서 구례군 피아골로 이어지는 왕복 2차선 도로. 오른쪽은 산자락이고 왼쪽은 섬진강이 흘렀다. 억수로 퍼붓는 굵은 빗줄기에 차량 운행은 드물었고 날도 어둑해지고 있었다. 15톤 덤프트럭 운전석에 앉아 핸들을 움켜쥔 재철은 크게 숨을 들이켜 가슴을 묵직하게 채웠다.

박준동이 죽기 일주일 전 재철은 그의 부름으로 특별면회를 했다. 준동의 생이 부모와의 꼬인 인연으로부터 그리되었듯 재철도 비슷한 환경에서 성장했다. 그렇지만 아무리 막장 인생을 살아도 사람의 도리는 지키고 싶었다. 하지만 모두가 돈이면 하루아침에 안면을 몰수하는 세상이니 누구도 믿을 수 없었고 그래서 더욱 악랄해지며 서로의 믿음을 잃어갔다. 준동과 재철도 다름없었다. 일 대 일 주먹이라면 결코 밀리지 않을 자신이 있었다. 그러나 돈에 몸을 파는 놈들이 주변에 가득하니 깍듯이 모시며 시키는 대로 할 수밖에 없었다.

어느 날 불쑥 들이닥친 경찰이 재철에게 수갑을 채우려 했다. 마약 공급선을 가로채려는 갈등으로 얼마 전 죽임을 당한 다른 조직 보스에 대한 살인교사 혐의였다. 사실이고 그 현장에는 준동과 같이 재철도 있었다. 갑자기 왜 그랬는지 지금도 알 수 없지만 재철은 교사는 없었고 서로 대화 중에 형님에게 너무 함부로 하는 놈의 태도에 격분해 우발적으로 자신이 죽인 것이라며 팔목을 내밀었다. 이미 두어 차례 교도소를 들락거렸으니 상황을 구체적으로 진술하는 건 각본이 따로 필요 없었다. 아마 뒤에서 준동도 움직였을 것이다. 수사는 확대되지 않았고 그대로 우발적 살인이 인정되어 징역 5년을 선고받았다.

꼬박 5년의 징역살이 동안 준동은 한 번도 면회를 오지 않았고 영치금 같은 것도 없었다. 시키지 않은 일을 자청했으니 원망할 까닭은 없었다. 그렇지만 내가 왜 그랬던 것인가는 내내 화두였다. 언젠가 둘만의 술자리에서 늘어놓은 부모에 대한 넋두리에서 느낀 동병상련 때문이었을까. 어쩌면 덧없는 세상에서 그만 벗어나고픈 생각이 들어서였는지도 몰랐다. 그러고는 모두 잊으려 했다. 계획도 없었다. 꼬박 만기를 채우고 출소하고 보니 갈 곳이 없었다. 허탈하고 쓸쓸했다. 쉬운 말로 엿 같았다, 인생이!

어쩔 수 없이 준동을 찾아갔다. 아무 말 없이 어깨를 두드려주고 따라오라더니 기껏 허름한 식당으로 데려가 두부전골을 시켜놓고 제가 더 많이 퍼마셨다. 준동은 취했지만 재철은 멀쩡했다. 휘청거리는 그를 부축해 호텔 로비에 닿자 준동은 재철의 멱살을 움켜쥐며 '우리 같은 인생에 호텔 같은 데는 진심이 없다'는 말 같잖은 소리를 지껄이며 인근에서 가장 낡은, 모텔도 아닌 간판 전등마저 껌뻑거리는 여관으로 앞장서 들어가 침대도 없이 퀴퀴한 요를 깔고 벌렁 자빠져 코를 골았다.

아침에 눈을 뜨자 준동은 방 한쪽 구석에 얼룩이 덕지덕지한 이불을 목까지 끌어당겨 덮고서는 쪼그려 앉아 눈을 말똥거리며 지켜보고 있었다.

"너 나하고 형제 하자."

불쑥 내뱉는 그 말이 어색하게 들렸다. 지금도 여전히 형님 동생 하는 관계에 새삼스레 무슨 형제….

"토목회사 하나 만들어놨다, 그거 맡아라. 바지 사장 노릇하며 돈만 챙기라는 게 아니다. 기술자들 쫓아다니며 배워서 종합건축으로 만들어봐라. 공사 따고 돈 필요한 건 내가 해줄 테니까. 대신 다른 아이들에게는 절대 비밀이다. 넌 이제 내 별동대로 따로 행동하는 거로 해둘 테니 이삼일에 한 번씩 들르고. 너 가죽 점퍼 잘 어울리더라, 그거 입고. 독대하는 척 둘이서 차나 마시다가 나가면 애들은 또 무슨 짓 하러 가나 보다 할 거다."

"갑자기 왜 그런 생각을 하신 겁니까?"

"나 언제 어떻게 될지 모르고, 여차하면 공식적인 재산은 다 압류될 텐데 내 자식들 어쩌겠냐. 물론 먹고살기에는 충분할 만큼 있다, 마누라 명의 자식들 명의로. 그래도 알 수 없는 게 인생이잖아. 별일 없으면 네가 다 먹어도 상관없고. 다만 내가 마지막을 앞두고 부탁할 일이 있으면 그건 꼭 들어줘라. 그게 저승 간 뒤면 네가 입 닦아도 내가 어쩌지는 못할 테니 뭉개도 되고."

"저를 뭘 믿고 이러십니까?"

준동은 코웃음을 쳤다.

"믿기는 자식, 믿는 거 아니다. 그날 내가 수갑 찼으면 아마 모르기는 해도 10년은 선고받았을 거다. 한번 면회도 안 갔는데 아무 말 없는 걸 보며 좆나게 미안했다. 보고 싶지 않았다. 찾아오지 않으면 그냥 잊을 생각이었다. 그런데 원망하지 않고 찾아와주니 고마웠다. 그 신세 갚는 거고, 부탁은 부탁일 뿐이니 그때 판단하면 된다. 아마 그럴 일 없을 확률이 더 많지 않겠냐?, 내가 그래도 천하의 박준동인데. 자, 그만 사우나나 하자."

여관에서 호텔 사우나로 향했고 명품 매장에서 정장으로 갈아입었다, 가죽옷도 몇 벌 샀고. 최고의 레스토랑에서 칼질을 하고 저녁에는 룸살롱 하나를 통째로 차지해 조직원 모두와 죽어라 양주를 퍼마셨으니 대신 징역살이하고 돌아온 여전한 식구였다.

"부탁 하나 해야겠다."

"말씀하시죠."

"이주란이라는 여자를 찾아라. 내 또래고 투자회사 대표란다."

"누구신데요?"

"개쌍년. 일단 찾아놓고 지켜봐라. 돈이 아주 많으면 아무 일 안 해도 된다. 만약 사고를 친다면 그때부터는 뒤를 밟아라. 이름난 가수를 찾아가거나 구례의 불락사라는 절 언저리로 가면 무조건 죽여라. 내가 가장 존경하는 분을 지키는 일이고, 세상에 도움 되는 일이다."

그러고는 쪽지 한 장을 내밀었다.

"거기 적힌 변호사에게 가져가라. 그럼 은행 개인금고 열어줄 거다. 거기 있는 거면 변호사비 넉넉히 될 거다. 그냥 먹고 입 씻어도 할 수 없는 일이고."

그게 전부였다. 변호사는 두말없이 개인금고를 열어줬고 그 안에는 채권증서가 들어 있었다.

이주란의 벤츠가 기어이 연곡사와 불락사 안내판이 가리키는 오른쪽으로 방향을 틀었다. 이미 여러 차례 둘러본 길이었다. 중턱 어느 만치에 이르렀을 때 재철은 액셀러레이터를 힘껏 밟았다.

차에서 내려 왼쪽 계곡으로 굴러떨어진 벤츠가 불길에 휩싸이는 것을 확인한 재철은 다시 운전석에 올라 글러브박스에서 소주병을 꺼내 벌컥벌컥 단숨에 목구멍으로 털어 넣었다.

비는 여전히 억수로 퍼부었고 오가는 사람은 물론 차량도 없었다. 계곡 건너편에 집들이 있었지만 장대비와 짙은 물보라에 가려져 불길조차 보이지 않을 것이었다.

"연분홍 치마가 봄바람에 휘날리더라…."

이주란이 연분홍 치마를 입은 것도 아닌데 왜 그 노래를 흥얼거리는 것인지, 재철은 피식 실소를 흘리고 손목시계를 들여다봤다. 30분이 지났으니 설령 숨이 남아 있었다 해도 이제는 끊어졌을 것이다, 준동과 자신의 인연처럼. 재철은 전화기를 꺼내 112를 눌렀다.

"이 사건 어떤가? 자네 첫 번째 수임으로는 아주 적절할 것 같은데."

강신효는 민사 소장을 효명에게 내밀었다.

사건은 단순했다. 지방대학에서 행정학과 교수로 정년퇴직을 한 피고는 3년 동안 별다른 직업 없이 지내다가 이전에 그에게 신세 진 적이 있는 후배가 중국 관련 케이블방송을 인수하며 대표로 모셨다. 중국에서 수입한 영상물에 자막을 입혀 온종일 틀어주는 방송이니 대표라고 해야 특별히 할 일은 없었고 그저 명함이나 가지고 필요할 때 사무실도 쓰라는 뜻이었다. 급여도 따로 지급되지 않았고 판공비 명목으로 연간 1000만 원 조금 넘는 한도의 법인카드가 주어졌을 뿐이다. 직원이라야 가장 중요한 자막은 외주를 주었으니 방송 송출 관련 엔지니어 둘과 최저임금을 겨우 넘는 박봉의 관리직 사무원이 본부장이라는 타이틀로 있었다.

〈삼국지〉만 해도 회당 1시간 분량으로 100회였고, 어지간한 드라마는 50회가 넘는 데다 재방송을 거듭하니 다람쥐 쳇바퀴 도는 일상에 긴장이 풀어질 수밖에 없기도 했다. 굳이 변화를 꾀한다면 방송물의 다양성일 텐데 가장 큰 수입원인 광고가 거의 없으니 한정된 예산에 달리 돌아볼 여지도 없었다. 그런데 피고는 의욕을 냈다.

소유주인 후배에게 돈 이야기를 꺼냈다가 어이없어하는 웃음만 보고 나온 그는 직원들을 들볶기 시작했다. 하지만 방송 송출에 대해서는 전혀 아는 바가 없었고 그들은 예약된 시스템으로 별다른 사고 없이 송출하니 남은 건 오직 본부장이었다. 10여 년 전 대표와의 인연으로 채용되었지만 두 차례 사람이 바뀌어도 자리를 지킬 수 있었던 건 가장 중요한 결산이나 세금 관련 업무를 비롯하여 전반적으로 이렇다 할 실수가 없었기 때문이다. 그럼에도 피고는 꼬투리를 잡기 시작했다.

처음은 자막이었다. 중국어에 얼마나 해박한지는 알 수 없으나 자막에 오류가 있다는 것이었다. 어쩌면 번역본 〈삼국지〉에서 읽은 기억으로 추론했을지도 몰랐다. 어쨌거나 자막은 외주를 준 것이니 잘못이 있다면 그쪽에 물어야 한다는 직원의 대답을 반발로 받아들인 피고는 그만한 상식도 모르면서 무슨 본부장이냐며 비아냥거리기도 하고 역정을 내기도 했다. 하지만 꼭 집어 관리책임자의 업무 영역이라 할 수는 없으니 제풀에 수그러들었다.

그다음은 서류였다. 컴퓨터 시대에 대부분 업무는 전산 파일로 보관하게 된 지가 언제인데 느닷없이 모두 서류를 출력해 직접 결재를 받으라면서 '본부장' '대표' 단 두 칸으로 나뉜 1970년대식 고무 결재 도장과 스탬프를 내놓았다. 심지어 업무일지를 작성해 날마다 결재를 받으라고 지시했다. 어쩌겠나, 목구멍이 포도청인 것을. 더구나 본부장은 다 성장해 직장생활을 하는 자녀들의 도움을 받지 않고 독자적으로 경제생활을 하려는 중년을 훨씬 넘긴 여성이었다.

문제가 터진 건 '케이블 TV 대표자 협의회'였다. 1년에 한 번, 공식적으로는 케이블방송 발전과 다양성을 위한 협의였지만 실제는 정부 관계자를 초청해 운영자금을 지원받기 위해 모이는 일종의 친목 행사였다. 그래도 피고는 신이 났다. 케이블이라 해도 방송은 방송이니 버젓한 방송사 대표로서 행세하는 게 뿌듯했던 모양이다. 협의회 준비 서류를 요구했다. 매년 있던 일이니 지난해 양식에 따라 간략하게 준비했다. 인사말과 현황 보고, 건의 사항 정도의.

피고는 단박에 서류를 내팽개치며 고함을 터트렸다. '이따위 정신 자세로…' 시작한 일장 훈시가 끝나고 자신이 직접 형식을 끄적여 내놓더니 완벽하게 만들어 놓으라고 지시했다. 그렇게 시작된 완벽 타령은 거의 한 달을 이어졌다. 어이없는 건 피고가 끄적여놓은 대로 준비해도 다음 날이면 자신이 다시 뜯어고치며 '한 번에 완벽'을 소리치는 것이었다. 토요일도 일요일도 없었다. 퇴근 뒤에도 카톡으로 업무 지시가 이어졌다, 심지어는 밤 10시가 되어서도. 대놓고 나가라는 소리는 없었지만 '능력 없으면 그만두는 게 순리고 양심'이라며 내뱉는 혼잣소리는 사람을 쓰레기통에 구겨 넣는 것이고 피를 말리게 하는, 갑질을 넘은 모욕이었다. 학대였다. 폭력이었다. 상처 없는 상해였다.

사고는 일요일 오전에 터졌다. 이른 아침부터 날아드는 카톡에 어쩔 수 없이 사무실을 향해 빗길을 운전하다 물수렁에 휩쓸리며 자동차가 도로변 가드레일을 세게 박았다. 견갑골 골절로 전치 6주. '누가 나오라고 했나'가 피고의 첫 반응이었고, 이틀 뒤 전화로 '6주나 사무실을 비우면 어떡하지…' 걱정이라고 늘어놓았다.

"사건은 의미가 있습니다. 그렇지만 교통사고는 어차피 보험 처리가 될 텐데 대표와 법인을 상대로 5억 원 보상금은 너무 과한 게 아닐까요?"

효명의 우려에 강신효는 고개를 저었다.

"하도 억울해서 가끔 녹음했다는 걸 들었는데 너무 악랄해, 무자비하고. 인권이라는 의식 자체가 없어. 대한민국 소득 수준이면 그 정도 보상도 오히려 부족하다는 게 내 생각일세."

"그래도 인지대금만 해도 만만치 않을 텐데 원고가 부담스럽지 않을까요?"

"그건 내가 대납해 주고 소송 비용은 반드시 이겨서 받아낼 걸세. 기존 판례에 의하자면 승소해도 1000만 원 내외겠지. 그러니 자네가 나서서 최소한 1억은 판결할 수 있도록 최선을 다하게. 자네가 승낙하면 경력 있는 부장판사 출신이 저녁마다 들러서 조언해줄 거고 서류 실무 일을 하다가 퇴직한 행정직원들이 자원봉사로 나올 걸세. 보통은 형사사건의 결과를 보고 민사소송을 제기하지만 이 건은 민사소송에서 승소가 나면 형사소송도 진행할 걸세."

"그렇게까지요? 너무 가혹한 게 아닐까요?"

"암 가혹하지. 원래 전범(典範)이 되려면 엄해야 사회의 경종이 되는 법일세. 그래서 내가 자식들의 법률 공부를 말린 거고."

그래도 효명은 미안한 마음이 들었다. 그 기색에 강신효는 설명을 덧붙였다.

"무엇보다 피고는 사과할 의사가 전혀 없다는 것이네. 자신은 가장 똑똑하다고 생각하는데 평생 지방대학을 떠돌다가 퇴직했으니 그 콤플렉스가 작동해 더욱 윽박지른 걸세. 인격 파탄에 가까운 거니 제대로 혼나지 않으면 죽을 때까지 갈수록 더할 걸세. 두고 보시게, 소장이 송달되면 그가 어떻게 대처하는지. 원고도 진심으로 사과하면 소송을 취하할 의사는 있어. 그러니 미안한 마음 같은 건 가질 것 없네. 수임료도 500만 원으로 하고 1억 원 이상 승소 때에만 20퍼센트의 성공 보수를 받기로 했으니 도덕적인 비난도 없을 테고."

"이번 소송이 효명에게 나쁜 영향을 가져오지는 않을까요. 보수층에서는 질서를 무너트리는 것으로 여길 수도 있을 텐데요?"

형일의 말에 강신효는 눈을 부릅떴다.

"이보시게, 김 대표. 그건 보수가 아니라 소수, 그야말로 수구 꼰대들일 뿐이네. 이 나라가 이만큼이라도 지탱하는 건 바른 정신의 보수가 주류로 버티고 있기 때문이네."
효명이 얼른 나섰다.
"예, 그런 정도는 저도 감수해야겠지요. 최선을 다해보겠습니다."
"이 사람, 최선 말고 반드시, 하하하. 그럼 내일이라도 법무법인 개업과 석효명 변호사 첫 사건 수임으로 보도자료를 돌릴까?"
듣고 있던 형일이 발표를 말리거나 미루자고 하려는데 문이 열리고 동희가 들어섰다.
"아빠, 잠깐만…."
문가에 선 채 말하는 동희의 낯빛이 심각해 보였다.
형일과 함께 문밖 복도에 나온 동희는 휴대전화 화면의 언론 기사를 내보였다.
-대원투자 이주란 대표 교통사고로 절명-
형일은 다리에 맥이 빠져 하마터면 그대로 주저앉을 뻔했다. 이렇게 다 끝나는 것인가…, 머릿속이 하얘지는 느낌도 들었다.
그날 저녁 동희는 효명을 차에 태워 한강 둔치 한적하고 어두운 곳으로 데려갔다.
"뭐야, 여긴 왜?"
"내려, 오늘 너 좀 맞아야겠다."
이건 또 느닷없이 무슨 행패? 효명은 피식 웃으며 차에서 내려 먼저 강변으로 가 등을 돌리고 선 동희 곁에 어깨를 나란히 했다.

"사람 가슴 아래 양쪽 갈비뼈 갈라지는 곳, 아 명치. 거길 세게 맞으면 기절할 수 있다면서?"

"글쎄, 모르겠는데."

"아무튼 기절할 때까지 맞을래 내 말 들어줄래?"

"무슨 소리를 하려는 거야?"

"나 이번 주 배란기야. 하룻밤 같이 자줘. 아니면 기절하든가."

조금의 망설임도 없는 또박또박한 말투. 효명은 기함해 입을 딱 벌리며 돌아봤지만 여전히 강을 향한 동희의 얼굴은 또렷하지 않았으나 눈물을 흘리고 있다는 건 알 수 있었다.

"왜 그래? 말이 되는 소리를 해."

"너 너무 가여워. 그래서 네 아기 내가 낳아서 외롭지 않게, 가엽지 않게 길러서 네 뒤 잇게 하고 싶어. 아니, 할 거야. 난 아기를 잘 돌보지 못해도 엄마 아빠는 잘 돌볼 수 있어, 그러니 걱정하지 말고. 같이 자주기 싫으면 병원에서 정자라도 줘. 사랑해 달라고 안 해. 사랑하자고도 안 해. 절로 가서 머리를 깎아도 안 말려. 울어주지도 않을 거야. 그렇지만 너도 흔적은 남겨. 너 혼자 다 못해. 계속 이어서 해야 돼. 네 인연이 모질었다면 아기의 인연은 그 반대일 거야, 약속해."

농담도 아니고 장난도 아니었다. 사랑을 고백하는 것도 아니고 애원하는 것도 아니었다. 그렇지만 절절한 진심이었다. 누구도 할 수 없는 막무가내의 요구는 무슨 운명인가 싶기도 했다.

동희는 어느새 어깨까지 들썩였지만 소리는 억누르고 있었다. 효명은 텅 빈 머리로 한참 동안 물끄러미 동희의 옆모습을 지켜봤다.

"그만 가자."

효명의 말에 동희는 홱 고개를 돌리며 발끈했다.

"야! 나 아직 눈물도 안 그쳤어!"

그러고는 다시 고개를 돌리는 동희를 효명은 뒤에서 다가가 어깨를 다독였다. 이번에는 몸 전체로 돌아선 동희가 하이힐 뾰족한 끝으로 사정없이 효명의 정강이를 걷어찼다.

"아악!"

효명이 비명을 내뱉으며 아파했지만 동희는 개의치 않았다.

"이 등신, 머저리, 물방개, 말미잘 같은 자식아! 이럴 땐 뒤에서가 아니라 앞에서 껴안아 포옹하는 거야!"

효명은 우물쭈물 다가서 동희의 등 뒤로 팔을 뻗어 껴안았다. 그제야 동희의 입에서 울음소리가 터졌다.

"아, 쪽팔려! 내가 이 꼴인데 너 반응 없으면 진짜 죽일 거야, 각오해!"

울음이 범벅된 얼굴과 목소리로 동희는 한강이 떠밀려갈 듯 소리쳤다.

40. 죽음

선청이 명을 다해 눈을 감으니 소나무관을 써 양지바른 곳에 묻었다. 명을 다했다 하나 동물로서는 다른 생명에 비해 두 배는 살았으니 사람들은 교각을 지키려 찾아온 신장이었다고 여겼다. 뒷날의 사람들이 지장보살의 협시로 선청을 닮은 삽살개 형상을 두기도 하는 것은 그 공덕을 기리는 뜻이리라.

이제 교각의 한쪽 빈자리는 아홉 살 석이 대신했다. 석은 수시로 화성사와 고배경대를 오르내리더니 언제부터인가 내려갈 생각을 하지 않고 도명을 따르며 교각의 주변을 맴돌았다.

한편, 산문 앞을 지키게 된 중신과 영신은 과연 성유의 예측대로 오래지 않아 화성사를 찾는 불자를 비롯하여 인근 마을 주민들과 허물없이 지내게 되었다. 처음에는 사람들도 두 사람의 행태를 괴이쩍게 여기고 눈살을 찌푸리기도 했다. 하지만 그들이 교각의 외숙부이고 신라 귀족으로 남부럽지 않은 영화를 누렸고 여전히 누릴 수 있는 신분이라는데 놀라고, 그럼에도 허옇게 센 머리를 깎고 사사롭게는 조카인 교각에게 무릎을 꿇고 눈물로 사정해 쫓겨나는 것을 면했다는 이야기에 웃음을 지었다.

사실 굳이 산문 앞을 지키게 한다는 건 맥락 없는 일이었지만 그래도 두 사람은 이른 아침부터 제법 의젓하게 화성사를 찾는 이들에게 예를 표하니 산문에 드는 마음을 경건하게 했고, 돌아가는 길을 환송하니 다시 한번 절집을 돌아보게 해 아주 의미 없지는 않았다. 문제는 저녁이었다. 여전히 해만 떨어지면 기다렸다는 듯이 주루를 찾아 드러내놓고 술을 주문하니 처음에는 혀를 차고 눈살을 찌푸렸지만 이내 어울려 술잔을 주고받게 되었다.

구수한 말솜씨로 그들은 알지 못하는 신라의 풍정과 시속을 풀어내니 사람들은 귀를 기울여 웃고 한숨지었다. 또한 취중에도 불법에 대해 말을 꺼내면 엄숙한 법당에서의 어려운 설법으로는 도무지 알아듣지 못하던 것들이 귀에 쏙쏙 박혀 눈이 떠지니 더욱 부처를 생각하고 절집을 찾고 싶게 만들었다. 그런 돌아가는 사정을 성유로부터 전해 듣는 교각은 잠깐 눈살을 찌푸리기는 하나 더는 말이 없으니 그것도 한 방편이구나 생각하는지도 몰랐다.

"형님, 내일은 법당에 들어가 봐야 하지 않겠습니까?"

영신의 말에 중신도 고개를 끄덕였다.

"지난번 예불에 들고 벌써 이레나 됐으니 그래야겠네. 오늘은 유채 기름에 채소나 볶아 달라고 해 요기하고 개울에서 목욕을 하세."

"예, 세속의 때를 씻어야 부처님을 뵙지요."

새벽 예불을 드리고 오전 동안 성유를 따라 근력을 쓰고 돌아온 두 사람은 다시 산문 앞을 지키고 섰다. 부지런히 드나드는 사람들에게 합장배례 하던 중신이 먼저 움직임을 멈추고 우두커니 멀리서 다가오는 일행을 향해 눈길을 모았다.

말 위에 앉은 여인은 멀리서도 늙은 기색이 역력했다. 견마를 잡은 청년 하나, 그 반대편에 칼을 찬 무사 하나, 말 허리 양쪽에서 마상의 여인을 호종하는 중년의 여인과 소녀, 말 뒤를 따르는 또 다른 무사 하나와 짐을 짊어진 사내 둘. 모두가 당의(唐衣) 차림이니 엄청난 대갓집 부인의 행차인가 싶었지만 아무래도 뭔가 달랐다. 어두침침한 눈을 연신 찌푸리던 중신이 영신을 돌아봤다.

"이보게 아우님. 저기 보이는 일행은 좀 남다르지 않은가?"

중신이 가리키는 방향으로 눈길을 돌린 영신은 이내 두 눈이 휘둥그레지며 경악했다.

"왕후마마십니다!"

누가 먼저랄 것도 없이 한걸음에 달려간 두 사람은 말 앞을 가로막으며 무릎을 꿇었다.

"마마, 어떻게 이 먼 곳까지…."

채 말을 맺지 못하고 눈물 바람을 하는 두 아우의 모습에 성정왕후는 억장이 막혀 눈물조차 나오지 않았다. 이미 말은 전해 들은 터였지만 그래도 막상 머리를 깎고 잿빛 승복을 입은 모습을 보자 측은한 마음과 함께 화가 치밀었다. 중년 여인의 부축을 받아 힘겹게 말에서 내린 왕후는 서운한 빛을 드러내며 꾸짖듯 말했다.

"왕자를 모시고 오라 했더니 이게 무슨 꼴들이시오! 왕자는, 수충은 그리도 완고한 것이오! 설령 그렇더라도…."

"형님, 조심해 모시십시오. 저는…."

벌떡 일어선 영신은 그렇게 말해놓고 돌아서 산문을 향해 달음박질치며 소리쳤다.

"후봉, 아니, 성유 사형! 사형…!"

산문 앞에 말을 메어놓고 몇 걸음 나가기도 전에 벌써 멀리서 성유가 날듯이 달려오는 모습이 보였다. 성유는 털썩 무릎을 꿇었다.

"왕후마마!"

절을 하고 고개를 드는 그의 모습이 왕후의 눈에도 익었다.

"자네는 후봉이 아닌가?"

"예, 마마. 이리 뵙습니다."

또한 눈물을 쏟는 그를 보며 왕후는 한숨과 함께 혀를 찼다.

"다들 이 무슨 꼴인가…."

성유는 벌떡 일어나 뒤따라온 영신에게 일렀다.

"사제는 왕후마마를 요사채로 모시고 자명에게도 연통을 넣게."

그러고는 등을 돌려 또 달음박질쳤다.

성유의 말에 교각도 벌떡 일어나 산 아래로 바쁜 걸음을 옮겼고 도명과 석도 뒤를 따랐다.

요사채 앞에는 벌써 민공과 유탕이 서성거리고 있었고 방 안에서는 자명이 절집 안에서 가장 두꺼운 요를 가져오고 그 위에 교각이 법석에 앉을 때 쓰는 좌복을 얹어 왕후를 조금이나마 편하게 모셨다. 중신은 왕후 앞에 무릎을 꿇은 채 묻는 말에 답했고 영신은 자명의 말을 호종하는 두 여인에게 통변하고 민공과 유탕에게 설명하느라 분주했다.

밭은 숨을 내쉬며 교각이 닿자 모두가 좌우로 비켜 길을 냈다. 방으로 들어선 교각은 멈칫 걸음을 멈춘 채 힘겹게 일어서려는 왕후를 멍하니 바라봤다. 어머니, 왕후 이전의 어머니. 30년 넘는 세월이 흘러 다시 뵙게 되는 어머니…. 팔순에 이르는 세월과 뼈가 시렸을 마음의 외로움에 긴 여로의 피로까지 더했으니 그 쇠잔함이 역력했다.

"이, 이보게. 왕, 왕자…."

마저 일어서지 못하고 다시 주저앉으며 더듬거리고는 말을 잇지 못하는 어머니 앞에 교각은 무릎을 꿇었다.

"소승 교각, 이렇게 어머님을 뵙습니다."

어머니라는 소리에 왕후는 막혔던 숨을 토하듯 크게 한숨을 내뱉더니 무릎걸음으로 다가와 교각의 어깨를 보듬었다.

"그래, 내 아들 수충아. 이게 무슨 꼴이냐. 이제 다 끝났다. 더는 너를 어찌할 누구도 없다. 이제 그만 돌아가자. 네가 태어난 집, 네가 살던 신라로 돌아가 남은 생이나마 편하게 살자. 고귀한 왕자의 신분으로 태어나 왕좌에 오르지는 못했다만 중이라니, 스님이라니, 아니 될 말이다. 불법이 아무리 높고 귀하더라도 너는 내 아들이고 왕자니라. 잿빛 승복이 무슨 꼴이냐. 비단도 아닌 삼베라니. 너는 그런 사람이 아니다. 그리 태어나지 않았다. 돌아가자, 돌아가자…."

어머니의 호소는 멈추지 않았지만 교각은 요지부동 두 눈을 감은 채 한 손에 쥔 염주만 굴리며 그 흐느낌, 호종하는 이들의 울음소리, 방 안팎 승려들의 눈물이 멈추기를 기다렸다. 한참이 지난 뒤 기운을 잃은 왕후가 자명과 중년 여인의 부축을 받아 다시 좌복 위에 앉아 벽에 등을 기대자 낮은 음성으로 말을 꺼냈다.

"왕후마마. 소자 수충, 어머님의 태를 빌려 세상에 태어났으나 길은 왕좌가 아니라 부처님 앞이었습니다. 그러니 이제 다시 교각으로 돌아가겠습니다."

"이보시오, 왕자. 스님도 좋고 부처님도 좋소이다. 그렇지만 살아야 할 것 아니오. 그 몰골이 무엇이오. 장대 같은 키만 그대로일 뿐 그 건장하던 몸피는 다 어디로 가고 뼈만 앙상하니 평생 믿어왔지만 그런 부처님이라면 이제 믿음을 버릴 것이오, 원망할 것이오. 다 부질없소. 스님도 어미에게는 자식이오. 돌아가서 예전 그 몸피로 훤하게 웃는 모습이라도 봐야 내가 눈을 감을 수 있을 것 같소이다. 돌아가십시다…."

교각은 중신과 영신을 돌아봤다.

"너희는 왕후마마를 신라로 모시고 그래도 뜻이 있으면 그곳에서 불법을 받들어라."

외숙이지만 이미 사제이니 엄하지 않을 수 없었다.

"그리할 수 없습니다. 저희는 이미 구화산에 뼈를 뿌릴 것이라 부처님 전에 약속한 중입니다."

"어허! 사사로이는 누님이시고 이미 쇠잔하시니 정성을 다해서 모셔야 할 일입니다."

"마마는 호종하는 이들이 굳건하니 서둘지 않으면 무사히 귀환하실 것입니다."

동생들까지 저리 고집을 꺾지 않으니 왕후는 한편 이것들이 다 눈이 뒤집혔나, 하는 생각까지 들었다.

"다들 돌아가자! 피붙이의 연까지 끊는 독함이라면 오랑캐와 무엇이 다르냐! 왕자, 제발 돌아가십시다, 제발…."

왕후의 눈물과 하소는 멈추지 않았으나 교각은 방을 나와 문수전으로 향해 가부좌를 틀었다.

절집의 모든 이가 예불을 하다가도 눈물을 흘리고, 절을 하며 울음을 감췄다. 성유는 밭에서 괭이질을 하다가 문득 하늘을 올려다보며 소매 끝으로 눈물을 훔쳤고, 유탕은 법문을 설하다가 고개를 돌려 눈물이 마르기를 기다렸다. 자명은 왕후에게 올릴 약을 달이면서 어깨를 들썩였고 도명은 문수전 앞에서 입을 틀어막아 울음소리를 감췄다. 중신과 영신은 아침부터 주루에서 술을 목구멍에 들이붓다가 버젓이 술 냄새를 풍기며 비틀비틀 감히 산문을 넘어 왕후가 몸져누운 요사채를 기웃거렸다. 그래도 왕후와 교각의 마음을 가장 깊이 공감하는 건 민공일 것이었다. 그는 아예 요사채 방 한 칸의 문을 걸어 잠그고 식음을 전폐했다.

피붙이. 그중에서도 가장 질긴 것은 어머니일 것이다. 생명의 씨를 뿌리고 거둔 모두의 배를 채우고 기르기 위해 평생의 등짐을 묵묵히 견디는 아버지, 한배로 태어나 한 이불 속에서 뒹굴며 우애를 키운 형제. 어느 하나 귀하고 외면할 수 없다 하지만 달(月)이 열 번을 기우는 동안 배 속에 품어 길러서, 뼈와 살이 나누어지는 고통 속에 생명으로 내놓은 어머니만 하랴. 젖을 물리는 건 내 몸을 나누는 것이요, 오줌똥조차 달콤하게 여겨 씻기고 말린 그 사랑을 어찌 말로 형언하고 짐작할 수 있으랴….

사흘이 지나고 문수전에 든 성유는 교각 옆에 무릎을 꿇고 조심스럽게 입술을 뗐다.

"스승님, 아무래도 마마께서 앞을 보지 못하는 듯하십니다."

조용히 명호를 외며 염주를 굴리던 교각이 낙담한 듯 풀썩 고개를 떨궜다.

"사흘 밤낮 식음을 전폐하고 눈물만 지으시더니…."

교각은 일어나 요사채로 가 왕후의 상태를 살폈다. 왕후는 어머니의 촉수로 교각임은 알았으나 보이지 않는 것이 분명했다. 예전 수행하던 동굴 옆 바위샘을 떠올렸으나 교각이 고배경대로 옮긴 뒤부터 물이 고이지 않았다. 교각은 화성사 앞 샘물을 길어와 지극정성으로 왕후의 눈을 씻어 주었더니 며칠이 지나지 않아 다시 사물을 알아볼 수 있게 되었다. 뒷날의 사람들은 그 우물을 명안천(明眼泉)이라 하였는데 현존한다.

병약했던 당 숙종은 762년 세상을 떠났다. 뒤를 이어 장남 이예(李豫)가 즉위하니 대종(代宗)이다. 이듬해 안사의 난은 완전히 진압했으나 곳곳에서 반란이 이어졌고 토번의 침공까지 거세니 불교에 심취했다. 779년 그가 세상을 떠나고 장남 이괄(李适)이 재위를 이으니 덕종(德宗)이고 연호는 건중(建中)이었다.

건중 2년(780년), 구화산 일대를 관장하는 지주(池州)태수 장암(長巖)은 황제에게 교각의 행적과 공덕을 상세하게 거론하며 이미 낡은 화성사 편액을 바꾸고자 하니 윤허하기를 상주했다. 황제는 기꺼이 허락하여 친필을 내리니 이로써 화성사는 황제의 사찰과 다름없게 되어 감히 관권이 기웃거릴 수 없는 위상이 되었다.

황제의 친필 편액이 걸리는 장엄한 법회까지 지켜본 성정왕후는 마침내 임종에 들었다. 교각의 한 손을 잡아 가슴으로 품은 왕후는 가쁜 숨을 몰아쉬며 더듬거렸다.

“대사(大師)··· 비로소 제가 사람으로 태어난 까닭을 알았습니다···. 대사를 품어 세상에 내놓으라는 소임이었으니… 기쁘기 한량없고 더할 수 없는 광영이었습니다…. 잠시 어미의 욕심을 품은 것은… 깨달음이 미치지 못하는 협량이었으니… 너그러이 거두어주십시오. 부디 성불하소서…."

그것으로 팔의 맥을 놓고 두 눈을 고요히 감으시니 교각은 한 점 눈물을 떨궜다. 사람들은 왕후의 영령을 기리기 위해 탑을 세워 낭랑탑(娘娘塔)이라 이름 지었으니 지금까지 전해오고 있다.

어찌 교각인들 시름이 없으랴. 위안은 석이었다. 왕후의 다비를 치르고 한동안 화성사에 머무는 그의 곁에서는 석이 그림을 그리며 재롱을 부렸으니 아비의 즐거움이 이런 것인가 하는 생각이 들기도 했다.

어느 날, 어두운 낯빛으로 법당에 든 석이 눈물부터 뿌린 뒤 머리를 조아렸다.

"스님, 저는 이제 마을로 내려가겠습니다."

염두에 두지 않았던 것은 아니지만 교각은 서운함을 어쩌지 못했다.

"왜?"

"너무 심심합니다. 이제는 마을로 내려가도 벗들이 고아라고 놀리지 않을 것 같습니다. 이제 같이 뛰어놀 수 있을 것입니다."

"좋구나! 그러려무나, 뛰어놀아야지."

석이 떠나고 교각은 붓을 들었다.

送童子下山

空門寂寞爾思家　禮別云房下九華
愛向竹欄騎竹馬　懶於金地聚金沙
添瓶澗底休招月　煮茗甌中罷弄花
好去不須頻下淚　老僧相伴有煙霞

중 생활 쓸쓸해 집 생각나더냐
정든 절 나와 구화산 떠나는 동자야
죽마지우 언제나 그리워하더니
금 같은 불도의 땅도 너를 붙잡지 못하누나
첨병곡의 달구경도 이로써 마지막
자명구의 꽃놀이도 이로써 마지막
이별의 마당에서 눈물 흘린들 무엇하랴
노승은 안개와 구름 벗 삼아 살리라

또 오래지 않아 민공의 임종을 맞았다. 느지막이 불법에 눈을 떠 아들을 출가시키며 수많은 보시의 공덕을 베풀었고 마침내는 자신까지 불제자가 되었으니 그 인연의 깊이는 가늠할 수 없고 능히 보살이 될 것이었다. 민공은 좌우를 지키고 앉은 교각과 도명의 손을 하나씩 붙잡고 가쁜 숨을 몰아쉬었다.

"교각 대사님을 만나 비로소 개안할 수 있었습니다. 참으로 희열이고 광영이었습니다. 지옥이 다 비기 전까지 성불하지 않으시겠다는 큰 서원을 세우셨으니 저는 먼저 가더라도 언제든 대사님 곁에 협시하여 그날까지 모실 것입니다."

교각은 한줄기 눈물로 그의 결심에 화답했다.

민공은 고개를 돌려 도명을 바라보았다.

"도명 사형. 아들로 만나서 기뻤고 사형으로 모시며 가르침을 받아 즐거웠습니다. 저보다 먼저 개안하신 그 혜안에 많이 부끄러웠고 뿌듯했습니다. 사형께서도 더욱 정진하시어 대사님이 성불하시는 그날까지 협시하기를 기원드립니다."

"아버님, 생명을 주셨음에 감사드립니다. 말씀을 명심해 따를 것입니다."

"도명아, 내 아들아. 내 사형…."

민공은 그렇게 미소를 머금은 채 조용히 눈을 감았다.

때가 되면 누구라도 떠나온 곳으로 돌아가야 하는 것이 생명의 섭리이니 어쩌겠나. 죽음이 두려운 것은 생의 순간에 지은 업에 의한 것이니 부처의 가르침은 자신을 들여다보기를 게을리하지 않아 업을 짓지 말라는 것이 아닌가. 죽음 뒤의 세상은 누구도 모를 일이다. 눈이 부시도록 밝은 광휘의 향연이 펼쳐질 수도 있고 캄캄한 어둠의 적막일 수도 있을 것이다. 그러나 빛의 세계에서도 자신의 마음이 맑지 못하면 두려움을 떨칠 수 없을 것이고, 어둠 속이라 해도 그의 마음이 밝으면 오히려 적막이 평화의 고요일 수 있을 것이다. 천상도 지옥도 스스로 만드는 것임을 깨우치지 못하는 것은 못 하는 것이 아니라 아니 하는 것이리라. 오욕칠정(五慾七情)에 사로잡힌 그 사슬을 끊어내지 못해 업을 쌓고, 지옥으로 향하는 길임을 알면서도 멈추지 않는 어리석음이라니!

눈으로 보는 빛(色), 코로 맡는 향(香), 귀로 듣는 소리(聲), 혀로 느끼는 맛(味), 몸의 접촉에 의한 느낌(觸)에서 비롯되는 재물욕, 명예욕, 식욕, 수면욕, 색욕의 오욕과 오관에 의한 기쁨(喜), 노여움(怒), 슬픔(哀), 즐거움(樂), 사랑(愛), 미움(惡), 욕망(欲)의 칠정은 인간이 살아감에 있어 기본이고 전부일 수 있지만 그 또한 영겁의 시간에 비하면 찰나인 것을. 절제하지 않는 탐(貪)이 죄가 되고 업으로 쌓여 지옥을 만드는 것임을 매 순간 깨우쳐야 할 일이다.

민공의 장례가 끝나고 고배경대로 돌아가는 교각의 곁은 여전히 도명이 따랐다.

"헤어짐이 슬프냐?"

"어찌 슬프지 않겠습니까. 그러나 아버님은 죽어서도 스승님 곁에 협시하겠다 서원하셨고 언젠가 저도 다른 한쪽에 협시하여 모실 것이니 슬픔이야 찰나가 아닐는지요."

그들의 지극한 서원은 구화산 나무지장왕보살(南無地藏王菩薩)상에 노인 모습의 민공과 동자 모습의 도명이 좌우에 협시하는 것으로 오늘날까지 이어지고, 선청 또한 그 앞을 지키고 있다.

"스승님께서는 수십 년 세월을 고행하시고도 여전히 수행을 멈추지 않으시니 그 뜻이 궁금합니다."

"도명이 너도 사대부경을 오래도록 읽지 않았느냐. 그러니 너의 총명함으로 이제는 그 뜻을 다 깨우쳤을 테지?"

도명은 잠시 머뭇거리다가 답했다.

"모두 외우기는 합니다만 깨우쳤다 할 수는 없겠습니다."

"어째서?"

"외우며 생각하면 날마다 깨우침이 더해지기 때문입니다."

교각은 환한 웃음을 지어 보였다.

"바로 그거다! 30년, 40년을 읽고 외워도 아침이 밝으면 또 다른 깨우침을 얻게 되니 멈추지 못하는 것이다. 또한 고행이라 하나, 알면서도 실천하지 못하는 까닭은 게으른 때문이고 게으르면 잊어버리게 되니 수행을 멈추지 않는 것이다. 더구나 승려라면 죽음에 이르는 순간까지 수행에 게을러서는 안 될 일이다."

"받들겠습니다."

걸음을 서두르던 교각은 문득 생각난 듯 도명을 돌아봤다.

"자명이 네 첫 제자이지?"

"예, 그러합니다."

"어떠하냐?"

"근기가 든든해 공부를 멈추지 않습니다. 드나드는 여러 보살을 이끄는 지도력도 있고 워낙 성실하니 모두가 기쁘게 따릅니다."

교각은 흡족한 웃음을 지었다.

"세상은 여인이 있어 유지되는 것이다. 그들이 죽음 같은 산고를 겪으며 자식을 낳지 않으면 인간 세상도 없게 되는 게 아니냐. 여인으로 태어나는 그 또한 연기이기는 하겠지만 그를 연유로 가림을 두어서는 아니 될 일이다. 자식이 있어 재가할 수밖에 없으나 어머니인 그들의 보살심에는 감히 비구들은 비할 바 못 될 것이다. 그래서 자명의 소임이 막중한 것이다. 재가 보살들의 발심을 끌어내고 이끌어서 그들이 어려움 중에도 긍지를 가지고 환희심을 느끼게 하는 소임 말이다. 그러니 도명이 네가 가르침을 더하고 격려하는 일을 소홀히 해서는 안 될 것이다."

"명심하겠습니다. 그런데 성유 사형 건강이 좋지 않은 듯합니다."

"알고 있다. 워낙 오랫동안 근력을 써왔으니 기력이 쇠할 때도 되었지. 그러나 그처럼 근력을 써왔기에 뿌리는 여전히 튼실하니 곧 떨치고 일어날 것이다. 네가 넌지시 일러 이제는 좀 살살하라 하거라."

도명은 미소를 지었다.

"그리하겠습니다, 스승님."

"나는 오히려 유탕이 걱정이구나."

"유탕 사형은 아무렇지 않아 보입니다."

"본디 그리 재주를 타고났다만 대중을 상대한다는 게 여간 어려운 일이 아니냐. 제각각 근기가 다르니 그에 맞춰 가르치고 이끌려면 이제 진이 빠질 때도 되었을 것이다. 쉬엄쉬엄하라고 몇 차례 일렀다만 그럴수록 더욱 열심이니 어찌할 방도가 없구나. 저러다 맥을 놓는 건 한순간일 텐데, 쯧쯧."

보지 않는 듯하나 모두를 지켜보고 있음이었다. 교각은 자신도 이미 명이 오래 남지 않았음을 직감하면서도 아끼는 제자들에 대한 염려가 먼저였다.

41. 희망

형일이 동희와 함께 구례까지 내려간 것은 아무래도 찜찜한 마음을 털어낼 수 없었기 때문이다. 다행히 상훈이 경찰서와도 인연이 닿아 이주란 교통사고에 대한 자세한 사정을 들을 수 있었다.

이주란이 왜 아무런 연고도 없는 그 산중까지 왔는지는 누구도 알지 못했다. 경찰에서는 도피 중이었으니 은신할 장소를 찾아 나선 것이 아니겠느냐는 추측 정도였다. 유족은 미국에서 살고 있는 딸이 유일했으나 그는 3조 원에 이르는 펀드 손실 사기사건으로 수사 중인 상황에서 상속인이 되었다가 여차하면 엄청난 피해에 대한 책임이 돌아올 수 있으니 일체의 상속권을 포기했다. 또 시신도 법적 절차에 따라 처리해 달라며 귀국을 거부했다. 이주란의 부모는 이미 모두 사망했고 형제에게도 연락했지만 그들도 인연을 끊고 산 지 오래라며 시신 인도조차 거부했다. 3년 정도 혼인 생활을 유지하다 이혼한 남편 역시 딸과의 연도 끊고 사는 데 무슨 관계냐며 전화를 끊었다니 겉은 화려했으나 참으로 쓸쓸한 생이었고 비참한 종말이었다.

사고를 낸 피의자 이름이 재철이라는 사실에 형일은 실로 경악했다. 경찰 조사에 따르면 서울에 본사를 둔 중견 규모의 종합건설회사 소유주이자 경영자인 그도 남쪽 지역과는 특별한 연고가 없었다. 다만 사고 현장 인근을 종합리조트로 개발할 여지가 있는지 조사차 내려온 것이고 덤프트럭을 직접 운전한 것은 산지의 빗길에서는 대형트럭이 안전해 가끔 그렇게 다니기도 한다는 진술이 미심쩍었다. 그러나 회사 직원들이 가끔 그렇게 엉뚱한 모습을 보여 자신들도 놀란다는 진술을 했고 무엇보다 그는 대원투자나 이주란과 아무런 연결점이 없어 고의적인 추돌을 의심하기 어려웠다.

음주에 대해서는 사고가 나고 놀란 가슴을 진정시키려고 글러브박스에 있던 술을 꺼내 들이켠 것이라고 주장하고, 트럭 블랙박스에도 그 모습이 담겨 있었다. 112 신고 또한 자신의 전화로 직접 했으니 단순 교통사고에 의한 사망으로 입건했다는 것이었다.

그는 3억 원을 피해자에 대한 보상금 명목으로 법원에 공탁도 했다. 이전 전과가 있기는 했으나 출소 후 토목회사로 시작해 10년이 넘도록 성실하게 기업을 키워왔으니 그 정상을 참작하면 1심은 몰라도 2심에서는 집행유예가 선고될 것이라는 예측도 있었다.

형일은 이틀을 더 기다려 검찰에 송치되는 그의 얼굴을 경찰서 현관 옆에서 직접 확인했다. 계절에 맞지 않는 가죽 점퍼를 입고 수갑을 찬 채 무덤덤한 얼굴로 호송차에 오르는 그는 그날 장례식장에서 역시 가죽 점퍼 차림으로 앉아 있던 별동대 재철이 분명했다. 형일은 함께한 상훈에게 그간의 일을 모두 전했다.

“그럼 그 여자는 어쩌면 불락사로 오는 중이었는지도 모르겠구먼. 그게 살길을 찾으려는 것이었는지 마지막 반성을 위한 행보였는지는 알 수 없지만 말이오.”

“재철이라는 가해자는 정말 우연한 사고였을까요?”

“김 대표가 장례식장에서 본 그 사람이 분명하다면 우연은 아닐 테지요. 아버지라는 자가 모든 인연을 끊게 한 것이라면 효명이 저처럼 우뚝 섬으로써 업이 무거운 두 사람을 구원한 것이나 마찬가지이기는 한데, 참…. 어쨌거나 저들 두 사람의 천도는 내가 재를 지내서 해야 할 것 같소이다. 지장보살….”

“아무튼 이번 일은 효명에게는 물론 누구에게도 말하지 않을 생각입니다.”

“그래야지요. 효명이 더는 혼란에 빠져서는 안 되지요. 난 이제 잊어버렸고 김 대표와 우리 동희만 묻어두면 되는 일이니 안심할 수 있을 테고요, 허허.”

박준동. 그의 결정이라면 과연 그걸 어떻게 판단해야 할지는 누구도 모를 일이다. 가족의 굴레로 자신의 인생을 스스로 수렁에 던져 쌓은 업은 분명 어리석음이다. 몰랐다 하나 한 여인을 방기한 것도 분명 잘못이다. 그러나 그는 한 사람의 광휘에 모든 것을 내려놓았다. 자신으로 인해 남게 될지 모를 굴레까지 스스로 벗겨내기 위해 마지막 죄도 서슴지 않았다. 참으로 인생에서 인연과 업의 무게는 살아서도 죽어서도 벗어날 수 없는 것이니 한순간도 소홀해서는 아니 될 일임이 여실했다.

강신효를 대표 변호사로 하는 '법무법인 희망' 설립과 소속 변호사 석효명이 첫 사건으로 케이블방송 갑질 관련 민사소송을 전담하기로 했다는 보도가 나갔다. 처음에는 '역시 석효명'이라는 반응 일색이었다. 그러나 사흘이 지나자 보상 청구액이 5억 원이라는 사실을 주목하여 다른 목소리가 나오기 시작했다. 지나치게 과하다. 터무니없는 금액이다. 자신의 인기를 이용해 사건을 부풀리고 있다. 대중적 인기를 넘어 사회적 명성까지 높이려는 의도다. … 그렇게 논란이 커지더니 마침내 기존 질서에 대한 도전, 사회적 갈등을 부추기는 악의라는 날 선 비난까지 나왔다.

물론 정규 언론의 공식적인 논평은 아니었고 관련 기사의 댓글과 일부 유튜브 매체의 자극적 주장이었다. 그러나 댓글이 다시 기사화되고 또 다른 댓글과 논쟁으로 이어지는 양상이 큰 갈등으로 번지는 것이 아닌가 하는 우려를 낳았다. 다만 아직은 다수가 긍정적인 시각으로 응원을 보내고 있었다.

"어느 정도 예상은 했지만 이렇게까지 빠르게 시끄러울 줄은 짐작 못했는걸. 허, 참."

강신효는 걱정하는 마음을 드러냈다.

"아직까지는 선두 자리에 있기는 하지만 음원 조회 수도 조금씩 떨어지는 추세입니다."

형일이 거들었지만 효명은 덤덤했다.

"그렇게 일일이 신경 쓰면 전체가 흔들릴 수 있으니 관심 두지 마세요. 뮤직비디오 편집은 언제 끝나요?"

"이삼일이면 돼."

"보셨어요?"

"응, 괜찮아. 아니, 좋아."

"그럼 됐네요."

초연한 듯한 효명의 태도에 강신효는 오히려 마음이 쓰였다.

"석변, 정말 괜찮은가?"

"예, 차라리 잘됐다는 생각이 들어요."

"잘되다니?"

"저는 오히려 비판 없는 일방적인 열광이 걱정스러웠어요. 맹목적인 우상의 끝은 항상 허망하잖아요. 설령 열광이 식지 않는다 하더라도 우상이 무슨 의미가 있겠어요. 저는 비판이 있어야 저도 더 나아갈 수 있다는 생각이에요."

강신효는 내심 감탄했지만 무심히 고개를 끄덕였다.

"그렇게 받아들인다니 다행이네. 또 그래봐야 편협한 소수일 테니 대세에는 지장이 없을 걸세."

"저는 법정에서 치열하게 그들 생각에 대한 답을 내놓을 겁니다."

"그래, 자네 변론에 모두들 주목할 걸세. 아, 석변 혹시 조수경이라는 변호사를 아나? 자네 대학 동기인 것 같던데."

잠시 고개를 갸웃거리던 효명은 장성윤과 같이 사무실에 찾아왔던 그를 떠올렸다.

"예, 두어 번 안면이 있습니다."

"자네에게 좋지 않은 감정을 품고 있는 것 같던데, 무슨 마찰이 있었나?"

효명은 살짝 입술이 비틀리는 웃음을 지었다.

"마찰은 아니고 그 사람들이 함께하자는 제안을 제가 거부한 적이 있습니다. 그런데 어떻게 그 사람을 아시는 겁니까?"

"내가 몸담았던 로펌 소속 변호사일세. 꽤 유력한 집안 딸이더군. 그런데 듣기로는 조 변호사를 주축으로 한두 해 선배들이 이번 소송을 맡겠다고 나섰다더군. 반드시 이기겠다는 각오도 대단하고."

효명은 대답 대신 실소를 지었다.

"짐작이 가는구먼. 대단한 자신들이 제안했는데 감히 거절했으니 본때를 보여주겠다는 거군. 허허, 그 대단도 결국은 별 게 아니지 않은가. 석변 한 사람을 두고 떼로 달려들겠다니 그건 콤플렉스야. 그렇게 허약

한 주제에 저들이 아주 대단하다고 여기는 착각이라니, 쯧쯧.”

“그보다는 역시 대표님 생각대로 케이블방송 대표는 사과할 생각이 없는 모양입니다. 거기 로펌이라면 수임료도 만만치 않을 텐데요.”

“그게 자기가 똑똑하고, 사회 지도층임네 하는 명함들이 하는 행태 아닌가. 그래서 가혹하나거나 미안하다는 생각을 하지 말란 걸세. 이건 수백 년, 어쩌면 수천 년 이어온 사회적 악습을 바꾸자고 나서는 일이고, 아마 청년과 여성들은 모두 자네에 대한 기대를 접지 않고 응원할 것이네.”

“그래도 정말 바뀔지는 의문입니다, 설령 재판에서 성과를 거두더라도요?”

“판결만 잘 받아내면 틀림없이 바뀔 걸세. 세상이, 특히 상류 세상은 모두가 자신의 편이라고 굳게 믿기에 하는 짓이네. 그렇지만 시류에 편승하는 것도 빠른 사람들이니 진짜 세상이 바뀌는구나 실감하면 곧바로 탈을 벗거나 또 다른 탈을 덧씌울 테니.”

강신효, 그는 새삼 자신의 삶이 영보다 욕이 컸음을 절감했다. 자신 역시 크게 다르지 않았을 것이다. 기껏 핑계를 대자면 그 정도는 아니었다, 하겠지만 결국은 무엇을 다르다 할 수 있겠는가. 낳아준 어머니에 대해서는 극진했어도 여성을 보는 시각은 어떠했던가. 자식에게는 끔찍하면서도 또래의 다른 이들에게는 어떠했는가. 바닥의 고달픈 삶에 진정 공감한 적이 있었던가. 과연 그들에게 기쁨과 희망을 주었던가, 주려 애써

본 적은 있는가. 때를 기다렸다고 하더라도 시류에 편승한 건 분명한 사실이지 않은가. 탈을 바꿔 쓰지 않았다고 장담할 수 있는가…. 참으로 부끄러운 회한이었다. 효명이 반성할 용기와 기회를 주었으니 늙어 여생이 얼마 남지 않은 자신에게도 희망이 되지 않는가. 아, 젊은 한 사람이 홀로서 이처럼 희망이 되는데 70년을 넘게 살며 여태 혼자라는 핑계로 눈치나 보며 머뭇거린 못나고 어이없는 삶이라니….

한강 둔치에서 집으로 돌아와 곧바로 2층 별채로 들어간 동희는 다음날 아침에는 아무런 일도 없었다는 듯 여전히 밝고 유쾌했다. 달라질 아무런 이유가 없었다. 부끄러울 것도 거리낄 것도 없었다. 사람이 사람을 사랑하는 마음인데 그 마음조차 밝힐 수 없는 건 사랑에 대한 모독 아닌가. 하나님도 사랑하라 그리 말씀하시는데, 감히 누가! 사랑해 달라는 것도 아니고, 매달리겠다는 것도 아닌데. 집착, 그런 건 애초 체질이 아니어서 못 한다. 그래서 수조 개나 있다는 그 정자 몇 개 달라는데, 뭐! 그런데 울기는 왜 울었지? … 서럽지도 않았고 억울하지도 않았으니 그건 그냥 쪽팔렸던 거다. 그건 창피한 거와 다른 감정이다. 하여간 그만큼 해뒀으니 최소한 정자는 줄 거다. 그거면 충분하다. 나한테는 나쁜 자식이지만 세상에는 꼭 있어야 할 존재다. 그러니 나는 언제나 옆에 있을 거다. 그거면 되는 거다….

그런 동희가 아침 밥상을 차려놓고 전화를 해야 1층으로 내려오던 평소와 달리 일찌감치 식탁 한자리를 차지하고 앉아 현관 쪽을 노려보고 있었다, 그것도 후줄근한 츄리닝이 아니라 청바지에 외출복 차림으로.

"너 오늘 어디 가니?"

"응, 하동."

안방에서 나오던 형일이 묻자 동희는 눈길을 여전히 현관 쪽에 둔 채 짧게 답했다.

"하동에는 무슨 일로?"

"그럴 일이 있어."

"아무래도 재 또 효명이 잡으려는 것 같아요."

예원의 말에 형일은 건성 고개를 끄덕이며 예원이 퍼놓은 밥과 국을 식탁으로 옮기고 수저를 챙기며 예원을 바라봤다.

"효명이 전화했어?"

"저 기세에 진작 했지."

"오늘은 또 뭔 구실일까?"

형일은 재미있다는 듯 웃음을 흘리는데 현관문이 열리고 효명이 들어섰다.

"야! 너 황소 어떡할 거야!"

다짜고짜 고함에 효명은 화들짝 놀라는 시늉을 하면서도 눈은 휘둥그레졌다.

"갑자기 황소는 왜?"

"아프다잖아! 너 서울 오고부터 늘어지더니 며칠 전부터 비실비실한다더라!"

"그래? 병원에는 데려가 보셨대? 아니, 그걸 네가 어떻게 알았어?"

"뭐, 어떻게? 어젯밤에 도웅 스님이 전화하셨더라."

"스님은 나한테 하시지 왜…."

"뭐? 야! 너 황덕이 트라우마 때문에 그러는 거지?"

무슨 소리인지 알지 못하는 예원이 형일을 돌아봤지만 또한 마찬가지였다.

"잠깐 얘들아. 아침부터 갑자기 소는 무슨 소야? 효명이 너 소 길렀니? 그리고 황덕인 또 누구고?"

그제야 동희는 두 사람에게 어젯밤 들은 황덕과 황소의 일을 전해줬다. 두 사람은 고개를 끄덕이는데 예원은 또 눈시울이 벌게졌다.

"엄만 뭐 그만 일로 울려고 그래."

예원이 얼른 천장으로 눈길을 돌리며 손등으로 눈가를 훔치자 동희는 효명을 노려봤다.

"넌 사내자식이 비겁하게 널 지키려고 온 애를 그렇게 버려둬! 아니, 처음부터 황소는 별로 예뻐하지도 않았다며?"

"내가, 뭘. 그런 게 아니라…."

마음을 들킨 듯 어쩔 줄 몰라 하는 효명에게 눈을 흘기는데 예원이 물었다.

"지켜주러 왔다는 건 또 무슨 소리야?"

"나도 어제 처음 들었는데, 불교에는 지장보살이라는 분이 있대. 그 보살님 곁에는 대부분 삽살개 형상이 있는데 그게 김교각 스님 때부터였대."

"김교각 스님은 또 누구고?"

"신라시대 왕자였는데 어찌어찌 당나라에 들어가 스님이 되셨다가 앉은 채 돌아가셔서 등신불인가 뭐 그런 게 되셨대. 그분이 당으로 갈 때 삽살개 한 마리를 데려갔는데 그 개가 지장보살을 지키는 상징이래. 황덕이는 진돗개였지만 어쨌든 어릴 때 효명이를 지켜줬고, 황소도 그렇게 제 발로 찾아왔는데 효명이 쟤가 데면데면했던 거야. 오죽 안타까우면 스님이 요즘 무슨 소송인가로 시끄러운데 황소가 곁에 있으면 잘 풀리지 않겠냐고까지 하시겠어."

"그럼 당장 데려와야지."

형일의 말에 효명은 손사래를 쳤다.

"아버님, 그런 게 아니라…."

"시끄러! 나 밥 먹고 곧바로 하동 내려가서 황소 데려올 거야."

"어, 나하고 효명인 오늘 일정 잡힌 거 있는데."

형일의 말을 예원이 받았다.

"그럼 내가 같이 갈게."

"아니야, 혼자 가도 돼. 엄마는 황소 집하고 먹을 거 뭐 그런 거 준비해줘."

"아, 그래야겠구나. 얼마나 커?"

"아직도 더 자랄 거니까 아예 제일 큰 걸로 장만해."

"가까운 동물 병원하고, 털도 다듬어야 할 테니 미용숍 같은 것도 알아봐야겠다."

"아주머니까지 왜 그러세요."

효명의 난처한 표정에도 예원은 딴소리를 했다.

"효명이 너, 진작부터 서운했는데 형일 씨한테는 아버님 하면서 왜 나는 여태 아주머니야? 내가 공양주야? 아님, 우리가 부부 아니라는 거야?"

형일은 덩달아 고개를 끄덕였다.

"그렇네. 우린 여전히 부분데."

"아니, 그런 게 아니라, 아주머니…."

"또!"

"아, 전 그냥 칠불사에 있으면 공기도 좋고 뛰어놀기도 좋아서…."

"왜 딴소리야? 그리고 산책은 내가 시켜."

"응, 당신은 오후에 시켜. 아침에는 내가 좀 일찍 일어나서 같이 산책할게."

"나도 같이 할게."

동희까지 거들자 효명은 머리를 절레절레 흔들었다.

"예, 알겠습니다."

"그다음은?"

예원이 동그란 눈으로 빤히 바라보자 효명은 어색한 눈빛으로 더듬거렸다.

"예, 어, 어머님."

"좋네, 어머님."

형일의 환한 웃음에 동희는 효명에게 혀를 삐죽 내밀어 보였다.

"쌤통. 너 언젠가는 이렇게 손들게 될 줄 알았다."

자연스럽지 않은 많은 것들이 있었구나 새삼스러웠다. 그럼에도 드러내지 않아주었기에 의식하지 못했고 서둘지 않아주었기에 어느새 익숙해지며 자연스러워졌거나, 아직 자연스럽지 않은 것이라도 익숙해 하나로 어울리게 되었다. 어쩌면 가족은 그런 관계인지도 모를 일이었다. 아무리 깊은 사랑이라 해도 타인으로 만났으니 그럴 테고, 내 배 속으로 나았다고 해도 그 속을 다 알 수는 없으니 거슬리고 삐걱거려도 드러내지 않고 서둘지 않으면서 묻어지고 익숙해지는….

한편 내가 정말 황소에게 그랬나, 여태껏 황덕의 죽음이 마음에 걸림이 되었나 효명은 더듬었다. 의식하지 못했지만 어쩌면 그랬던 듯도 싶었다. 어쨌거나 정말 내 곁을 찾아와준 것이라면, 설령 우연이었다 할지라도 인연이 되었으니 소중히 받아들여야 할 일이었다. 생명을 준 사람은 그렇게 떠났고, 낳아준 사람은 다시 찾지 않는다. 너무 어이없이 만나 이름도 모르지만, 그래서 어머니라는 이름을 입에 담기 어려웠지만 이제 더는 마음에 두지 않을 것이다. 설령 그가 다시 찾아온다 해도 이미 끊어진 인연이니 연연하지 않고 그저 한 사람으로 대하리라.

새집에서 꼬리를 흔들며 나온 황소의 배웅까지 받고 집을 나섰다.

아직 공판은 시작되지 않았지만 갑질사건의 논란이 커지자 공영방송 보도국에서 짧은 대담을 요청해왔다. '바람처럼'을 발표하고 처음 출연했던 그 뉴스 프로그램이었다.

"이렇게 또 석효명 씨를 모시게 됐습니다. 반갑습니다."

"안녕하십니까, 석효명입니다."

"오늘은 노래하는 분이 아니라 소위 갑질사건의 원고 변호사 자격으로 모셨습니다. 아무래도 담당 변호사가 석효명 씨라는 사실 때문에 파문이 더 큰 것 같은데요. 입장 들어보겠습니다."

"먼저 사회적 관심에 깊이 감사드립니다. 어떻게 들리실지 모르겠습니다만 제 이름 때문에 이는 파문이라면 더욱 고맙습니다. 저희의 관점은 이번 사건은 단순히 개인의 어떤 법익을 침해했다는 사실보다도 청년, 여성을 비롯한 사회적 약자 대부분이 겪는 지극히 불합리한 전형이며, 그로 인해 많은 이들이 희망을 품을 수 없어 갈등으로 증폭되는 현상의 근원 중 하나라는 판단입니다. 이미 비슷한 여러 사건이 있었음에도 소리 없이 묻히거나 잠깐 반짝하고는 꺼져버렸기에 변화의 바람이 불지 않은 것이라면 파격이 아니라 진작 그리되었어야 할 판결을 이끌어 경종을 울리겠다는 뜻입니다."

"예, 의미 있습니다. 그런데 그런 뜻이라면 소송이 아니라 사회적 호소가 더 효과적이지 않을까 싶기도 합니다."

"저희의 이번 소송은 호소입니다. 큰 목소리로 하는 호소는 간절한 호소보다 격한 투쟁으로 여겨지기 십상입니다. 사실 호소는 작은 목소리로 조곤조곤하는 게 아니었나요? 또 저희가 굳이 소송을 방법으로 택한 것은 법정에서는 누구나 작은 목소리로 말한다더군요. 검사도 고함으로 논고하지 않고, 변호사도 소리치지 않고, 판사도 낮은 목소리로 선고하지 않습니까. 그렇게 서로의 뜻을 귀 기울여 들을 수 있으면 진실에 더 가까이 다가갈 수 있을 테니까요."

"그래서 이번 신곡도 '낮은 목소리로'인가요?"

"그렇지는 않습니다. 법무법인 구상 전에 이미 준비한 곡입니다."

"그렇군요, 실례했습니다. 그런데 청구액이 5억 원이나 되니 일부에서 반감을 보이는 것 같습니다. 징벌적 보상 청구인가요?"

"사람의 인격이 바닥에 떨어지는 것 같은 모욕이나 멸시는 학대와 다름없습니다. 그런 학대는 평생의 트라우마가 되어 그 사람의 인생을 제대로 꽃피우지 못하게 합니다. 그런데 우리 판결은 대부분 소액으로 그칩니다. 저희는 인간의 인격이 돈의 가치보다 못한 기존의 선례에 변화를 이끌어내려 합니다. 징벌적 보상이었다면 아마 훨씬 더 큰 액수를 청구했겠지요."

"예, 저도 개인 자격으로는 일정 부분 동의합니다. 그렇지만 일부에서는 기존 질서의 파괴라는 격한 반응도 없지 않습니다."

"잘 알고 있습니다. 이렇게 한번 생각해보시죠. 질서 파괴라고 말씀하시는 분들은 자신의 어머니를 어떻게 대하실까요? 아내나 남편, 자녀분들은 어떻게 생각하실까요. 아마 100퍼센트는 아니더라도 99퍼센트는 정성으로 모시고 지극히 사랑할 겁니다. 바로 그게 원초적으로 내려오는 질서고 원칙 아닌가요. 그런데 다른 어머니, 여성, 청년, 약자는 외면한다면 그게 틀렸던 것이죠. 파괴가 아니라 정상으로 회복하자는 겁니다."

효명의 답변 동안 이어폰에 집중하며 잠깐 분주했던 앵커는 난처한 표정이었다.

"어제 미리 석효명 씨 출연을 예고하기는 했습니다만 지금 시간 저희 방송 시청률이 50퍼센트가 넘어서고 있습니다. 아침 뉴스 시간 시청률로는 처음이고 아주 이례적인 경우가 아닌가 싶습니다. 그런데 참, 난처한 일이 벌어졌습니다. 시청자 게시판에 석효명 씨 단독 첼로 연주로 '낮은 목소리로'를 들려달라는 요청이 쇄도하고 있습니다. 방송을 직접 보기 위해 이른 시간부터 자리를 지킨 보도본부 전원의 뜻은 요청에 따르자는 것이고 경영진도 권하고 있습니다. 석효명 씨, 아침 이른 시간이지만 가능하겠습니까? 첼로는 저희 오케스트라단이 사용하는 걸로 준비가 가능합니다만."

효명도 전혀 예상하지 못한 일이라 당황스럽고 난처했다. 잠깐 생각한 효명이 고개를 끄덕였다.

"복장도 이렇습니다만 최선을 다해보겠습니다."

앵커의 낯빛이 환해졌다.

"감사합니다. 그럼 준비하는 동안 질문 이어가겠습니다. 저희 취재팀에서 소송 수임료가 소액사건 기준에도 미치지 못할 만큼이라는 걸 확인했습니다. 어떤 뜻인가요?"

"우선은 원고의 사정도 고려했습니다만 1억 원 이상의 판결을 이끌어내면 승소에 따른 보상금도 책정했으니 그리 내세울 바는 못 됩니다. 다만 이익을 위해 소송을 부추긴 것은 아니라는 점은 분명히 하겠습니다."

"세상의 변화가 목적이라는 뜻인 것 같은데 그럼 특별법 제정 같은 게 더 효과적이지 않을까요?"

"법이 많다고 세상이 바뀌는 건 아니고 오히려 법망의 허술함으로 느슨해지기도 하는 것 같더군요. 법을 제정하는 정치가 권력이 되면 자신들의 이익을 먼저 생각하게 되겠고요. 그래서 마련되어 있는 법의 엄정함을 바라는 쪽이 더 현실적이라는 판단입니다."

"판사님들 어깨가 무거워지겠군요. 하지만 한편으로 피고에게는 가혹할 수 있겠습니다."

"예, 인정합니다. 그러나 이번 사건의 경우 원고는 진심 어린 공개적 사과를 원합니다. 이행되면 소송액은 조정될 수 있을 겁니다. 또한 피고에게 억울한 점이 있어 법정에서 소명하시면 판결에 앞서 저희도 충분히 고려할 것입니다."

"진심, 그게 항상 어렵더군요. 저희의 또 다른 취재에 따르면 석효명 씨는 지금 어떤 재단을 추진하고 있는 것으로 압니다."

효명은 멋쩍은 표정을 지었다.

"이제 재단 설립을 준비하는 과정이라 아직 발표할 단계는 아닌데 어쩔 수 없게 되었으니 간략하게 취지만 말씀드리겠습니다. 가칭 자유재단으로 청년과 여러 사정으로 희망을 갖지 못하는 분들에게 불씨가 되고 힘이 되는 일을 하려는 겁니다. 세부적인 내용까지 확정되면 별도의 자리를 마련하겠습니다."

"재원은 어떻게 충당하는 겁니까?"

"우선은 제 음악 활동 관련 수입이고 향후 법무법인 수입도 일정 부분 포함될 계획입니다."

"개인의 수입을 그렇게 쓰겠다는 결심은 쉽지 않았을 텐데요?"

"재단을 책임질 대표님을 비롯해 몇 분이 선뜻 결심했습니다. 우스개 같지만 돈을 쓰는 일도 피곤할 것 같다는 생각이어서요."

"실례가 되겠지만 혹시 다른 포부를 염두에 둔 건 아니신지요?"

아마 정치를 말하는 것이리라. 효명은 가볍게 고개를 저으며 엷은 미소를 지었다.

"그런 오해가 생길까 봐 구상과 계획은 재단에서 하고 집행은 사찰과 성당을 통해서 할 계획입니다. 저는 진심으로 자유롭고 싶습니다."

앵커는 깊은 감동에 크게 고개를 끄덕였다.

"괜한 질문을 한 제가 부끄럽습니다. 이제 준비가 된 모양이니 석효명 씨가 첼로를 점검하는 동안 잠시 다른 소식 전하겠습니다."

방송 관계자는 그새 턱시도까지 준비해 효명이 복장을 바꾸고 첼로를 점검하는 동안 정규 뉴스가 5분여 진행됐다.

"예, 이제 석효명 씨의 '낮은 목소리로'를 듣겠습니다. 현재 시청률이 70퍼센트를 넘어가고 있습니다."

활을 들어 현을 오가며 짧은 전주가 흐르고 효명의 입술이 떼어졌다.

낮은 목소리로 말해요/ 들풀 사이 흐르는 남실바람/ 무슨 소리일까 귀 기울여봐요/ 속삭이잖아요/ 바람은 풀잎을 간질이고/ 풀잎은 바람을 어루만져요/ 춤도 추나 봐요/ 정겹잖아요/ 사랑하나 봐요/ 우리도 그렇게 마음을 나눠요/

태풍이 몰아치면 등을 돌려요/ 바람 소리 요란하면 움츠러들어요/ 분노는 글로 써요/ 시를 써요/ 소리 없는 그 울림/ 천둥보다 더 커요/ 시의 노래를 만들어요/당신의 따스한 마음/ 진실한 그 사랑/ 속삭이듯 낮은 목소리로 말해줘요/ 사랑은 부드럽잖아요/

낮은 목소리로 말해요/ 어머니가 부르는 자장가/ 부드러운 속삭임에

귀 기울여봐요/솜사탕 같잖아요/ 입술에 닿으면 사르르 녹고/ 달콤하게 스며들어 미소가 되는/ 꿈결이에요/ 요술이에요/ 당신의 깊은 사랑/ 그렇게 살며시 내게 들려줘요/

세상은 낯설고 당황스럽기도 해요/ 틀린 건지 다른 건지 생각해봐요/ 틀린 일도 있어요/ 화가 나요/ 고함이 차올라와요/ 그러나 침묵해요/ 소리 없는 분노가 더 힘세니까/

우리 함께하는 세상/ 갈라지지 않도록/ 호소하듯 낮은 목소리로 말해줘요/ 부드러움이 강함을 이겨요/

출근길 사람들이 건물 전광판 뉴스 프로그램의 느닷없는 연주를 힐끔거렸고 어떤 전광판에서는 음향을 들려주기도 했다. 자동차를 길가에 세우고 계기판 옆 작은 모니터를 들여다보는 운전자도 있었다. 가정에서는 주부들이 밥상을 차리다가, 설거지하다가 텔레비전 앞에 멈춰 서기도 했다.

간주가 끝나고 2절이 시작되자 음향이 나오는 건물 전광판 앞에서는 아예 걸음을 멈춘 채 귀를 기울이는 이들이 하나둘 늘어갔다.

에필로그

내내 산문을 지키며 술과 벗하던 중신과 영신 형제는 한 달을 간격으로 세상을 떠났다. 계율 엄격한 법당의 예배는 경건하여 조심스러웠으나 산문 밖 두 승려와 어우러짐은 즐거움으로 불심을 깊게 하였으니 주민들은 이승전(二僧殿)을 지어 그들을 기렸다. 또한 이승회(二僧會)라는 날을 만들어 그날은 술과 고기를 푸짐하게 차리고 구화산 승려들을 초대해 승속(僧俗)이 함께 즐기는 민속 명절로 이었으니 기이하지만 소탈한 방편이었다.

과연 교각의 염려대로 여러 제자 중 유탕이 먼저 입적하였다. 어린 시절 당 황궁 법당에서 불문에 들어 교각의 제자가 되었다. 경과 율에 밝아 화성사를 찾은 승려와 불자들에게 부처의 깊은 뜻을 밝히고 보살의 길로 이끌었으니 그 공덕은 이루 형언할 바가 아니었다.

당 덕종 16년인 794년(貞元 10년) 음력 7월 30일. 세수 99세가 된 교각은 제자들을 불러 모았다.

"이제 나는 너희의 곁을 떠날 것이다. 모두가 한번 일으킨 불심이니 수행을 게을리하지 않아 세상을 구제하는 데 전력을 다하거라. 나는 지옥이 텅 비는 그날까지 결코 성불하지 않을 것이니."

산이 울리고 돌이 구르는 소리가 쩌렁쩌렁하더니 교각은 자는 듯 평온한 낯빛으로 가부좌를 튼 그대로 열반에 들었다. 절 안의 종을 치니 종소리는 울리지 않고 바닥에 떨어져 버렸다. 한 비구니가 들어서니 서까래가 세 토막으로 무너져내렸다.

사판의 소임을 맡아 모든 근력을 소모한 성유는 슬픔을 억누를 길이 없었으나 이제 편히 눈을 감아 다시 모실 수 있겠구나 마음이 놓이기도 했다. 도명은 터지려는 울음을 억누르며 눈물만 쏟았다. 지난 세월을 반추하니 어느 것 하나 고행은 없었고 모두가 희열이었다. 그칠 줄 모르는 자명의 통곡은 모든 불자의 심금을 울려 교각 스님에 대한 그리움을 더욱 크게 했다.

중들은 교각 스님을 가부좌한 그대로 석함에 넣어 3년 뒤 하관하는 당시의 풍습을 따랐다. 그사이 성유는 입적했다. 3년이 지나 함 뚜껑을 열자 교각 스님의 안색과 피부는 살아 있을 때와 같았고, 시신을 옮기기 위해 팔다리를 들자 종소리가 났다. 경전에 따르면 보살의 몸은 쇠사슬과 같아서 모든 뼈에서 울림이 난다고 하였으니 둘러선 모두의 입에서 저절로 지장보살의 명호가 외워졌다. 석함을 모셔두었던 탑에서는 불타는 듯한 빛을 발하니 곧 원광(圓光)이었다.

전해지는 말과 글로는 알았으나 처음으로 목격하는 등신불. 중들은 교각 스님의 몸에 금칠을 했다. 등신불을 안치할 육신보전(月身寶殿) 안에 지붕과 맞닿는 높이의 7층 석탑을 조성하니 육신보탑(月身寶塔)이다. 다시 그 안에 3층 목탑을 조성해 맨 아래에 금칠한 등신불을 안치하고 육신전(月身殿)이라 하였다. '육신(肉身)'을 '월신(月身)'이라 한 것은 '고기 육(肉)'을 쓰지 않아 그를 존숭하려는 뜻이다.

불교에서는 관세음보살, 보현보살, 문수보살, 지장보살을 4대 보살이라 하고 각각의 성지가 있다. 그러나 앞의 세 보살은 신화적 존재인 데 비해 지장보살은 실존한 인물이기에 그의 등신불을 모신 구화산을 지장보살의 성지로 삼은 것은 더욱 의미가 크다.

등신불은 어떤 의미일까. 불교에서는 정좌한 채로 입멸한 것은 육신의 기능이 모두 정지되어 사라지는 것이 아니라 초월적 선정(禪定)에 든 것으로 본다. 즉 선정 상태에 있는 것이기에 육신의 죽음이 아니고 부패하지도 않는다는 것이다. 그렇다면 교각 스님의 입적은 죽음이 아닌 것이며, '지옥미공 서불성불'의 서원을 위해 여전히 다른 모습, 다른 방편으로 보살행을 펼치고 있는 것으로 볼 수도 있다.

교각 스님의 등신불 이후 구화산에서는 여덟 선사가 등신불이 되어 지장보살의 맥을 잇고 있다. 명(明)나라 시대 구화산 적성암에 주석하던 무하 스님이 등신불이 되자 숭정황제는 '만년선사백세궁응신지장보살(萬年禪師百歲宮應身地藏菩薩)'이라는 옥인을 내렸다. 이는 교각 스님의 화신이 무하 스님의 등신불로 나타난 것으로 여겨 응신보살이라 한 것이다.

1991년에는 역시 구화산 통혜암에 주석하던 자명 스님이 입적하며 최초의 비구니 등신불이 되었다.

김교각에 관한 기록으로는 〈전당문(全唐文)〉에 실린 '구화산화성사기(九華山化城寺記)'가 가장 근접하다. 이는 인근에 거주하던 비관경(費冠卿)이라는 은사(隱士)가 쓴 것으로, 글 말미에 '원화(元和) 계사(癸巳)년, 산 밑에서 한거하며 어렸을 때의 전문(傳聞)을 기록했다'라고 밝혔다. 813년의 일로 교각 스님이 입적하고 20여 년이 지난 뒤의 일이다.

그는 과거시험에서 진사과(進士科)에 합격하고도 관직에 나가지 않고 은거하였으니 비교적 믿을 만한 성품으로 짐작할 수 있다. 그러나 '화성사(化成寺)'를 '화성사(化城寺)'로 기록한 오류를 보면 직접 화성사를 방문한 적은 없는 것 같고, 그야말로 전해들은 말을 20여 년 뒤에 기록한 것으로 볼 수 있다.

그 밖에 당대의 〈구화산화성사기(九華山化城寺記)〉, 송대의 〈송고승전(宋高僧傳)〉, 원(元)대의 〈신수과분육학승전(新修科分六學僧傳)〉, 명대의 〈신승

전(神僧傳)〉 등이 있으나 모두 단편적이거나 비관경의 기록에 의지한 것이기에 교각 스님의 진면모를 제대로 알 수 없어 아쉬움이 크다.

〈끝〉

작가 후기

15년쯤 전, 중국 난징(南京)의 한 사찰에서 지장보살 김교각을 처음으로 들었다. 불교 4대 보살 중 유일하게 실존한 기록과 등신불로의 증명이 있으며 더구나 신라 왕자 신분이었다는 것이다. 동석한 중국 학자는 1,300여 년 동안 수많은 민중의 영혼을 위로하고, 그가 머문 주화산(九華山)은 지장보살의 성지로 오늘도 발길이 이어지는데 그의 모국인 한국에조차 관련 작품이 거의 없어 안타깝고 기대하는 마음이 오래라는 지적이 부끄러웠다.

발심은 냈지만 곧바로 난관에 부딪혔다. '전당문(全唐文)'에 실린 '구화산화성사기(九華山化城寺記)'라는 단편의 글과 그에 의지한 후대의 몇몇 사료가 전부였다. 하지만 중국 최초의 등신불과 당 황제가 내린 금인(金印) 등 사실의 증거가 생생하니 마음을 접기도 민망했다.

귀국하여 여러 사찰을 찾고 도서관의 문헌을 뒤져도 중국에서의 취재

이상은 얻을 수 없었다. 그래도 지극한 마음으로 주화산을 찾는 국내 불자들이 적지 않으니 큰 빚을 진 듯 무거웠다. 결국 그분의 행적을 좇기보다는 '지옥이 텅 비기 전에는 성불하지 않겠다'라는 거룩한 서원의 뜻을 풀어보자 마음을 다졌지만 제대로 공부한 바 없으니 또한 막막했다.

여러 책을 읽으며 석가모니의 근본 사상은 '평등'과 '자유'라는 생각이 들었다. 특히 '천상천하유아독존'은 그 정수인 듯싶었다. 아둔하니 용감하게 스님들에게 생각을 밝혔더니 딱히 틀리다 말하지는 않았다. 게다가 하동 칠불사는 불심 이전에 자유로운 영혼으로 자주 발길을 했다.

어느 날 쌍계사에서 마주친 한 스님이 불락사 상훈 스님에게 이끌어줬고 범패를 들었다. 고명한 스님들의 법문은 당최 어려워 귓속에 들어오지 않았는데 뻥 뚫리는 느낌이었다. 평등의 자존으로 진정한 자유를 찾아 저마다 큰 희망을 품는 세상이면 그게 곧 지옥 없는 천상이고 삶이지 않을까 감히 생각했다. 다행히 20여 년 중국에 머물며 공부하고 취재한 역사와 현장의 기억은 생생했다. 불락사와 칠불사, 상훈과 도응 스님의 실명을 가상의 무대에 올릴 수 있게 허락까지 얻었으니 바람처럼 자유로울 수 있었다.

두 분 스님에게 깊은 감사드립니다. 인연의 고리가 되어준 의백 스님에게도 감사드립니다. 글을 쓰는 1년여 동안 채찍과 격려로 서두르거나 포기하지 않게 해준 지우 장청룡에게 고마운 마음을 전한다.

하동에서

是沼 김정현